U0869376

大地史诗

——开挖建设新汴河实录

张德平◎主编

时代出版传媒股份有限公司
安徽文艺出版社

图书在版编目（CIP）数据

大地史诗：开挖建设新汴河实录/张德平主编. --合肥：
安徽文艺出版社，2022.3（2023.4 重印）
ISBN 978-7-5396-7249-6

Ⅰ. ①大… Ⅱ. ①张… Ⅲ. ①报告文学－中国－当代
Ⅳ. ①I25

中国版本图书馆 CIP 数据核字(2021)第 134784 号

出 版 人：姚 巍
责任编辑：周 丽　　　　装帧设计：徐 睿

出版发行：安徽文艺出版社　www.awpub.com
地　　址：合肥市翡翠路 1118 号　邮政编码：230071
营 销 部：(0551)63533889
印　　制：阳谷毕升印务有限公司　(0635)6173567

开本：787×1092　1/16　印张：17.75　字数：300 千字
版次：2022 年 3 月第 1 版
印次：2023 年 4 月第 2 次印刷
定价：34.00 元

（如发现印装质量问题，影响阅读，请与出版社联系调换）

版权所有，侵权必究

“宿州汴河文化丛书”编委会

顾问：李令臣

编委会主任：魏建华

编委会副主任：李玉宏　朱爱民　姜晓宏　张耀海　张德平　王兴奎

编写人员：张德平　赵彦志　金永　李婷　金铭　韩丹

艺术顾问：周治杰（宿州学院教授）

孟方（宿州学院中文系主任）

杨钰侠（宿州学院历史系教授）

宿州汴河文化丛书

《大地史诗——开挖建设新汴河实录》

《十年磨一剑——宿州新汴河景区建设纪实》

《新汴河景区里的历史文化故事》

《汴河长歌——新汴河景区美文选》

《此去淮南第一州——汴河宿州段文化遗产调查》

《宿州汴河诗词赏析》

《峥嵘岁月——新汴河开挖亲历者回忆录》

《新汴河景区动植物图鉴》

目　录

大地的史诗　民族的精神　（许辉）／001

引子:生命铸就的新汴河精神／001

第一章　水患水患／007

从雪山走来的黄河创造了中华文明,但这条河以善淤、善决、善徙而著名。自有文字记载以来,泛滥达1500多次,改道26次,多次夺淮入海事件的发生,打乱了淮河水系,导致淮河流域水灾频发,给两岸人民带来无尽的灾难。地处淮北的濉沱河地区,受灾最为严重。

第二章　欲破重围／025

严重的水患,刺激着人们寻求生存之路。洪水来了怎样使自己不受淹,天旱了如何保水成了首要考虑的问题。在毛泽东主席"一定要把淮河修好"的号召下,豫皖苏三省人民团结治水,取得显著成效。但由于人们对平原治水的艰巨性、复杂性、特殊性、长期性认识不足,加上传统治水思想影响,十年大力治水的背景下仍然洪涝不断,特别是省界、县界等边界地区表现尤甚。边界水利纠纷形成的原因有历史的遗留，也有当代治水出现的新矛盾。在国务院的直接过问下，豫皖苏三省领导共谋治水大计，达成共识。

第三章　两论前导 / 051

毛泽东主席哲学著作《实践论》《矛盾论》是实践智慧的辩证法。宿县地委专署一班人在学习“两论”中，通过调查研究，运用辩证思维，分析全区水患的成因、特点和根治方法，提出了“高水高排，低水低排；各走各路，洪涝分排；分而不死，机动灵活”的符合全区实际的科学治水思路，为开挖新汴河奠定了思想理论基础。

第四章　方案之争 / 066

新的治水思路突破了传统循原河扩大排水能力治涝的窠臼，但意见不一。由此“新汴河工程规划”一波三折，争论不休，从地区水电局到国家水电部专家领导都参与其中，中途还几乎夭折。参与者有些是我国知名的水利专家，焦点是要不要实现“洪涝分排”。

第五章　高层定夺 / 091

由于意见不同，新汴河方案被暂时搁置，但地委决心没有动摇，治水的脚步没有停止。一方面，邀请专家对方案做进一步论证，积极向上争取；另一方面，学习先进地区经验，激发群众大干水利的积极性。1966 年 2 月由国务院副总理谭震林主持召开的徐州会议上，孟亦奇代表宿县地委发言，力陈开挖新汴河的诸多好处，得到与会人员的一致赞同。

谭震林副总理当即拍板定案。

第六章　激浪磐石 / 109

正当群情振奋、为开挖新汴河筹备谋划时，一场席卷全国的“文化大革命”风暴吹到了新汴河工地，刚开工一个多月的工地被迫停工。但广大干部群众开挖新汴河的意志坚如磐石。在全区人民的强烈呼吁下，“中央文革”发文新汴河工程“不搞四大”，促使新汴河工地很快复工。

第七章　燃情岁月 / 126

20 世纪六七十年代，是物质技术装备落后、经济发展比较困难的年代，也是高歌猛进、英雄辈出、激情四溢的年代。在新汴河工地上，30 万治河大军，劈开徐家岗，智伏流沙层，猛攻砂浆礓，力锁巴河水，谱写了一曲曲感天地泣鬼神的赞歌。

第八章　风雨共度 / 165

豫皖苏三省过去因水患矛盾重重，一条河将他们连接起来。三省人民以大局为重，同协商、同规划、同施工，处处考虑上下游利益。河南省派出 10 万民工到安徽境内实施沱河疏浚工程；安徽省派出 6 万民工到江苏挖河；江苏省除建设入湖工程外，还帮助安徽民工修便道筑工程路。三省人民开挖新汴河，成为我国团结治水的典型范例。

第九章　亲历者说 / 188

为真实展现开挖新汴河的历史画卷，笔者曾与新汴河景区有关人员一道,采访了当年建河的 80 多位亲历者。通过他们的回忆、诉说,更深层了解那个时代人们在极困难的条件下,自力更生,艰苦创业,团结治水,无私奉献的精神风貌。

第十章　玉汝于成 / 219

历尽艰辛,新汴河工程终于建成。半个世纪以来,它发挥了巨大的功能,经受住了一次次严峻考验,为流域人民带来显著效益。跨入新世纪后,新汴河继续承载着为民造福的使命,是宿州人民的"母亲河""幸福河"。

尾声 / 247

新汴河大事记 / 249

后记 / 273

大地的史诗　民族的精神

许辉

手捧张德平先生的报告文学《大地史诗》，我是一口气读完的。痛快，真是痛快！张德平先生的描述勾起了我无尽的关于过往的记忆，关于淮北平原，关于新汴河，关于无数次穿越新汴河或在新汴河里游泳的场景，关于20世纪六七十年代零散而亲切的画面，关于童年、少年和青年。我想起我们小学时曾被组织参加慰问活动，到新汴河工地上去为民工们表演节目；我想起我跟着父亲步行前往新汴河工地，身上挎着泥做的驳壳枪，一路都吃住在乡村；我想起我曾像张德平先生一样，夏天和同学一起到工地上去穿越地下涵；我想起我们在新汴河河边钓鱼，虽然只钓到了小鱼，却向家里谎报钓到了大鱼……《大地史诗》，这个书名真是很贴切，它展示的是一条河的史诗，但它更涵括了淮北大地的历史、时代、人民和酸甜苦辣的人生。

淮北平原的豫东、皖北、苏北部分，平畴千里，土地肥沃，历史上一直是我国重要的粮食主产地区，是古运河流过的繁华之地，也是人文荟萃、战争频仍的喧哗之地。但由于这一地区河流纵横，湖洼相连，因而又易旱易涝，丰水年头更会受到洪水袭扰，农田被大水冲毁，庄稼颗粒无收；再加上这一地区村镇密集，人口众多，水患的负面影响尤其严重，大水过后，人们房屋被毁，衣食无着，社会发展受到沉重打击。新中国成立后，淮北地区的水患治理一直是这一地区能否长治久安、持续发展的基础性话题，但复杂的水地环境以及更加复杂的利益分配，使得治水成为难上加难的事情。但是，豫皖苏在三省政府和人民的共同努力下，在中央政府的大力支持下，彻底解决了这一地区水患的关键性工程——新汴河水利工程，在那个特殊的年代，冲破千难万阻，历经磨难曲折，终于开工并建成，在平畴千里的淮北平原大地，写下了一首壮丽的史诗。新汴河水利工程不是新中国最大最亮的水利工程，但它是新中国成立以后开挖的第一条大型人工河道，它是那个时代的缩影，它是一种力量的凝聚，它更是一种奋发图强的民族精神的体现。

《大地史诗》是关于新中国第一条大型人工河道——新汴河的全景式的报告文学。这部报告文学共分十章：第一章写淮北地区的水患历史，第二章写欲破重围的万千困难，第三章写调查研究与统一思想，第四章写方案设计的分歧与争论，第五章写顶层设计与上下结合，第六章写开工不顺千难万阻，第七章写人工开河铁锹切岭，第八章写三省互助全国支援，第九章写亲历者的人生、口述者的历史，第十章写淮北明珠与新汴河风景区。通过对这本书的品读，我们对淮北人民不畏困难、发奋图强、坚韧不拔的精神留下深刻印象；正是在那个困难的时期，物质不丰富、技术不发达、人们吃不饱穿不暖，人的精神才会有最大的彰显。这本书告诉我们，团结互助，才是最大的力量，才能迸发出最大的智慧和才华，设计、开挖新中国第一条大型人工河道，为之操心操劳的，不仅有宿县地区的干部和群众，还有豫皖苏三省的干部和群众，还有中央和相关部委的领导和干部；波折不断的治水、挖河过程，既是人们完善美好家园的过程，更是人文精神的积累过程。这本书不仅向我们展示了时代的面貌和民族的精神，也为我们还原了生活在那个时代鲜活具体的人生、青春和岁月，它唤起的是我们的共同记忆，是我们的荣誉感，是我们的奋发精神，这是我们埋藏在心底的乡情，也是我们永不泯灭的乡愁！

《大地史诗》视界开放，结构宏阔，条理明白，脉络清晰，情节跌宕起伏，文学意味也十分浓厚。作者张德平先生是改革开放初期安徽大学中文系的才子，他在大学求学期间，就发表了一批文学作品，大学毕业后被分配到政府部门工作，业余时间仍笔耕不辍，发表了许多有意味的诗歌和散文作品。《大地史诗》是张德平先生的心血之作。为写作此书，作者做了长期的资料积累，又历时多年，沿新汴河当地采访亲历者，到大江南北专访当事者，长期辛勤的努力和积累，使这本书内容丰富而扎实，有温度又接地气。祝贺《大地史诗》的面世！也祝福那条我心底的河、那块承托着万千生命和智慧的灵性土地！

2019 年 3 月 14 日于淮北佬斋

（作者为安徽省文联副主席、安徽省作家协会原主席、中国作家协会全国委员会委员、中国作家协会全国散文委员会委员、茅盾文学奖评委）

引子:生命铸就的新汴河精神

在广袤的淮北平原上,静静地流淌着一条古老而年轻的河流——新汴河。

说它古老,是因为即便不说汉魏汴渠时期,即从隋唐汴河开凿算起也有1400多年。昔日的汴河,逶迤千里,百舸争流。唐朝著名诗人白居易在《隋堤柳》中感叹道:“西自黄河东至淮,绿荫一千三百里。大业末年春暮月,柳色如烟絮如雪。”而“扼汴水咽喉,当南北要冲”的宿州也因漕运而兴盛,成为一个舟车交会、帆樯如林、商旅云集的沿汴重镇。后汴河因宋金战乱中断漕运,加上上游泥沙的淤塞而日渐堙废。

说它年轻,往事越千年。1966年10月,国务院决定按5年一遇除涝标准、20年一遇防洪标准兴建新汴河。当年11月,豫皖苏三省30万治河大军,沿着与隋唐汴河大堤平行、仅距数里之地,开挖了新中国第一条人工河道。三冬四春的一千多个日日夜夜,数十万热血男儿,硬是锹刨手推,用泥土拌着汗水在地下汇聚成河,在淮北平原上重重画上一笔,使沉睡800年的古河浴火重生,成为一首谱写在大地上的流动的史诗。

新汴河地跨豫皖苏三省十一市县,长127.1千米,宽200多米,流域面积6562平方千米,是一条排高水、客水(即洪水),集灌溉、供水、通航等为一体的大型人工河道。它的开挖使豫皖苏三省原濉潼河、濉河两大流域内的500万亩(1亩≈0.000667平方千米)农田受益,长期困扰三省的洪涝灾害得到根本治理。

新老汴河历经千年相遇,演绎出无数历史故事。

童年时代,每逢夏季,总是和小伙伴们一道去河里游泳。

开阔的河道,宽宽的大堤,一些不知名的水鸟在岸边飞翔觅食,几条不时前来逮鱼的小船翻动着水花,那站在船头的鱼鹰箭似的下潜几分钟后口衔着鱼飞向小船,这些情景至今难以忘怀。特别是置身于清凌凌的河水里击水,忘记了炎热酷夏,乐而忘返,更增添了一分汴河神韵。但很少知道它的前世今生,它平淡中的奇崛。

随着不舍昼夜的岁月流逝,才渐渐发觉这条河的神奇与不凡。

汴水悠悠,已悠了数千年。北魏郦道元《水经注》记载,古汴河源于战国时期开凿的鸿沟。隋炀帝于公元605年下令开通济渠,引黄河水东行,将沿河一些天然、人工河道包括汴河拓宽取直,经开封、宿州等地入淮,唐以后才称为“汴河”或“汴水”。昔日的汴河逶迤千里,百舸争流,在唐宋500多年间曾是我国南北交通的大动脉。而“扼汴河咽喉,当南北要冲”的宿州也因为汴河繁忙的漕运而诞生、兴盛,成为沿汴重镇,可以说没有汴河也就没有宿州。

汴水悠悠,流淌着一河的诗情画意。翻开《中国文学史》,孟浩然、杜牧、李商隐、王安石、苏轼等光华璀璨的名字赫然在目。这些文人雅士或泛舟汴水,或寓居此地,或被两岸景致所感染,不由得拿起神来之笔,写下咏叹汴水与隋堤的诗文。

唐皮日休《汴河怀古二首》(其二):“尽道隋亡为此河,至今千里赖通波。若无水殿龙舟事,共禹论功不较多。”这是肯定汴河历史贡献的。唐刘禹锡《杨柳枝词九首》:“炀帝行宫汴水滨,数株残柳不胜春。”这是感叹世事沧桑无常的。唐王维《千塔主人》:“窗临汴河水,门渡楚人船。”唐崔颢《晚入汴水》:“晴景摇津树,春风起棹歌。”这是诗人在汴河旅途中赞赏两岸风光的。而更多的则是苦旅长行的人在航船上面对汴河发出的吟唱,在感伤、怅惘、憧憬的同时,也有明张岱《夜航船》“且待小僧伸伸脚”那样的情趣。对宿州历史颇有研究的周宝芳先生不辞辛劳,对历代文人歌咏汴河的诗词进行搜集整理,竟多达上千首。这些名篇,多层面、多视角地感受汴河,寄托着对汴河的殷殷之情和无限眷念,并逐步积淀成独具特色的汴河文化,随着悠悠河水流向远方。

汴水悠悠,生命之歌在延续。汴河在唐宋繁荣兴盛了500余年,由于宋金战争,加上上游带来的泥沙的淤积,终于失去往日风采而日渐堙废。谁承想,宿州城区的大隅口曾是当年舟车交会的水陆码头。往事越千年,历史的机遇又一次选择了汴河。为上承河南省来水,1966年国务院决定,开挖一条人工河道,因河线与古汴河相近,故名新汴河。重生的汴河虽冠以“新”字,却有着古汴河的品格与精神,消除了当地水患,滋润了良田,为万民造福。

清晰地记得在1970年初夏的一天,新汴河在开挖中,因“文革”无法上学的我和我的同学,结伴去新汴河工地观看已建好的穿越河床的宿县地下涵。以石块砌筑而成的半圆的涵洞静静地躺在蓄满清水的河床下,走在涵洞里阴森森湿漉漉,从石缝里渗出的水不时地滴在我们的头上,紧张猎奇探险的心境相互交织,直到50年后还那样刻骨铭心。

我还记得挖河那几年的春夏时分,辛苦半年的民工返乡时的壮观场面,一辆辆手扶拖拉机,载着民工及平板车、独轮车、刨锨等挖河工具,风尘仆仆地行进在宿城大街上,归心似箭。

我未参与过挖新汴河,但有着挖塘的经历。1975年12月高中快毕业

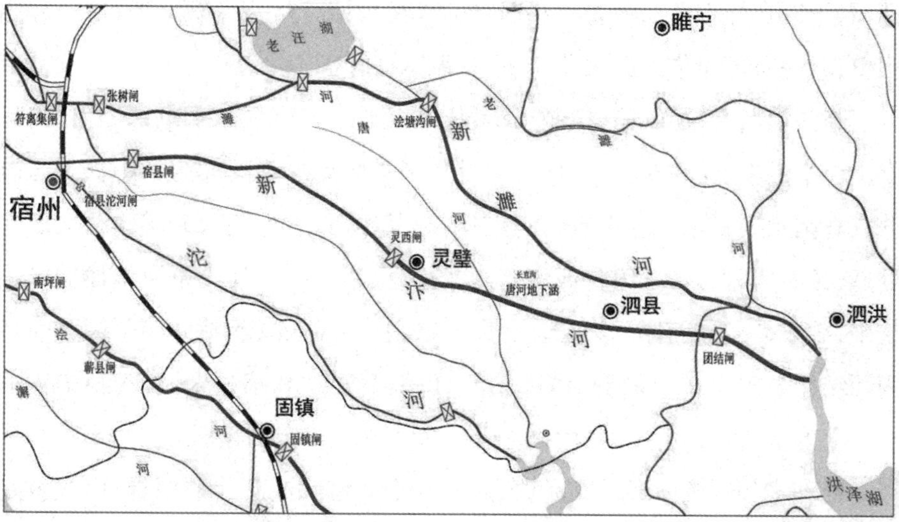

新汴河示意图(宿州水文局提供)

时，我们一中的政文班学生赴宿县永安单家帮助挖塘，半个月的时光，体验了赤脚在冰里挖泥，挑灯夜战，数百人战天斗地的场景。

新汴河挖好后，我在《安徽画报》1976 年第 3 期上看到一个令人震惊的数字：新汴河、沱河疏浚工程，共挖出 1.2 亿多立方米，如筑成 1 米高 1 米宽的土堤，长度可环绕地球两圈半。

我也听说砀山的民工兄弟在返乡途中，所乘坐的闷罐车发生火灾，60 名民工遇难，为了开挖新汴河永远地长眠在符夹线上。

三冬四春的一千多个日日夜夜，数十万民工在那样的艰苦条件下迎冰雪战严寒，顽强拼搏，不计报酬，吃住在工地，数月不回家，甘于奉献，有的甚至献出了自己的宝贵生命，是什么在支撑着他们？我陷入了长时间的思索。我逐渐明白，答案只有一个，就是一种精神——新汴河精神。

在物资比较匮乏的 20 世纪 60 年代初中期，国家不可能拿出很多资金用于水利建设，只能依靠自己的力量克服困难，依靠奉献精神办好事情。艰苦奋斗是中华人文精神的重要组成部分，是中国五千年文明史铸就的优良传统，我国古代很多治水英雄都在践行着自强不息、艰苦创业的精神。《史记·夏本纪》载夏禹“劳身焦思，居外十三年，过家门不敢入”；《周易》“天行健，君子以自强不息”，就是这种精神的真实写照。从一定意义上说，一部中国史，就是一部中华民族艰苦奋斗、自强不息的奋斗史。

新汴河由动议到开工历经 4 年，从基层技术员到国家水电部专家，前后拿出三个方案，无数次论证，最终由时任国务院副总理的谭震林拍板。豫皖苏三省因水利长期矛盾重重，为各自利益以邻为壑，为此国务院曾两次发文处理，又专门派出督查组督促落实，并没有根本消除。而一条河将他们联系起来，结成命运共同体。为纪念合力治水，新汴河入洪泽湖处节制闸被命名为团结闸。50 年来，团结闸谱团结曲，豫皖苏三省和睦相处，成为新中国治水史上的奇迹。

这种多年凝聚而成的用激情、热血与生命铸就的新汴河精神，内核就是“自力更生、艰苦创业、科学治水、团结奉献”。它囊括了：

愚公移山、精卫填海的坚韧精神，
艰苦创业、奋发向上的奋斗精神，
克服艰难困苦、玉汝于成的进取精神，
积聚力量、众木成林的团结精神，
舍小家顾大家、不求名利的奉献精神，
虽九死犹未悔的探索精神，
求实创新、勇于开拓的担当精神。

这种精神构筑了中华人文精神的大厦，成为中国传统文化思想的主旋律，与延安精神、西柏坡精神、大庆精神、红旗渠精神一样，成了国家记忆、民族记忆，成了一个时代的印记和符号。

新汴河美景图

甲午金秋的黄昏，我徜徉在新汴河岸边。在新一轮整治中，政府正打造十里新汴河景观长廊、文化长廊、生态长廊。届时，一个碧水穿城、两岸花香、绿树成排、轻舟荡漾、水岸滩堤、路桥灯交相呼应的风光带将展现在世人面前，新汴河将成当地人最向往、幸福指数最高的地方。

太阳慢慢落下了，晚霞的光辉越发显得厚重与深沉。我久久凝视着东去的流水，眼前闪现着“漕运帆樯去似飞”“万尾粼粼汴岸舟”的当年汴水众多漕船衔尾上下的景象，品味着悠远的历史古韵，观赏着建设中的景观带。

水面上波光粼粼，缓缓的护坡和起伏的生态岛生长着盛开的野花，红的、白的、蓝的、紫的，宛如五彩织毯，装饰着视线中低层的空间，给人一种明亮开阔的舒畅感；两岸巍巍大堤上排排高耸的林木形成一道绿色屏障，远远望去，新汴河像在绿中飘起的玉带；芳草鲜美、落英缤纷的休闲小道，色泽鲜亮的自行车道和蜿蜒的临河栈道交相通向无尽的远方；一群可爱的孩子在花丛中尽情游戏，大人们三五成群地在悠闲散步；几只直冲云天的白鹭又使我回到了孩提时代。

"人的本质就在于他的意志有所追求，一个追求满足了又重新追求，如此永远不息。"德国著名哲学家叔本华在《作为意志和表象的世界》里的一句话突然映入我的脑海，这是一个哲人对人生至高追求的详解。

沿着这个思路，我和我的同事用了整整一年时间，跑遍了资料室、档案馆，访问当事人，掀开落满尘土的资料，洞观尘封50年的历史，去寻求形成新汴河精神的轨迹，寻求创造这种精神的人，一个令人热血沸腾的新汴河开挖建设工程逐渐清晰起来。正是这些大写的人永无止境地追求，才有了新汴河传奇。还原这段真实的历史，既有沉重，又有憧憬。这是一部史诗，一部写在淮北大地上流动的史诗。

历史，从最沉重的一页翻起。

第一章　水患水患

从雪山走来的黄河创造了中华文明，但这条河以善淤、善决、善徙而著名。自有文字记载以来，泛滥达1500多次，改道26次，多次夺淮入海事件的发生，打乱了淮河水系，导致淮河流域水灾频发，给两岸人民带来无尽的灾难。地处淮北的濉沱河地区，受灾最为严重。

一

水是生命之源，孕育了地球上的一切生物。作为大自然骄子的人类，因为有水，才有了生命、繁衍与存在，才有了文明。

在古埃及、古巴比伦、古印度和中国这世界四大古文明中，古埃及文明发端于尼罗河。古希腊著名历史学家希罗多德曾说，古埃及是尼罗河的赠礼。每年7月，尼罗河的发源地就进入了雨季，暴雨使水位大涨，洪水漫过河堤，淹没了两岸的沙漠，11月底洪水退去，给两岸的土地留下了肥沃的黑色淤泥，6000多年前聪明的古埃及人在上面种植庄稼，产生了文明。在亚洲西部有两条大河，东边为底格里斯河，西边是幼发拉底河，它们都发源于今天土耳其境内的亚美尼亚高原，这一块地方被称为两河流域，以北部的亚述城和南部的巴比伦城为中心。每年春天，亚美尼亚高原的积雪融化，两条河河水暴涨，泛滥成灾，待洪水退却后留下大量淤泥，使两河流域变得非常肥沃。这里的人们和古埃及人一样，在上面种植庄稼，享受大自然的恩赐，加上日照充足，水源丰沛，农业非常发达。印度的远古文明直到1922年才被发现，遗址主要集中在印度河流域，又称为印度河文明。

奔腾的黄河

中华民族是一个大河民族，古老而漫长的黄河是我们的命脉。从上古传说中的三皇五帝到北宋覆灭，黄土高原的核心区一直是中国的腹心之地。黄河文明在中华文化源流上一直占有主流的地位。《汉书·沟洫志》："中国川原以百数，莫著于四渎（江、河、淮、济），而河为宗。"一部上下5000年的中华文明史，一大半篇幅是由黄河抒写和渲染出来的。曾有学者指出，黄河孕育的文明是人类历史上一种非常早熟的文明。同恶劣气候和洪水泛滥的斗争，使得中国人的治水、历算、土地测量以及农业耕作、饲养家畜、制陶冶炼等技术，比西方早成熟至少1000年。

相传在原始社会末期，中原大地上发生过一次特别大的洪水。洪水淹没了土地，冲毁了庄稼，房屋倒塌，人死牲亡，到处是白茫茫的水波，活着的人纷纷跑到丘陵或山上去避难。这时有位治水的英雄叫大禹，传说他三过家门而不入。他象征着中国人民战胜水害的顽强斗争精神。

但黄河又是一条性格暴戾、不安分的河流，历史上以"善淤、善决、善徙"而闻名，其河道的泛滥和改道迁徙，大多集中于下游平原地区。据统计，在新中国成立前的2500多年里，有明确记载的黄河泛滥达1500多次，改道26次。这些泛滥、改道多次造成黄河夺淮事件。所谓黄河夺淮，指的是黄河泛滥改道向南奔流，河水凭借其强大的水势抢占了淮河的河道。

宇宙洪荒之时，从河南桐柏山深处走出来的淮河，以虚怀若谷的气度奔向东方，一路欢歌，一路包容，一路壮大成长，沿途容纳了汝水、颍水、睢水、泗水等大小几十条河流，横跨湖北、河南、安徽、江苏、山东五省，四十个地（市），一百六十三个县（市），延绵前行上千千米，浩浩荡荡奔腾到海，总流域面积约 27 万平方千米。

淮河是一条古老的河流，地处我国中东部地区，介于长江与黄河之间。地质学研究表明，它独流入海的时间大约可追溯到 1 万年前。《汉书·地理志》记载："淮水所出，东南至淮浦入海，过郡四，行三千二百四十里。"北魏郦道元在地理名著《水经注》中，记载着淮河流域有大小上百个湖泊。远古时期淮河流域只有淮河一个水系，沂河、沭河、泗河仅是它的北侧支流，与淮河主干道拥有同一个入海口。但黄河夺淮以后，淮河流域就变成了两大水系，在人工的干预下，沂河、沭河、泗河在苏北形成了自己的入海水道。从地势上看，淮河流域整体自西北向东南倾斜，西部、南部和东北部为高山区，中游地区为平原洼地，下游地区为平原和滨海湿地，整体呈簸箕形。淮河北侧为淮北平原，南侧为丘陵岗地，平原面积占流域总面积的三分之二。

淮河源图

淮河流域在中国历史发展中地位十分突出，不仅是我国南北的分界线，经济发展繁荣，更有多少政权更替，多少惊心动魄的故事在这里上演。

淮河的冲刷造就了两岸肥沃的土地，以她甘甜的乳汁哺育流域人民，生产的农产品种类繁多，盛产水稻、小麦、玉米和棉花，是我国重要的粮棉产区，自古就有“江淮熟天下足”“走千走万不如淮河两岸”的说法。秦汉时代把天下田分为九等时，江淮之田为上中，除关中部分地区外其他地方无可比拟。民国水利学家武同举先生是这样描述古代淮河流域的：“在古昔，淮流顺轨，畅出云梯，南北支川纲纪井然。两岸陂塘，不可偻计。而泗可通济，济可通汴，汴又可旁通涡，下达于淮。扬徐兖豫间，交通灌溉之利甲于全国。”可见淮河在古代是有利无害的。

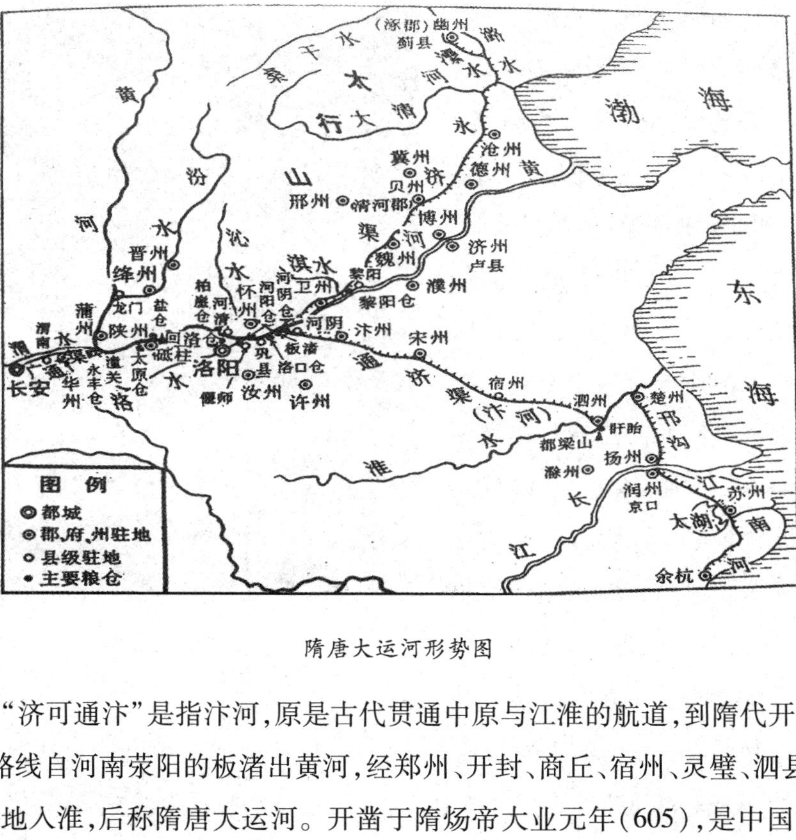

隋唐大运河形势图

“济可通汴”是指汴河，原是古代贯通中原与江淮的航道，到隋代开通济渠，路线自河南荥阳的板渚出黄河，经郑州、开封、商丘、宿州、灵璧、泗县、扬州等地入淮，后称隋唐大运河。开凿于隋炀帝大业元年(605)，是中国古代沟通黄河、淮河、长江的南北交通大动脉，也是世界上开凿最早、规模最大的运河。据《资治通鉴·隋纪四》记载，隋炀帝杨广即位的大业元年，就发河南淮北诸郡百万民众开凿通济渠，3月动工，8月完成。通济渠不仅担负着整个京城的各种物资供应，繁忙的航运也推动着两岸城市的兴起和经济的繁荣。唐代诗人李敬方在《汴河直进船》中写道：

汴水通淮利最多，生人为害亦相和。

东南四十三州地，取尽膏脂是此河。

到北宋末年，隋唐大运河通济渠段沿岸的州府城市已达14个，宿州就是因大运河而兴，走向繁荣昌盛的。《资治通鉴》载，在唐后期“庞勋之变”事件中，庞勋带领兵变军队攻占宿州，夜掠城中大船300艘，满载粮食等财物，顺流而下。在一夜之间竟能掠300艘大船的财物，可想而知当时宿州的繁荣程度。隋唐大运河运行了500多年后，逐步走向衰落，厚厚的黄土掩埋了昔日辉煌。2014年，古汴河作为我国大运河的一部分成功入选世界文化遗产名录，成为我国第46个世界遗产项目。

一个多雨的秋天，我来到被列为世界文化遗产的泗县隋唐大运河遗存的运河边，站在高高的隋堤上久久凝视，心中无限感慨。说是大运河，历经千年，如今已成了不足10米宽的小河；说是人工运河，河床已不平直而更像老人的驼背般弯曲；说是郁郁葱葱，已是灌木丛生，难见如烟柳絮。尽管如此，仍然可从它身上看出昔日辉煌，见证着历史兴衰，承载得很多很多。

雨在不停地下。我想这雨停了之后还会再下，而雨中的面孔却不停地

古汴河遗韵

变化。这应是亘古不变的真理。正如隋唐大运河遗存,千年前的雨水可能还留在河里,而人也许已随风远逝。

秦岭—淮河一线被大家共视为我国的南北方自然分界线。翻开中国历史可以清晰地看到一种现象,就是《三国演义》开篇所说"天下大势,分久必合,合久必分",在三国、东晋十六国、南北朝、宋金等短暂分开割据中,政权对峙的交界往往就是秦岭—淮河一线。这是因为自古就有"南船北马"之说。南方河湖遍布,人们习惯驾舟行船;北方大漠莽莽,尤喜奔袭骑射。双方在争夺政权的撕拼中不可能弃长就短,于是主战场总是在淮河两岸徘徊。一些军事历史学家分析个中原因说,北方纵然有战斗力很强的骑兵,但到了淮河一线就受到了河流湖泊的影响,优势难以发挥;南方的水军冲到大平原也无法与北方骑兵抗衡。清初地理学家顾祖禹在《读史方舆纪要》中总结道:"自南北分疆,往往以长淮为大江之蔽。江南以江淮为险,而守江者莫如守淮。南得淮则足以拒北,北得淮则南不可复保矣。"分析得可谓入木三分。

悠久的历史积淀,独特的地理环境,造就了融南北方文化为一体的淮河文化,成了哺育英雄豪杰、文人雅士的沃土,演绎华夏文明的舞台。处在淮河流域的人民,被南方人称为"侉子",被北方人称为"蛮子",具有北方人粗犷豪放、坚毅进取的品性,民风剽悍,又有诗性江南的风骨,感情细腻、机灵能干、知书达理。这里是出帝王将相的地方,陈胜、吴广、刘邦、项羽、韩信、曹操、刘裕、朱温、朱元璋等均出于此;这也是出文化大家的地方,管仲、老子、庄子、华佗、嵇康、刘伶等也从这里走出。

地处淮北平原腹地、面积仅1万平方千米的宿州市,历来为兵家必争之地,这里就演绎了秦末陈胜、吴广大泽乡起义,刘邦、项羽垓下之战,宋金符离之战以及新中国成立前夕的淮海战役。难怪中央电视台记者来采访时不由得惊叹道,宿州的战争文化令人惊讶。

这个可称人杰地灵、美丽富饶的极为重要的地方,自黄河夺淮后,洪水挟带着大量泥沙,淤塞了淮河流域大片河道和湖泊洼地,打乱了淮河众多支流的流向,昔日繁荣昌盛的淮河流域成了中国著名的水旱重灾区。

不仅现在人类破坏生态环境,古代就有。黄河夺淮纵然有大自然因素,但人为原因占有相当比重,可以说既有天灾,又有人祸。

迄今所见黄河南泛、侵占淮河水系的最早记载,始于西汉文帝十二年(前168)。《史记·封禅书》记载:"今河溢通泗。"但当时侵占淮河水系的时间很短,影响不大。真正有大影响的是南宋建炎二年(1128),东京(今河南开封)留守杜充为阻挡金兵南下,以水代兵,在河南滑州李固渡西决开黄河,咆哮的洪水向南奔腾倾泻,穿过濮阳、东明、巨野等地,由泗水入淮河。这次人为决河并没能阻止金兵南犯,黄河昔日平静入海的局面被迫中断。南宋淳熙七年(1180),黄河在卫州及延津一带决口,东南入淮的大势已成定局,形成了"以一淮受全河"的局面。黄河上游的黄土高原水土流失严重,导致下游河床淤高,终于在1194年夺淮入海,黄水入淮,二流合一。到明万历二十五年(1597)黄河夺淮改变为由泗水泛淮。《明神宗实录》第308卷万历二十五年三月条记载:"至嘉靖二十五年以后,南流故道始尽塞。五十年来,全河尽出徐、邳,夺泗夺淮。"黄河失去了淮北平原这一天然"沉沙池",四分之三的泥沙被带到了下游河道和河口淤积,在黄、淮、运交汇的清口一带河床不断被抬高。黄河河床高于淮河,黄强淮弱。淮水在清口受阻,下泄不畅,逐渐在洪泽湖一带聚集,湖面越来越宽阔。从此黄河夺淮历史进入全流夺淮入海时期,即黄河不再北流入渤海,而是全部南流经淮河水道汇入黄海。这种情况一直持续到清咸丰五年(1855),黄河在兰阳铜瓦厢决口,重新由渤海湾入海,黄河夺淮历史宣告结束。

在烟波浩渺的洪泽湖中,静静地躺着一座古老的历史文化名城泗州城。它始设于南北朝时期的北周大象二年(580),是一座曾经辉煌了千年的古代港口城市。古泗州城位于今江苏盱眙县的淮河岸边,依山傍水,岗阜翠绿,是一座"山水朝拱,风气凝萃",景色秀丽的历史名城。清康熙二十七年(1688)《泗州志》记载:"泗州在州境极南,面长淮对盱山,城肇于宋,旧有东西两城,皆土筑,明初始更砖石为之,合为一城,汴河径其中,周九里三十步,高两丈五尺。"唐代至明代,处于黄河与长江的漕运中心,有"水陆都会"之称,管辖着江苏、安徽的大片地区,为历史上淮河下游的一座重要都市。它扼守淮河两岸及南北大运河由淮河入汴河的南端口岸,水陆交通发达,系中原咽喉、南北要冲，具有突出的战略、交通和经济位置。唐宋时，皇家漕粮皆在此中转，成群结队的船只在此停泊。当时曾有诗赞道："官舻客艑满淮汴，车驰马骤无间时。"

繁华的古泗州城吸引了众多文学家、诗人接踵而来，李白、白居易、韩愈、苏轼等都在此留下了不朽的名篇佳作。宋代书画家、诗人米芾知涟水军，道经泗州，曾留有"京洛风尘千里还，船头出汴翠屏间"，赞美泗州优美环境。明代泗州更为繁盛，原因除经济外，还有一个重大政治背景，即朱元璋的祖陵就建在这里。每年的各类祭祀活动使泗州城成为朱明王朝的"行宫"，达到了空前的繁荣。

这个古老的历史文化名城，没有毁于金戈铁马的战争、突发的地震大火，而是毁于凶猛的黄河与淮河的洪水。明清两代的治河方略加速了泗州城淹没。明代汴水堙废，京杭大运河不再经过泗州，而黄河泥沙淤塞京杭大运河，危及朝廷经济命脉。万历六年（1578），总理河漕的潘季驯推行"蓄清刷黄济运"方针，筑高加堰抬高淮河和洪泽湖水位，让泥沙沉积后再以急流冲刷黄淮入海水道，以保证京杭大运河畅通无阻。原本的小湖群被连成一体，形成了洪泽湖。由于洪泽湖水位不断抬高，最终成了高于地面的"悬湖"，泗州城和明祖陵成了湖中孤岛，被淹只是时间问题了。

从明万历六年至清康熙十九年（1680）的 102 年间，泗州城遭水灾淹城事件达 29 次，平均 3.5 年一次，每次都会发生街巷行舟、房舍顷颓、民多逃亡的惨景。康熙十九年六月，淮河上下游地区连续 70 天阴雨。"六月，淮大溢，外水灌注如建瓴，城内水深数丈，樯帆往来可手援堞口。嘻，甚矣哉，官若浮鸥，民皆抱木而逃。"（康熙二十七年莫之翰撰《泗州志》）大水开始先冲破州城东北面石堤，决口 70 余丈，接着城墙西北角崩塌，洪水冲入城中，百姓死亡无数，城内外一片汪洋，明祖陵也一起沉入了滔滔洪水中。泗州古城带着千年荣耀被厚厚的泥沙掩埋，在水底沉睡了 300 多年。泗州古城是中国唯一的灾难性古城，具有浓烈的悲剧色彩，被称为中国的"庞贝古城"。

关于水淹泗州的这场浩劫，民间一直流传有各种传说，给它蒙上了神秘面纱，其中"水母娘娘沉泗州"最为有名，与八仙之一的张果老有关。

司水之神水母娘娘，为了江河湖海各处水位的平衡，整天提着一只水桶游荡在山水之间，哪里水多了就拎点走，少了就补点。她拎的水桶可是个宝物，能装着五湖四海担八江的水。

这天，水母娘娘化成一个老婆婆，拎着水桶来到泗州地界，欣赏着汴河堤坝上的如烟柳林，不知不觉来到城郭外，大街上人来人往，商贾小贩吆喝声不绝于耳，甚是繁华，遂想进城一观。正准备进入城内，忽听一位老者叫住了她。这位老者手牵一头毛驴，面色红润，双目炯炯，白发飘飘，仙风道骨。这毛驴也与众不同，一身黑色的毛油光发亮，脑门上有撮白毛，四条细腿挺直。毛驴一声嘶鸣，竟把水母娘娘吓了一跳。老者来到水母娘娘面前，弯腰施礼："老人家，老朽这厢有礼了。"

水母娘娘听到驴叫先是一愣，继而看到一位老者在向自己施礼，不免笑道："老先生叫老身何事？""哦，老人家，我们走路走得急些，天也热，我倒没啥，只是我的这头毛驴热得厉害，实在是让人心疼。看到您老人家手里拎着个水桶，想必里面是有些凉水的，能否施些水给我的毛驴？"水母娘娘一听，是借点水喝，说道："没啥，只是别把我的水桶弄翻了。"老者随声"多谢"，便把驴牵到水桶边，用手轻拍驴头。那毛驴就低下头，把嘴伸进桶里，慢慢地喝水。

原来这老者是八仙之一张果老。他去东海崂山会友路经此地，在云中一眼看出水母娘娘在此。张果老可非一般神仙，道行高深。他掐指一算，不好！中原大地将有一场惊天劫难，水母桶要被邪妖掀翻，那可是五湖四海担八江的水啊。张果老算到这里，落下云端变成老者。这毛驴也是神驴，被张果老点化一下就明白主人的用意了，不多一会儿竟把一桶水喝光了。水母娘娘先是没介意，一头毛驴能喝多少？等再次转脸，看看水桶里没水了，才知道遇上了高人，遂上前把桶抢了过来，只见满满的一桶水只有桶底尚剩一点。水母娘娘正要发火，只见张果老早已骑上毛驴飞入云端了。那张果老停在云端对水母娘娘说："水母大仙，你不该来人间，你知道如果不是我让神驴喝光你的水，那要酿成大灾。"水母娘娘白了他一眼，没好气地说："要你多管闲事，哪里就有事了?!"张果老不再多言，骑着神驴扬长而去。

话说水母娘娘拎着水桶已经巡游好多地方了，也算辛苦啊，谁知碰到这个倔老头，竟让毛驴把一桶神水喝光了。她拿起水桶，看看里面还剩一点水底子，心里不免产生一腔无名怒火，也就忘了那桶的厉害，随手将桶里剩余的水给倒掉了。这一倒可不得了，顿时洪水滔天，整个泗州城以及方圆数百里土地都是一片汪洋。玉皇大帝得知此事非常气愤，派天神捉住了水母娘娘，将她镇在盱眙县宝积山中的琉璃井里。这一神话流传很广，上海淮剧团还根据这一传说编演了大型神话剧《水漫泗州》，在当地影响很大。

二

黄河夺淮，加上淮河流域属暖温带向亚热带过渡气候，冷暖气流活动频繁，天气多变，以及地势平坦低洼等原因，使这一区域水灾成了最常见、最频繁的灾害。在淮河27万平方千米的整个流域中，水灾频繁且严重的要数淮北濉沱河地区的皖北、苏北、豫东等地。

淮北地区降水多集中在夏季三个月内，占全年总雨量的一半以上，雨量过于集中自然容易造成水灾。秋水也很多，主要是淮河流域的梅雨期一般正值夏秋之交，即每年的7、8月份。长江流域梅雨期是初夏、盛夏，即5、6月份。夏末秋初，梅雨带移到淮北地区，那里开始多雨。

由于特殊的地理和气候条件，淮河流域的自然灾害呈水旱交替进行，连续多年发生水灾的地区也屡见不鲜。据统计，在16至19世纪的400年中，淮北地区共发生水灾213次，旱灾113次，其中旱涝并发48次，最长连续洪涝达13年，最长连续干旱达12年，水灾多于旱灾，重于旱灾。连续发生水灾的地区也比较多，甚至不少地区连续10年发生水灾，如五河县从1843年到1859年，怀远县从1937年到1946年，灵璧县从1903年到1914年等。其中靠近淮河的五河县曾经连续17年发生水灾，在灾荒史上实属罕见，为“安徽连续发生水灾之最”。

另根据《清代淮河流域洪涝档案史料》，1736—1911年间，淮北各地洪涝年次分别是泗州116次、灵璧104次、宿州98次、怀远95次、萧县86次、砀山84次。

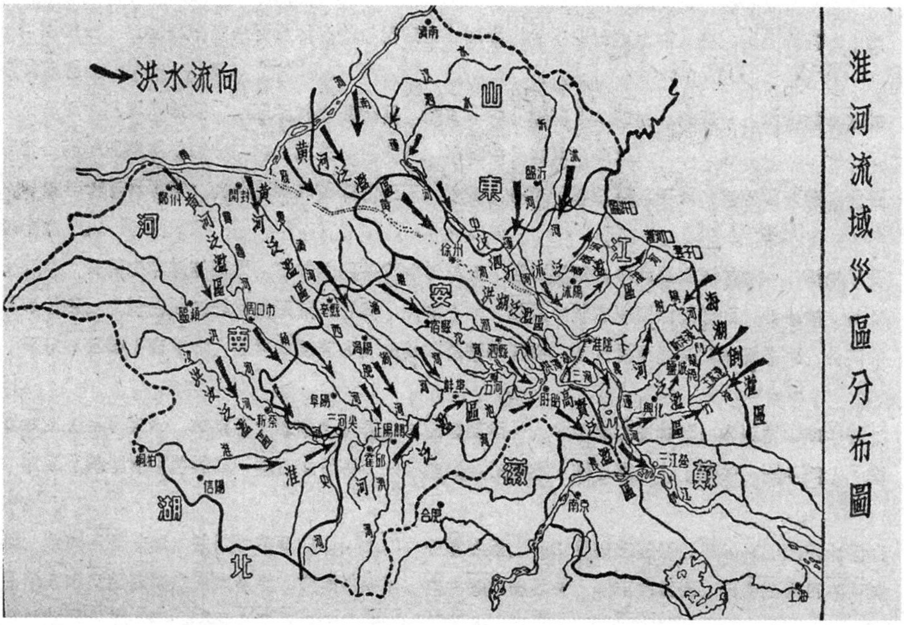

淮河流域灾区分布图

皖北、苏北、豫东所在的淮北濉沱河地区，是发生水灾最大最严重的地方。总流域面积 13542 平方千米，其中山区 1078 平方千米，平原 12464 平方千米；分属河南、安徽、江苏三省管辖，河南商丘地区为 2984 平方千米，江苏淮阴地区为 1567 平方千米，安徽宿县地区 8991 平方千米。

濉沱河地区包括濉河、唐河、新北沱河和沱河四个流域，是新中国成立后经过开挖治理才形成的。历史上这个地方水系混乱，主要河流有汴、濉、涣等水，源头都在河南。汴、濉平行东流，分别于彭城（今徐州）、下相（今宿迁）入泗水；涣东南下，与古之洨流入淮河。

黄河夺淮入海使这里大小河流为泥沙沉积，河浅沟平，濉水入泗口堙废导致北水南蹿。北部积涝经久难退，南部更有淮河洪水顶托倒灌，形成北涝南洪的受灾局面。每至汛期，自然降水遍地漫流，洼地积水数月不退，积久成湖，全区有名可数的湖泊达百余处。当地农作耕种有“抢凌种麦”之说，即乘冬晨薄冰下地种麦，日出冰泮，大地泥泞不堪农作，农民下地耕作习惯称为“下湖”。淮北平原本为大好的宜农区，水灾使得粮食产量低而不稳。一般一年只能收一季小麦，有的年份甚至连小麦也收不成；至于秋季则几乎年年被淹，毫无收成。

地处濉沱河流域中心的安徽宿县是受灾的“重中之重”，“大雨大灾一片光，不雨旱灾一片荒”为真实写照。翻开《清代淮河流域洪涝档案史料》和《安徽水灾备忘录》，叙述这一区域水灾的文字比比皆是。

《清代淮河流域洪涝档案史料》：

1736—8 七月初五日赵弘恩奏

本年六月二十三日，据上江所属五河县知县详称，该县地处宿、灵、虹三州县下游，前因黄河水泛，从宿、灵、虹汛灌入，诸河尚可容纳，又复淮水漫溢，两水夹注，日增日满，宣泄不及，以至县属孝安等里，低田杂粮多被淹没。

1736—12 八月初六日赵弘恩等奏

臣等查各州县被水情形，唯宿、虹、灵三处最重。

据灵璧县先后禀称：五月初八、九日（6月16、17日）黄水自睢毛城铺泄出，水添四尺；十四日（6月22日）积雨渐止，水约六尺。

虹县知县详称，该县所属小曲、赤潼城等里，于五月初九至十三（6月17日—21日）等日由黄河水涨，又兼阴雨连绵，山水齐发，河水骤涨，盈注小河，将两岸所种粱禾豆悉多淹没。

清光绪二十四年（1898），灵璧五月底客水来，高地水深三，凹地水深五六尺，船系门首，十月始退，饥饿而死多人。泗州、五河五月底客水涌注，淮水漫滩泛滥，麦被淹。

《安徽水灾备忘录》：

民国元年（1912），洪涝宿县客水成灾，洼地浸涝，坡地未淹。

洪涝灵璧五月淫雨，积水二尺，歉收，十月水退种麦。

洪五河五月客水，破堤两处。

涝怀远涝灾，受淹六十五点四万亩，积水三个月。

民国二年(1913)冰雹。怀远大水，全县淹没，颗粒无收、灾民数万，食无所。

20世纪初，濉沱河流域几次大的水灾过后，当时在国内有影响的几家报纸杂志是这样描述的。

《东方杂志》宣统二年(1910)七月二十五日：

宣统二年水灾，宿州、灵璧几乎全境陆沉，无论岗洼，无无水之地，无不灾之区，而以南一半受灾尤惨。当洪涛汹涌，奔流下注，实有平地水深丈余者，其禾稼全数漂没。村镇房舍人畜，以及上季所收之粮，皆为波涛席卷而去。目下宿、灵南境一半，难民死者半，逃者半，间有存在者，现正扎缉草庵席棚而居，亦将奄奄待毙。此宿、灵南境之大概情形也。北境一半，目下平地之水，仍深数尺，一望无涯，前既无补种秋禾之可言，后又无播种二麦之可望。推其停水之由有三：一则由于濉河上承苏、豫汇灌，下为洪、泗壅塞，以致有来源而无去路；二则由于本年六、七、八三个月连发大水五六次，尤以八月八日之大雨为最害，每次倾盆下注，皆数日夜不息，以致地已灌足，无可浸渍；三则由于津浦铁路南北直亘其间，且地洼路高，北水尽为所杜，平日苏、豫所来客水，普地而来者，尚可普地而去，今为铁路所阻，以故滔滔而来者，涓涓而下，是以宿州护城堤冲决数十段，城垣冲倒数百丈之多，房屋衙署庙宇倒塌者，不计其数，至今北境沃壤，尽成潴水之乡。盖以此也。

《民国日报》1931年6月30日：

宿县突于5月31日下午，忽然狂风暴雨，迅雷急电，冰雹骤降约一小时之久，小如鹅卵，大如饭盆，且有大似足球者，平地深至数寸，自西北而东南，宽约十里，长约百里以上。县境各区，二麦损失净尽，所有麦穗麦秸，亦随风飞扬，因水漂流，全归乌有，有仅存者，只贴地寸之麦根而已。顷刻间，小康之户变为穷民，贫苦之家遂寻短见，因之转徙流亡，相属于途，童嚎妇哭，不绝于耳，惨情苦状，实空前未有之奇灾也。

《大公报》1931 年 9 月 13 日：

据八九十岁老人回忆，此次（指宿县）水势之大，他们亦没经过。如清同治五年（1866）、民国五年（1916）、民国十年（1921）等年，均未有如是之普遍，且以前水势旬日即退。今年则自 7 月至今已逾 2 月，来势固速，退亦至微，非秋收全无，即来年二麦亦无下种希望。

淮北大水，群众爬树求生

《中央日报》1931 年 10 月 3 日：

五河地势低洼，淮、浍、潆、潼、沱诸河环绕全县，易受水灾。近年迭遭歉收，虽先筑防堤，今则大雨旬余，淮水泛滥，堤圩尽伏，一片汪洋，顿成泽国，全境几无一片干土。县城街道水深数尺，市面行舟，屋宇撑筏，其余村镇水深有至丈许者，房屋财产损失，约在数百万元以上。

新中国成立后，宿县地区相继对诸河道干支流进行了全面治理，水灾有所缓解。但由于河道标准低，穿境的濉河、沱河、浍河等河道源远流长，上有大面积高水、客水下压，各主要河道分属下游潆潼河、濉河两大水系，出口平槽排水量小，造成大面积灾害。尤其是濉河中上游有一部分山区，每遇暴雨，河槽很快为高水、客水抢占，水位超出地面，沿岸较低地区的内水（即主水或涝水）无法排入河槽而积涝成灾，主客水的矛盾（即洪涝水矛盾）更为突出。这里的河道沟洫都很浅少，水利条件极差，原有的沟洫排水系统破坏严重，大部分地方水无出路。在1949—1966年的18年中，均有大小不同的洪涝灾害。1954年7月1日至20日大水，全区成灾面积8000平方千米，潆潼河上游来水和本地产生径流量达53亿立方米，泄水量和湖洼容量仅25亿立方米，余28亿立方米滞留于平洼，1个多月才排完。

1963年有6次大暴雨，4次重灾。5月中下旬濉河北大雨，降雨量最大的灵璧高楼达557毫米，受涝6413平方千米，洼地积水达2米以上；7月上中旬雨区仍在濉河北，降雨量最大的砀山唐砦425毫米，积水4353平方千米；7月中下旬中部大雨，降雨量最大的怀远河溜221毫米，积水3053平方千米；8月上旬降雨，萧县黄口降雨量最大的达630毫米。同时淮河上游连降暴雨，淮河、涡河汛情日趋紧张。从4月到9月，全区平均降雨1200毫米，降雨量最大的灵璧高楼1971毫米。

1965年6月30日—8月18日，全区连续降雨，总雨量700—900毫米，降雨量最大的泗县长沟达1052毫米，加上上游大水，各河水位陡涨，濉、浍、沱等河水位均超过1954、1963年最高洪水位。

同区域的苏北、豫东诸县也是这样。从历史记载看，自南宋至清末，淮河全流域发生了400余次较大水灾，殃及苏北、豫东地区的占一半以上。苏北水灾主要是河溢型和雨水型。河溢型水灾是因黄河决口而发生的洪涝灾害,几乎每次决口苏北都要受到影响;雨水型水灾是淮河入海水道紊乱引起的。豫东主要是黄河夺淮水系被打乱所致。苏北在晚清较大的水灾有三次,即1861年、1897年和1906年,以淮安、宿迁、睢宁为最重。

1931年的江淮大水灾是20世纪受灾范围最广、灾情最重的一次大水灾。

《申报》1931年8月10日报道:"5月至8月,苏皖鲁豫诸省发生特大洪灾,江苏16县受灾面积1.7万平方千米,受灾户数41万户103万人,迁移人口3.8万人,死亡908人,财产损失248多万元。"

最难忘的莫过于从这年开始的苏北灾情。由于没有拦洪蓄水的控制工程,放荡不羁的洪水冲垮了里运河堤防,决口27处,使里下河地区尽成泽国,毁灭性的水灾使苏北7.7万人丧生,千万亩农田绝收,泰州城洪水4米,半年才退尽。而里下河地区到第二年春天才退尽了洪水,哪知第二年夏天洪水又来了,给这个地区造成了毁灭性破坏。

三

无尽的水灾,给流域人民带来深重的灾难。每次水灾过后淮河两岸就会出现田庐荡无、人畜死亡、饿殍遍野的凄惨景象,社会经济遭受严重破坏,淮河两岸昔日的繁荣昌盛景象被满目疮痍一片荒凉所替代。在生产力水平极为低下的旧中国,农民即便在正常年份,靠辛勤劳作也只能勉强维持生计,摆脱不了靠天吃饭的不稳定状态;一旦遇到灾荒便陷于饥饿的困境,为谋求生路,贫苦农民便被迫远离故土到他乡谋生,走上极为悲惨的逃荒之路,大批青壮劳力外出形成了巨大的流民潮。当灾民为了活命而四处流浪时,他们成了流民,过着颠沛流离的生活,充满了艰辛。老弱病残则留在家里苟延残喘,人民陷于水深火热之中。

《申报》1932年4月23日载:"江淮诸区,经洪水浩劫后,孑遗之民无以为生。入春以来,又遭久旱,蔓青不发,即高阜之地,潦退较早,种麦者,亦必待至6月方能收获；种稻者至九十月始有收割，在此数月间饥馑殆不可免。安徽、江苏等省荒情共同，地方元气既伤，人民生机几绝，迩值春荒，于是饿殍遍野。因去岁禾谷被水漂没，无粟可食，乃剥取树皮，磨成粗粉，掺以水藻、草根、树叶等物，蒸而食之，虽难下咽，聊胜枵腹。暮春之时，以树皮、水藻采食殆尽，灾民乃联群结队，纷往田间，剥取大麦苗，回家煮食，因缺乏滋养性，食后面皮无不浮肿。尸骸遍野，无人掩埋，加以天气亢旱不雨，以致时疫流行。穷乡僻壤之所，卫生毫不设备，一旦染疫，速于瓜蔓，一人得病，传染一家，死者无棺盛殓，往往弃尸荒野。”

《安徽水灾备忘录》记载：“民国二十一年（1932），皖北水灾，宿县、濉溪等地方，某家无食数日，小儿饥甚，啼哭索食，其母被儿迫缠不已，竟以泥成饼形，持以给儿。”

水灾在很大程度上摧毁和剥夺了人们原有的物质生活条件，田地淹没，房屋毁坏，家里无粮，灶下无薪。为了生存，只好流落他乡。在皖北凤阳，“背着花鼓走四方”成了逃荒生存的手段。

淮河岸边的凤阳县是明朝皇帝朱元璋的老家，素有“花鼓之乡”之称，是凤阳民间独有的传统艺术。每逢节日、农闲或田间小憩，随时随地敲打说唱，热闹有趣，在全国很有影响。

但凤阳花鼓的起源，却有一段悲喜交加的经历。由于黄河夺淮，导致凤阳府（今皖北地区）一带成为“三年恶水三年旱、三年蝗虫灾不断”的长年灾区。每到灾后，都有成群结队的妇女“背着花鼓走四方”，外出卖唱求生：

说凤阳，道凤阳，
凤阳本是个好地方。
自从出了个朱皇帝，
十年倒有九年荒。
大户人家卖牛马，
小户人家卖儿郎。

奴家没有儿郎卖，
身背花鼓走四方。
咚咚咚咚呛，咚咚咚咚呛。

说凤阳，道凤阳，
凤阳本是个好地方。
而今淮河发大水，
一望无边成汪洋。
百姓死里要求生，
拖儿带女来逃荒。
登门不为别的事，
只求给俺半碗粮。
咚咚咚咚呛，咚咚咚咚呛。

历史总是这样巧合：1935 年 5 月，中央红军先头部队第一师第一团 18 位勇士，以气吞万里如虎的气势强渡大渡河，在被敌人视为插翅难飞的天险防线上打开一个缺口，为中央红军北上开辟了一条通道，在中国革命战争史上写下了光辉的一页。

就是这个凤阳县，在它的小溪河镇小岗村，1978 年前"吃粮靠返销、用钱靠救济、生产靠贷款"的"三靠村"，也是 18 位农民勇士，以"托孤"的方式冒险在土地承包责任书上按下鲜红的手印，实施"大包干"。这一"按"竟成了中国农村改革乃至中国改革开放的第一份宣言，掀开了中国改革开放的序幕。自强不息的小岗村人自此创出了"敢想敢干，敢为天下先"的小岗精神。

第二章　欲破重围

严重的水患，刺激着人们寻求生存之路。洪水来了怎样使自己不受淹，天旱了如何保水成了首要考虑的问题。在毛泽东主席“一定要把淮河修好”的号召下，豫皖苏三省人民团结治水，取得显著成效。但由于人们对平原治水的艰巨性、复杂性、特殊性、长期性认识不足，加上传统治水思想的影响，十年大力治水的背景下仍然洪涝不断，特别是省界、县界等边界地区表现尤甚。边界水利纠纷形成的原因有历史的遗留，也有当代治水出现的新矛盾。在国务院的直接过问下，豫皖苏三省领导共谋治水大计，达成共识。

一

1950年7月正是北京炎热的季节。在毛泽东主席宽大的办公桌上，呈放着一份来自华东军政委员会的《皖北淮河灾区视察报告》：

中央防汛指挥部：

皖北在5月、6月天久不雨，群众正在大力抗旱。6月19日至26日各地先后连降大雨。7月6日淮河洪水暴发，潇河、白鹭河，大小洪河、淮河的洪水经河南新蔡、息县等地在洪河口相遇，水头高丈余，波涛汹涌，如万马奔腾。沿淮群众闻声相率攀树登屋，呼号鸣枪求救，哭声震野。洪水在老观巷、邓即子首先漫决，平地水深丈余。群众将小孩用布包起，牛用绳子捆起挂在树上，广大农村或陆沉或冲成平地。继而任王段寿县城西湖，庙垂段邱家湖等堤，正阳关至三河尖水面东西二百里，南北四十至八十里，一望渺无边际。电话、公路交通断绝，有些村庄仅见树顶。淮河中游水势仍在猛涨，估计有超过历史最高洪水位的可能。

一封来自淮河岸边的紧急报告再次由秘书送来。

华东局、华东军政委员会并转中央：

今年淮河水势之大，受灾之惨，不仅重于去年，且为百年来所未有。淮北二十个县、淮南沿岸七个县均受淹。被淹田亩总计三千一百余万亩，占皖北二分之一。房屋被冲倒或淹没已报告者八十万间，其中不少是全村沉没。耕牛、农具损失极重（群众口粮也被淹没）。同时由于水势凶猛，来不及逃走，或攀登树上，失足坠水（有在树上被毒蛇咬死者），或船小浪大，翻船而死者，统计四百八十九人。受灾人口共九百九十余万，约占皖北人口之半。洪水东流下游，灾情尚在扩大，且秋汛期长，今后水灾威胁仍极严重。由于这些原因，干群均极悲观，灾民遇到干部多抱头大哭，干部亦有垂头流泪。

从7月20日—9月21日，毛泽东主席连续在淮河流域水灾及治理问题的电报上写了4封信给周恩来总理，虽总共不到300字，却字字千钧。

淮河在毛泽东主席心里有深刻的印象。他根据淮河灾情，借鉴历史经验，从政治高度出发，强调了治理淮河水患的重要性。据国家水利部原部长钱正英回忆，在一次治淮工作会议上，毛泽东主席说过这样一番话：“中国历史上好几个开国皇帝都出在淮河流域，刘邦是淮河流域沛县人，曹操是淮河流域亳县人，朱元璋是淮河流域凤阳人。为什么出皇帝？就是农民起义多，在灾荒饥饿之下，逼上梁山的穷苦人就要起来造反！为了新中国的安定，必须先把淮河治好。”

周恩来总理是江苏淮安人，从小对淮河有特殊的感情，他曾说过：“生于斯，长于斯，渐习为淮人；耳所闻，目所见，亦无非淮事。”

根据毛泽东主席的批示，周恩来总理于1950年8月份，连续三次专门听取有关淮河流域灾情和治理规划的汇报。

10月14日,周恩来主持了具有历史意义的中央人民政务院会议,做出了《关于治理淮河的决定》,提出“蓄泄兼筹,以达根治之目的”的治淮方针和“三省共保,三省一齐动手”的团结治淮原则。新中国水利建设事业的第一个大工程拉开了帷幕。

在全国人民的支援下,治理淮河第一期工程于1950年11月底开工。数十万民工和工程技术人员奋战在治淮工地上。

参加治淮工程的架子车工人邢玉普说:“我看到成千成万的农民兄弟日夜不停地劳动。他们挖的挖、装的装、抬的抬,就像一支有组织、有纪律的部队,紧张、愉快地劳动着。这是自古以来都没有听说过的大事情。”

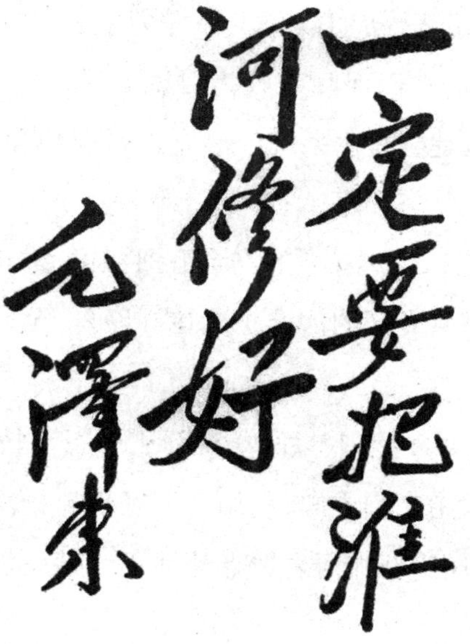

1951年毛泽东亲笔题字

1951年5月,中央治淮视察团把印有毛泽东亲笔题词“一定要把淮河修好”的四面锦旗,分送到治淮委员会和三个治淮指挥部,鼓舞了治淮大军的士气。到了1951年7月下旬,第一期工程全部完工。共完成蓄洪、复堤、疏浚、沟洫等土方工程约1.9亿立方米,保证了1951年淮河流域的丰收。

满怀喜悦的农民，纷纷给毛泽东主席写信报告丰收情形。皖北寿县迎河区大店乡32名农民在信中说：修了润河集分水闸，使我们这里20多年不收的湖地都丰收了。夏天收了一季好麦子，现在我们又收了一万多斤秫秫（高粱），不要半个月还能收一万多斤稻子。现在，我们锅里有了面食，身上穿了新衣，买了一些农具，日子越过越好了。

1951年冬，治淮二期工程开始，至7月工程结束；1953年的治淮工程又开始了紧张的筹备。经过8个年头的不懈治理，到1957年冬，国家共投入12.4亿元，治理大小河道175条，修建水库9座，库容量316亿立方米，修建堤防4600余千米，防洪泄洪能力有了极大提高。

整个治淮工程，流域人民密切协作，压抑多年的治水情绪瞬间迸发出来。

宿县专区的治淮工程，初期以防洪保堤为主，主要是淮河复堤，河道有治理濉河、疏浚沱河，治水以保障麦收为目标。后期转入全面除涝，调整水系逐河治理，开挖沟洫建立排水系统。形成濉河、潆潼河两大直接入洪泽湖的水系，效果明显。

1950年12月12日，怀远县尹家沟至五河浮山，线长347千米的淮河复堤工程开工，标志着宿县专区的治淮正式拉开序幕，至来年5月25日竣工，共做土方1008万立方米。

濉河疏浚工程于1950年12月20日开工。工程按保麦标准疏浚并筑堤；浍塘沟以下濉河改道东南方向，利用港河经枣树杨家、八里桥入汴河，穿越枯河头岗咀至小韩庄为新濉河。新老濉河于小韩庄汇合后至青阳再分别进入洪泽湖。

枯河头，距今天的泗县城东北10千米，系一马鞍形高岗，正是古汴河（通济渠）的流经之地，也是隋炀帝下扬州龙舟搁浅演绎出种种民间故事的地方。

那是公元605年汴河开通后的盛夏。

隋炀帝从东都洛阳登上龙舟，踏上了他自登大位以后首次巡游扬州的旅程。其规模之大已无从考证，只能从保存在扬州市博物馆内的巨幅《隋炀帝东幸图》定格的瞬间感叹,从北宋张择端所绘《金明池争标图》中领略风貌,从宋代孟元老在《东京梦华录》里的文字叙说中想象神采:隋炀帝坐在高45 尺、长 200 丈、有 120 个房间的 4 层龙船最上层,紧随其后的是萧皇后的翔螭舟,再后是供奉之船随行,大大小小共 5191 艘,首尾相接,长 200 余里。亘古未有的深阔运河载着亘古未见的浩荡船队一路向东驶去。船到枯河头时正值枯水季节,河底干得能跑马,就是行不了船,他怕错过了看琼花的时间,便命督工麻叔谋强征民间黍、稷,用香油拌后铺于河床,再让 800 名童男女拉着彩绸做的纤绳,让龙舟从上面滑过去。这次治濉,工地上曾挖出数石黑色黍、稷,并上交淮委,印证了史书记载和民间传说。

自濉溪房庄至洪泽湖绵延 228 千米的濉河疏浚工地,数十万民工手持铁锹、扁担和柳筐等最原始的工具,靠着双肩抬、两腿走把土运到大堤上,人们心里只有一个念头,就是治水。

施工中民工们创造了战胜冰雪的奇迹。当时正值隆冬,河面结冰,冰上有雪,下水挖河十分困难而艰苦。民工们首先扫除河面数十里地的积雪,然后用木棍打破河面的冰,下河排水取土。冰冻的河水把人们的双腿冻紫了,手脚冻裂了。灵璧县等地有不少民工手脚冻裂半指深,他们顾不上去医疗室治疗,自己用线或布把裂口包缠起来又继续下水,终于把一条 30 多千米长的新河道挖成。

之后进行了老汪湖蓄洪圈堤、五河以下干支河分流、王引河沱河工程疏浚等大型水利工程。诸多水利基本建设的推进,提高了防洪抗旱能力。

在治淮工地上,宿县专区涌现出特等劳模金秀兰等模范人物。

金秀兰出生在泗县濉河岸边的一个农民家庭,1950 年,年仅 18 岁的金秀兰动员组织本村的 13 名妇女组成一个妇女班奔赴治淮工地,与男民工一样挖河,后被大家选为分队长,全分队共 51 人。濉河疏浚工程开工后,金秀兰所在分队被分去挖龙沟,既要挖深开宽,又要捞泥刨苇子根,稍往下挖都是坚硬的砂浆。刚去工地时,水利粮还没有发下来,又遇到雪雨天气,民工们每人每天只能煮几个胡萝卜充饥,大家硬是挺了过来。实践中,金秀兰创造出“接力抬土法”，使全队节省了1000多个工作日，她带领的分队提前38天完成了任务。在峰山切岭工地上，她的分队创造了“分排挖土，锹锨互配，行路分开”的办法，工作效率提高了20%；又创造了合理的平土法、烧草法。在挖老龙潭5米深稀淤工程中，她又创造出用苇子扎成排铺路的办法，使泗县全总队节省上万个工作日。

1951年，当第一期工程结束时金秀兰被评为“治淮特等劳模”。同年秋，她作为治淮战线的青年代表，出席了在柏林举行的第三届世界青年、学生和平联欢节，途经莫斯科时受到斯大林的接见；回国后又登上天安门城楼参加国庆观礼，受到毛主席、周总理的接见和宴请。

位于宿县栏杆乡张庄的张友道和他的治淮突击队，也创造了一个个传奇。

1950年治淮的号角吹遍了淮河两岸，也吹到了张友道的家乡。年仅18岁的他义不容辞地报了名，与本乡200多名青年一起走上了治沱工地。这个新中国成立前曾给地主放过牛的孩子当了突击队队长，到达工地时正值朔风怒号、雪花纷飞的“三九”隆冬季节，淮北有句谚语叫作“三九四九中心腊，河里冻死连毛鸭”，其寒冷程度可想而知。他们的第一项任务是挖龙沟，作业中地下水不断涌出，如不及时处理将严重影响工程进度。

怎么办？张友道和他的队员们二话没说便把胳膊一甩，扔掉棉衣跳进水去，边干边唱：

老天纷纷下鹅毛，
治水英雄逞英豪。
气温下降十几度，
要用汗水抵寒潮。

站在刺骨的冰水里，他们挖了一条15千米长的排水沟，保证了工程顺利进行。

在治理奎河工程中，张友道和他的突击队攻克了一个又一个难关，却被河底油浆一样的稀泥难住了。这稀泥黏度高、水分多，陷入泥筐，不仅难排，而且一只泥筐只用三五次就毁了。张友道一时被难住了，夜里辗转反侧，想出了“叫木匠用枝条做络子”的办法。第二天天蒙蒙亮，他就起来叫木匠做了几个，结果费时费钱不成功，又想起用柳枝做络子，谁知柳枝一压就弯。最后他终于想出了用韧性强的桑条做清稀泥的工具，效率大大提高。

张友道还是个发明迷。一次他趁在北京开劳模会的空隙，跑到一个建筑工地去看电动滑车，回来后依葫芦画瓢，利用上级拨的作动力用的柴油机，会同木工，做出了挖河的“动力滑车”。

整个治淮期间，张友道和他的青年突击队，转战于淮北五个县，支援了数个县，开挖了40多条河道，修筑了许多排水、灌溉、桥涵、堤堰等工程，创造了很多治水经验，28次荣获全国和安徽省治淮先进集体称号，张友道本人21次被评为全国及省级劳动模范。

人们没有忘记，在治淮关键时刻的1952年11月，治淮委员会召开了由领导干部、专家、群众共300余人参加的豫皖苏三省除涝会议，大家齐聚一堂讲水情，找成灾原因，探治理方法。大家探讨了淮河中上游内涝的病根，认为这是内部缺乏排水系统和洪涝纠缠造成的，因此要从中国传统的重防洪保堤、忽视除涝保收的治水思想中走出来，把重点放在除涝保收就是全面治水的思想上。

经过多年的大力治水，结束了涡东2.2万平方千米水流齐聚五河入淮的历史，开辟了濉河、潼潼河两个直入洪泽湖的出口，建立了濉河、潼潼河两大水系。濉唐分治，减轻了五河地区洪水压力；淮河干支流分流工程，使淮河洪水不再入侵内水，有效降低了内水位。在此基础上疏浚河道，建立排水系统，分清了水系，消除了河水串流，确立了按水系排水的秩序。又做了大量的农田水利基本建设，改变了河浅沟平的面貌，灾情明显改善。

但之后平原治水走了一段弯路。用著名水利专家陈惺的话说，是“平原地区治水遭受过一次挫折”。纵然这种挫折是治水过程中交的“学费”，抑或是成功之母。这里有传统治水思想的影响，有对淮北平原特殊地理位置、气候等自然条件把握不准的因素,也有急于求成的人为原因。

我们说“淮北平原”是整体而言,实际上有大平小不平的特点。在皖北中部及南部的河间平原,地势虽较平坦,但因冲积与沉积物的关系,分布着许多碟形洼地,俗称“湖地”。沿淮与诸河中下游河谷两岸,有高差 2 到 3 米的缓坡“岗地”。即使地形坡度平缓,各处也分布有很大面积的洼地。洼地又有不同情况:河道两岸的许多洼地,有些河岸高于一般平地;一些洼地在平坦的湖地里;还有零星分布的洼地。

再拿降水说,雨量大,雨期长,雨区广,汛期暴雨集中,每隔两三年就有受涝灾的机会。淮河中游末端形成洪泽湖后,下游失去入海通道,内部排水系统受到严重破坏。逼迫淮北平原的支流河道,既要承泄上游来水,又要遭遇下游淮河出口的洪水顶托,而且本身排涝能力低,排涝能力高的能抵抗 5 年一遇的洪水,低的 3 年一遇的洪水也抵抗不了。

还有,该区域除了洪涝外,渍、旱等灾害也很频繁。长期旱涝交替发生,平均 3 到 5 年发生一次大的旱灾,加上土质差且保水性能低,土壤易板结,蒸发大,保水保肥能力差,极易受灾。

千百年来,生活在这块土地上的人们,按照“适者生存”的法则休养生息,在与自然的抗争中寻求适应当地环境的生存之路,建立了旱农作业,主要生产小麦、大麦、黄豆、高粱、山芋等旱粮,耕作粗放,广种薄收,正是生存斗争的结果。但这些旱作物耐涝耐渍性能弱,因此淮北人有“旱死怕淹”的传统说法。据多年经验,午、秋两季旱作物遇到暴雨强度大则涝灾重,连阴雨日时间长则渍害重,两者都可能造成严重减产,如果暴雨与连阴雨相连,则灾害更重。

20 世纪 50 年代中后期的“河网化”,是淮北地区治水在“以蓄为主”的思想指导下,大规模推广水稻种植的大型水利工程。淮北平原治水主张“小型为主,大中支持;以蓄为主,尽量少排;水网化、水稻化,把淮北变江南”。淮北河网化工程对淮北平原防洪除涝、蓄水灌溉起了一定的积极作用。但就整个治水效果来说,如果只蓄不泄,片面强调灌溉,不考虑排涝,一旦发生大面积降雨,涝渍不能及时排除,灌溉效益也无法发挥;如果只泄不蓄,即只考虑涝防渍,不想抗旱、灌溉,即便在一般年景,农业也会受旱减产,若出现全局性旱情,损失将会更大。而且由于时间紧任务重,不少工程质量无法保证,难以发挥效益。

即便是以蓄为主,各地在执行中也出现了偏差:只蓄不排或者要别人蓄让自己排;在省界和区界上,乱挖沟河或改变流域面积;大修界堤、界渠或加高路埂,形成了大中小横向河网串联水系,打乱了原有水系。虽然可以疏浚河道,起到防洪除涝作用,但由于地势高低不同,也会造成一些地方的堵塞和积水,更会引起地下水位的上升而造成次生盐碱化;河网化要求原有排水河道上节节建闸蓄水,不同水系以横向河网相连,不经协商,闸和横河就建在县界、省界上,造成了上下游河道排水矛盾和水利纠纷;广泛种植水稻,在淮北许多地方无论是自然条件还是生产技术和习惯方面,都不是轻易可以实现的。

以蓄为主即"一块地对一块天,肥水不流外人田"。意思是为了防旱,天上落下的雨水都要留住,一滴水也不让流走,便宜了外人。这句地地道道的群众语言,听起来易懂却不科学。

河南省在鄢陵县马栏乡召开水利现场会,推广平原大挖坑塘的经验,提出"百日基本实现水利化,永远摘掉灾区帽"的号召。安徽提出淮北地区实现河网化的治水要求。

就安徽而言,濉溪县的卧龙湖地区应该是较早进行河网化实验的。

卧龙湖位于濉溪县西南,面积 6 平方千米,原本是芦苇丛生的荒湖。1956 年春,当地党委按照省委提出的"三改"办法,挖沟、圈圩蓄水,改种水稻 213 亩,获得了亩产 304 斤的好收成。1957 年扩大水稻面积,挖干沟 37 条,圈圩 21 处,建涵闸两座,在淮北形成了第一个河网化雏形,水稻也连年增产。1958 年,卧龙湖地区集中 8000 劳力,采取大兵团作战方式,大干一冬春,基本实现了河网化。省委和中央先后组织学习卧龙湖治水经验,号召把经验推向全省乃至全国。

在淮北开挖河网过程中,由于缺乏淮河流域的统一规划,因此开挖河网、河上建闸时,往往引起上下游水利纠纷,特别是跨省区间的河道在蓄水排洪方面矛盾更大，由此掀起与水争地的高潮，圈占河滩、围垦湖泊，省、地区、县各级行政区划之间普遍设置阻水障碍，使河道患上严重的“肠梗阻”，农田重灌轻排，造成涝、渍、碱灾害恶性发作。

当时人们并没有意识到，平原地区的治水远比山区复杂，特别是黄淮海大平原。它主要是黄河摆动泛滥、沉积形成的产物，山区洪水来势猛与平原排水慢的矛盾十分突出，洪、涝、碱、沙多种灾害并存。要治理它，首先要提高防洪能力，使生命、财产和工农业生产的正常活动得到安全保障，然后建立完善河、沟排水系统，使出现频繁、为害深重的涝灾得以缓解。防洪、防涝是平原治水的基础。然后才有可能进一步把治水工作深入调节作物根系层中的土壤水分上来，当土壤水分不足时，通过灌溉予以补充，水分过多时排除渍水，使土壤保持适宜的水分，以达到增产的目的。在皖北治水的规划指导思想上必须是洪、涝、渍、旱统一规划，综合治理，而在实施的步骤上则必须尊重平原地区水利综合治理发展的客观规律，否则就要遭受挫折。

淮河流域特别是淮北地区，水利纠纷并不是 20 世纪 50 年代的产物，它在历史上就是水利纠纷多发地带。从春秋战国时期起，在今天豫皖苏皖边界就经常发生水利纠纷，而因王朝政治的分合而时有变化。在政治统一时期矛盾相对较少，也容易解决；若遇政治分裂时期，矛盾就容易激化。在新中国的和平时期，虽政治开明，但各地为了自身利益，边界水利纠纷也时时不断，有时达到十分激烈的地步。

二

河南省的商丘地区与安徽省的宿县地区比邻，隋唐大运河曾穿过这两个地方直奔东南。在隋唐大运河边，曾有“睢阳古道”贯通两座城市，宿州东门外设睢阳驿，为宿州四驿之中心，沿途设驿站，五里一屯十里一铺，来回传递官文。清李心锐在《宿州八景 · 睢阳古道》中写道：

揽辔睢阳道，山川感慨中。

饭牛多隐逸，逐鹿几英雄。
柳剩堤边绿，尘消陌上红。
符离谁住马，月照战场空。

宿州八景之睢阳官道图（原载《清光绪宿州志》）

两地虽为近邻，但历史上经常闹水利纠纷。从自然地理上看，商丘地区和宿县地区统属淮河流域，商丘地区处上游，宿县地区处下游。商丘地区境内河流大多是西北东南流向，平行相间分布全区。老百姓说，这个地势十里地凹三尺，有水必向东南流。流经东三县的有包河、沱河、虬龙沟、王引河等几支主要河流。虞城是上游，由于排水不畅，经常形成小雨小灾，大雨大灾，无雨旱灾；中游夏邑；下游永城更是积水成灾，每到汛期集中降水时，永城境内便一片汪洋，尤其与宿县地区接壤的边界地区到处是水。

豫皖边界水利纠纷是当时一大难题，新中国成立前有，新中国成立后也有。不光省与省之间有矛盾，县与县、乡与乡，甚至村与村之间都有流水不畅问题。这些矛盾既有群众局部性的，也有因跨省河道治理产生的。群众性水利纠纷多分散，涉及面积比较小。但它是群众家门口的事情，看得见摸得着，直接关系自己的切身利益，处理失当就会激化矛盾酿成暴力武斗。常常有村民跟着村干部带着铁锨抓钩去和邻村人打架，不让他们地里的水通过本村的地往下游排。双方相持不下，都有血拼一场的劲头，因为淹了那几十亩麦子，一年也吃不上一顿面条了。

新中国成立后，跨省河道在淮委统一规划下，加强治理，矛盾曾一度得到缓解，但未能从矛盾成因上化解。随着经济发展，治水要求提高，各地却因所处地理位置不同，利益诉求的差别，导致矛盾像大海的波涛一波未平一波又起。

反思边界水利矛盾，这既有“以蓄为主”“一块地对一块天”的治水思想造成的问题，更有切身利益之争。

翻开《商丘地区水利志·大事记》，仅20世纪五六十年代就有数条记载边界水利纠纷的：

1958年2月，淮委主持解决边界水利问题。签署了《永、夏、萧、砀边界纠纷协议书》。自1956年9月以来，豫皖两省负责人，会同有关专、县的代表，在淮委主持下进行协商，分别签署了虞城与亳县，永城与濉溪，夏邑与砀山县等边界水利问题协议书。解决了省、地、县许多悬而未决的边界水利纠纷。

1961年7月22日，国务院副总理谭震林主持召开会议解决豫东、皖北边界水利问题，参加会议的有河南省副省长王维群、安徽省副省长张祚荫、水电部副部长钱正英。27日，水电部下达了《关于解决豫东、皖北边界地区水利问题的意见》，对王引河改道，周商永运河与边界拦河闸诸问题确定了原则性的处理意见。

1962年3月，中央政治局委员、国务院副总理谭震林，中南局书记陶铸、书记处书记金明，水电部副部长钱正英，来永城视察豫皖边界水利问题。由中共河南省委书记刘建勋、书记处书记纪登奎，中共安徽省委第一书记李葆华和商丘地委副书记张学清及有关县委书记陪同。

1964年2月14日，中共河南省委候补书记纪登奎与安徽省委第一书记李葆华于合肥商讨，并共同向党中央、国务院、中南局、华东局及水电部党组报告《关于豫东地区与安徽省边界水利问题的处理意见》，拆除一切边界阻水工程，废除边界阻水闸、桥，王引河复故。

1964年2月14日，正是农历正月初二。《大事记》只是简单地记述两省领导人会见的事情，而实际发生的情景还有一连串的故事，今天回想起来仍是那么感人。

事情还要从1963年那场大水说起。

这一年的夏秋季节，商丘地区连降暴雨，8月1日—8日全区降雨300毫米以上，有的多达500多毫米，王引河、包河、沙河等25条干流有149处决口，中小型河道普遍漫溢，沟水河水汇流，方圆几百里的广大地区尽成泽国，一人多深的积水排不出去，农民的房屋被浸泡倒塌，成灾面积5773平方千米，全区夏、秋粮食仅收2.65亿公斤，为新中国成立后最低水平。

面对商丘地区的灾情，不仅省委领导迅速做出反应，调动一切资源组织紧急救灾，党中央也高度重视。中央书记处专门研究，邓小平总书记给河南省委书记刘建勋打电话，强调河南省委要快速行动，千方百计组织救灾。还请河南省委考虑，务必要派得力干部到商丘去任职，主要任务就是救灾。

河南省委经过研究，决定派时任省委常委、秘书长，后为省委候补书记的纪登奎兼任商丘地委第一书记，处理灾后重建问题，并化解两省水利纠纷。

生活在20世纪五六十年代，或熟悉党史的人大约都知道，纪登奎可谓名人。抗战爆发那年，15岁的纪登奎就参加革命，加入由中共领导的牺盟会，第二年成为中共党员，此后长期在华北地方工作。曾任中共平阴县委副书记，鲁山县委副书记、书记等职。新中国成立后，出任中共河南省许昌地委副书记兼宣传部部长。1951年春，毛泽东主席南下视察工作，途经许昌时，得知当地有这样一个年轻能干的领导干部后，就特别在专列上召见他，听他汇报工作。由于毛泽东主席对这位比他小30岁的年轻干部印象深刻，以后每到河南,一定要听纪登奎的汇报。1959 年纪登奎任洛阳地委第一书记,1963 年任中共河南省委常委、省委秘书长,两年后为中共河南省委书记处候补书记,又兼任商丘地委第一书记,曾任国务院副总理。

那一年纪登奎 40 岁,正是年富力强、干大事业的年龄,刘建勋就把邓小平交代的任务派给他了。

纪登奎到了商丘,首先要解决的,就是把方圆几百里的积水泄出去。商丘地区和河南省范围内的事,他是地委的一把手,又有省委领导的"尚方宝剑",问题不难解决;可是涉及河南与安徽两个省的问题,就不是他职权范围内的事了,两省边界安徽一方的阻水堤坝不扒开,水还是流不走。

1963 年 10 月,毛泽东主席视察河南,住在郑州北郊的省委第三招待所。纪登奎得知后求见毛泽东主席,汇报了豫皖边界的水利纠纷问题。毛主席听了汇报后,当即把安徽省第一书记李葆华召来。李葆华第二天便匆匆赶到郑州,与刘建勋(时任河南省政协主席)、纪登奎一同研究出了解决水利纠纷的原则意见:安徽同意拆除边界阻水工程,河南恢复河道自然流向。当天下午,刘建勋、纪登奎、李葆华 3 人向毛泽东主席报告说两省水利纠纷已圆满解决。毛泽东主席听了汇报后表示满意,还很有兴致地给他们讲了春秋时代齐桓公"葵丘会盟"的故事:

> 春秋战国时期,诸侯各国大兴水利,竞相修筑堤防,通渠灌田。但是,当时列国争雄,不仅自利,以邻为壑,又在激烈的兼并战争中,频频使用水攻,以水代兵,作为危害他国的手段。楚国为了吞并宋、郑等国,在宋国边界的睢水、汴水上打坝拦水,后淹没了宋国的大片土地。因此,在诸侯会盟的盟约中就常有反对以水为害的规定,其中最著名的是在葵丘之会上订立的盟约。
>
> 公元前 651 年,齐桓公召集宋、鲁、郑、许等诸侯在葵丘(在今民权县境)会盟,周襄王派代表参加,对齐桓公极力表彰。在葵丘之会上,齐桓公代表诸侯各国宣读了共同遵守的盟约,其中有一条是"不准把水祸引向别国"。条约规定,"凡我同盟之人,既盟之后,言归于好"。通过葵

丘的盛会，齐桓公终于达到了联合诸侯、称霸中原的目的。

毛泽东主席的直接过问，李葆华以大局为重，积极调处，多次下发团结治水文件，加强督查调度，问题逐步化解。

时间飞逝，转眼快到1964年的春节了。身担重任的纪登奎，盘点一下前段抗灾救灾和治水情况，认为很有必要利用春节拜年之际，与安徽进一步商谈。

据当地历史记载，《党政论坛》张兴元的文章，或是亲历者回忆，当年纪登奎给李葆华拜年大致情节是这样的：

1964年2月14日正是农历正月初二，河南省商丘地委第一书记纪登奎决定去合肥市，给安徽省委第一书记李葆华拜年。

李葆华时任中央委员、安徽省委第一书记，还兼任华东局书记。

1963年商丘的那场大水后，身兼商丘地委第一书记的纪登奎，深入基层调查研究，及时向省委和党中央汇报商丘受灾情况，商丘被国务院确定为全国重灾区，全国各地纷纷伸出救援之手。但纪登奎依然心事重重，他考虑的是如何让商丘人民永远摆脱穷困和灾难，摆脱洪水的年年纠缠。

新春佳节来了，合肥繁华的街头上热闹非凡，爆竹声、嘈杂声响成一片，人们都沉浸在欢乐的节日氛围中。

纪登奎这时刚下火车，在火车站附近给安徽省委第一书记李葆华打电话："李书记春节好，我代表商丘地区人民给你拜年来了。"

李葆华书记听到纪登奎拜年的问候，连声说："谢谢，谢谢！你不是说等春节以后再来吗？"

纪登奎说："今天是正月初二，不正好是春节之后嘛！我们已经来到合肥市了。"

纪登奎说得很中肯。正月初二是新春佳节拜年的日子，是人们辞旧迎新、走亲访友、相互表达美好祝愿的时候。

李葆华书记得知纪登奎已到合肥，热情地答道："欢迎，欢迎！"

纪登奎打完电话，便率众人一路西行，来到省委院内。

两人见面后紧紧握手，主宾落座。

李葆华见跟随纪登奎前来的有河南省水利厅厅长等人，便说："安徽堵了河南的水，你们是来告状的吧？"

纪登奎忙答道："不不不！我们是来向李书记汇报情况，哪是来告状的呀？"

水利厅厅长拿出事先准备好的材料，想把安徽设置的堵水工程向李葆华书记详细讲一讲。纪登奎示意他把材料收起来，说："节日嘛，把工作往后放一放！我先给李书记讲讲我在乡下遇到的事。"

那是他刚到商丘地委任职，第一次到小裴庄。村头有一所小学校，校舍被大水冲垮，课桌和凳子也被大水冲得无影无踪。学校复课时，只能搭两间草棚，垒几个土桌子和土凳子。几十个孩子全光着屁股坐在那里听课，这真是泥桌子、泥凳子，上面趴着泥孩子。

纪登奎说到这里，只得苦笑一声说："如果不是亲眼所见，简直不敢相信这是真的。"

李葆华点点头说："这我相信。我去年到淮北，也看到了类似情况。不过你们河南更严重一些。安徽跟河南是近邻，我们一定全力支持商丘人民抗洪救灾，重建家园！"

纪登奎听了李葆华这番话，心里热乎乎的，忙说道："李书记，我代表商丘人民感谢你，我们一定把你这份情意和关爱牢记心中，不过——"

纪登奎说到这里，故意把话停了下来。

李葆华疑惑地打量着纪登奎："你还有什么话，请讲出来。"

纪登奎看着李葆华说："这次暴雨是主要祸根，但也有人为的因素。"

李葆华一惊："咋回事？"

随行的河南省水利厅厅长和工作人员趁机将带来的图纸打开。

这是一张详细的水利设施图。上面布满了示意河流的粗细不等的线条，在线条上画着一条条大大小小的堤坝，就连省界和县界之间也筑着一条条大大小小的坝子。

停了片刻，纪登奎示意水利厅厅长把图纸收起来："现在正是新春佳节，别打扰李书记了,待节后再来向李书记汇报。”

“不,我现在就要看看!”

李葆华站在展开的图纸前仔细地看着。他一个坝一个坝地看着询问着:“这大坝在哪里?被阻断的河流是哪条河?”

去年李葆华书记曾去宿县地区的濉溪县,当地干部对他讲,前几年各地强调“一块地对一块天,肥水不流外人田”,为了蓄水保水,在县界和省界筑起一条条坝子。安徽人筑,河南人也筑,总长度竟有上千米。现在图纸上出现这么多大坝,是真的吗?

纪登奎从李葆华脸上读出了疑惑,解释说:“这些大坝可是安徽人这几年筑的,全在接近河南的地方,我们的几条主要河道全被拦挡起来。水流不下去,就往外漫流。沿岸人民怎能不遭灾呢?所以商丘遭受这次洪涝灾害,一半是天灾,一半是人为的!现在商丘成了全国人民支持的重灾区,群众一个碗里就端着十几个省的饭。他们感谢共产党,感谢全国人民的支援。可作为一个地区的领导,我不能让商丘人民永远躺在政府的怀抱里,让全国人民养活!”

李葆华仍凝视着地图。他的目光在砀山黄河故道南岸的官庄乡停住了,问道:“这里是怎么堵的?”

水利厅厅长忙答道:“是砀山一方在与虞城县张集乡交界处黄河滩地上筑起的5道拦水坝,长约2.3千米,高1米左右,最宽2米,一般宽0.5米,将上游张集乡来水全部堵死,900亩作物被淹。”

李葆华仔细地听着,又把目光移向濉永边界,问:“这里呢?”

水利厅厅长答道:“是濉溪县在北起王引河,南至沱河的濉永边界筑起的长5千米、高1米多的圩堤,将永城苗桥、高庄两乡的水全部堵死;后又在北起沱河,南至浍河筑起圩堤1道,将莲花沟、姬沟、封沟、新建沟等堵闭。”

安徽省的有关领导按时赶到。

第一个到达的是水利厅厅长。他看看那张水利地图,又看看河南省水利厅厅长,惊奇问道:“这张图你们是从哪里得来的?”

纪登奎笑了,水利厅厅长也笑了。

为了这张图，河南水利部门的同志可没少费功夫。谈判桌上解决核心问题要拿出无可辩驳的事实和证据，但要摸清大坝构筑的情况却是不容易。这几年，两省边界的人民闹出不少大大小小的水利纠纷，一个筑坝，一个扒坝，多次发生群殴事件，甚至闹出人命来，结下冤仇。怎么弄清这些阻水工程？他们化装成普通农民，骑个破自行车，绕道别的地方，来到那一条条拦河坝前，在车轮上绑撮小鸡毛作为标识，记住那车轮转了几圈儿，然后算出长度。他们像地下工作者似的，只能暗中操作。为求得精确数字，一条大坝要经过几个人反复测量，才能确定具体数据。这大大小小几十条水坝，商丘水利局的20多个同志硬是经过一个多月的反复测量，才绘成这张图。

李葆华追问安徽省水利厅厅长："这些拦水坝是不是真有这么多？"

安徽省水利厅厅长回答说："是有这些拦水坝。不过我们也有难处！如果让河南的水都流到我们这边来，那咱淮北也变成了现在的商丘。"

安徽也是中国的一部分，不能淹了河南再淹安徽呀。

安徽省水利厅厅长还想说下去，他看了看李葆华，欲言又止。

实际上他也有一肚子苦水。就说去年的大水吧，商丘地区是受了灾，但他们在没有通知下游的情况下，自行通过白洋沟分沱入浍，泄洪量达181立方米每秒，相当于增加了1.75个沱河的流量，使无处可去的洪水直泄下游，宿县地区一片汪洋。

他还记得，发大水时他在宿县北部调研中听到的一个当地农民的话："多年的水利工程，河挖大了沟挖多了。过去水淌得慢，是地里的水向沟里淌，沟里的水向河里淌；现在是河里的水来得快，大河的水向小河里淌，小河的水向沟里淌，沟里的水向地里淌，有了河有了沟还是要受淹。"

群众这些话显然是针对豫皖边界沱河、新北沱河治理工程而说的。

沱河历史上叫洨水，新北沱河原名小草沟，均是宿县隋堤以南的区间排水小河。1952年治水中，将豫东虞城、夏邑、永城原属于唐河上游的涝水穿越隋堤向南引入沱河，统称沱河；1956年又将王引河穿越隋堤向南引入小草沟，改名新北沱河。从此两个本来没有洪水入侵的小河变得"源远流长"，成为既排洪又排涝的河道。上游涝水出路打开了，可中下游涝水的出路被堵上了，产生了排洪与排涝矛盾。1952 年沱河建成当年，处于中下游的濉溪、宿县、灵璧，原来有许多南北大沟向沱河排水，因受洪水顶托导致倒灌被淹，群众当然有意见。

安徽省水利厅厅长知道，这些话无法在这个场合说。

纪登奎见安徽省水利厅厅长不向下说了，接着道："你们讲得有道理。河南的水流到安徽，也同样会给安徽造成一场大水灾。我这次来拜年不是来向李书记告安徽水利部门的状，而是来商讨如何团结治水，让两省人民都免除洪涝灾害！"

紧张而又僵持的局面顿时得到缓和。

李葆华说："纪书记可有具体想法？"

纪登奎早有准备，说道："我有三条意见，请做参考。第一，把我们商丘地区的永城县划归安徽管辖。"

李葆华听后笑而答道："第二呢？"

纪登奎说："两省矛盾尖锐的地方是我们的永城县和你们的濉溪县，如果你们不愿意要永城县，那就把濉溪县划归我们。同在一个地区，问题就好协调解决了。"

李葆华又笑了。他说："濉溪是我们的重要煤炭基地，淮北煤矿刚建成投产。这块大肥肉我们可不能白让给你们。"

纪登奎接着说："这我明白。我要是安徽省委书记，也不会干这傻事儿。所以提出第三个方案，就是打破区域界限团结治水，沿边界的大小河流，由两省统一协调规划治理，为洪水找出路。"

说着纪登奎让河南省水利厅厅长拿出准备好的《豫皖边界水利建设规划图》摊在李葆华面前。

经过两省有关领导进一步协商，双方签署了协议，向党中央、国务院写了《关于豫东地区与安徽省边界水利问题的处理意见》的报告。

中央、国务院、中南局、华东局并水电部党组：

为了解决豫东地区与安徽省边界水利问题，中共河南省委派纪登奎同志于一九六四年二月十四日到合肥与安徽省委李葆华、李丰平、王光宇等同志商讨,认为根据近几年来边界地区的水利矛盾长期不能解决,主要是干部思想问题,不能认真执行中央、国务院关于处理平原地区边界水利纠纷指示的原则。因此,必须坚持政治挂帅,团结治水,统一规划,综合治理,下游必须给上游排水出路,上游也要照顾下游的原则,允许上游疏浚河道,事先上游应主动与下游协商,积极解决边界水利问题。具体处理意见如下:

一、边界的围堤、横河、拦河坝、抬高路基等一切阻水工程,按中央指示,应"彻底废除和平毁,尽量不留遗迹"。第一步下游按上游的要求进行平除,第二步上游认为不彻底时,再由上游继续拆除。上游开挖的秃尾巴沟河或上下游不对口的沟河,由上游按下游的要求予以废除。

二、所有边界阻水拦河闸一律废除。其中沱河蒋埝闸、王引河固口闸、任圩子闸、李黑楼闸、碱河夏桥闸等均应按照上下游河道相适应的原则,在闸旁开挖分流道,如因交通需要,可在分流道上建桥,但不得阻水。

三、所有边界阻水桥梁一律扩建或重建,不得阻水。浍河岳集桥按河道排水能力进行扩建,桥两端不筑路坝。

四、王引河复故,恢复原来水系,孟口至代桥闸改道段废除。王引河治理,可以研究在东新建沟分流或入沱河。老巴河、小王郢河恢复原

豫皖人民在交界处扒去纠纷闸

来水系,地下涵洞废除或在涵旁边开挖新河。

五、巴清河东流入王引河。但虬龙沟水系不得东流入巴清河,在西陈桥西南虬龙沟与巴清河串流处,打坝堵死。

六、洪河恢复原来水系,王弯以南改道段废除。

七、周商永运河、永北河网(丘郭运河)、跃进沟(永砀边界)废除。下游如认为平毁得不彻底时,可由下游继续平毁。

八、白洋沟分沱入浍仍按原定分流60立方米每秒。长远是分流还是不分流,请水电部在沱河规划中研究确定并请水电部尽快做出沱河治理规划设计,在一九六四年冬开始治理。

九、关于豫东地区与阜阳专区有关边界水利问题参照原上述原则,由商丘和阜阳两地委协商研究解决。

中共安徽省委中共河南省委

一九六四年二月二十七日

8月15日,中共中央和国务院以中发(64)490号文件下达了《冀鲁豫皖苏有关边界水利协商意见的批示》。河南疏通了旧有河道,安徽拆除了阻水工程。

1964年6月22日,经豫皖两省商定,永城县最北部洪河以东的何寨、王集、土山3个公社和李口、鱼山公社的54个村共112个生产队划归安徽省萧县管辖;王引河以西萧县的窦庄等5个自然村的8个生产队划归永城县管辖,使困扰两省多年的水利纠纷问题最终得到解决。

三

无尽的水患,同样导致苏皖两省水利纠纷。

宿县地区与相邻的江苏省徐州地区和淮阴地区的纠纷,历史上也比较尖锐,都是因为上下游、左右岸的排水问题。具代表性的应是民国时期江苏省徐州地区铜山、萧县(现属安徽宿州市)与安徽省宿县、灵璧县,因疏浚濉河支流龙岱湖(河)和奎河所发生的纷争。纠纷牵涉范围广,涉及两省十县;持续时间长,历时数十载;复发率高,前后四次纠纷;对抗程度强,相互指责,继而械斗酿惨案。

民国时期濉河流域水文环境在黄河夺淮及人水争地共同作用下日益恶化,河无堤防,田无沟洫,大小河道淤塞严重,特别是下游的安徽灵璧、泗县,河身淤成平陆,每当汛期来临,洪水直灌民田,水患不断。而在诸支流中,龙岱湖(河)与奎河水患尤为突出。

下游河道的严重淤塞同样影响上游泄洪。

龙河,清代称龙山河,源于徐州市睢宁中部黄河故道南堤;岱河(岱山河)源于铜山县南流经萧县。二河在任圩乡双庄汇流后称龙岱河,在宋疃镇陈路口汇入濉河。

奎河是濉河最主要的支流,源于徐州市西南郊云龙湖,南流于徐州市东南穿津浦铁路进入皖境,折东南流到宿县时汇入濉河。

1919 年春,江苏萧县在没有告知下游安徽宿县的情况下,私自疏浚龙岱湖(河),又动员数千名民工来到安徽境内疏浚至六七里,继而泄水入宿县,引起两县争斗。

一波未平一波又起。就在安徽民众忍无可忍之际,铜山县鉴于萧县私挖得逞,随后也动员数千名民工私挖疏浚奎河,自此两省边界结仇。

激烈的抗争终于在十多年后爆发。

1933 年 5 月濉河流域大雨成灾。安徽宿县洪水横流,两岸顿成一片汪洋;江苏铜山县城外奎河满溢,水已倒流,平地水深五六尺;加之上游永城县洪浍等河及萧县龙岱二湖水势暴涨,更加剧了水患。

灾后徐州方面要求浚河修堤的呼声高涨,决定疏浚苏皖间奎河干道。在下游河道未变的条件下,动员 3 万名民工,将河面拓宽 3 倍,遭到安徽宿县强烈反对,纠纷骤然升级,引发大规模冲突。一天夜晚,宿县民工集众向萧县疏浚河道的民工进行袭击,萧县民工亦集众抵抗,双方激战了一天一夜。之后江苏方面继续挖河,而安徽方面看反对无效,则采取报复措施,将奎河下游的柏山堤坝掘开,大水随即淹了萧县、灵璧及宿县西岸,双方又起冲突,各聚数千人相互进攻,造成大批人员死伤,带来惨痛教训。

在东南边界,铜山县与宿县纠纷主要是由奎河、灌沟河、孤头河等跨省河沟排水问题引起。1957 年夏,宿县桃山区在省界宿境一侧筑坝,导致铜山县房村区的耕地被淹使矛盾激化;铜山县与灵璧县因运料河、郭集河等排水引起纠纷;睢宁县与灵璧县为洪灵沟、废闸河等堵坝筑堤和扒堤放水问题产生纠纷。

淮阴地区的纠纷主要发生在泗县与泗洪县之间潼河、老濉河流域。每逢汛期,往往上游放水宣泄,下游打坝阻截,引起纠纷聚众械斗。

之前,我们说到纪登奎给李葆华书记拜年的故事,实际在水利问题上,河南省有关领导还不是李葆华书记 1964 年接待的第一批客人,最先来到合肥商谈边界水利的应是江苏省长许家屯。

伴着 1964 年新年的钟声,江苏省长许家屯风尘仆仆地带着省水利厅一班人来到合肥,受到安徽省委书记李葆华的热情接待。

在安徽省委办公厅二楼宽敞的会议室里,主宾落座后就边界水利纠纷开始了正式商谈。

许家屯省长开门见山对李葆华书记说:“废黄河水库决堤淹了宿县地区,我们赔礼了。”

李葆华书记接道:“也不能全怪你们。”

坐在李葆华书记旁边的宿县地委书记孟亦奇补充道:“都是去年暴雨太大惹的祸。”

许家屯:“李书记,我们先说说有关情况?”

李葆华:“好。”

江苏省水利厅厅长:“苏皖边界水利问题时间持续较长,范围涉及较广,包括两省 7 个专区 18 个县,有水利纠纷 19 处 59 项。主要集中在淮北的濉河、安河、废黄河、淮河几条水系,都是上下游、左右岸排水问题,大部分有过协议。由于未经统一规划,加上对情况调查研究较少,问题没有得到很好解决。近年来边界又以蓄为主,打坝建闸乱挖乱堵,发生新的纠纷,边界水利工程也不能正常进行。”

安徽省水利厅厅长接道:“大部分是支流的小沟小河,许多地方在原淮委统一治理时有过协议,一些地方由于情势变化,有了新的要求。”

李葆华:“根据以往经验,还是要坚持统一规划,团结治水。”

许家屯:“对。许多地方,我们两省互为上下游,治水还是要上下游结合,下游给上游来水以出路,上游也要照顾下游,上下游要相适应。工程要先从下游做起,下游做不好,上游做了也没用,甚至造成灾害,这是要掌握的原则。”

他稍停片刻,接着说:“凡是已有协议的,应坚决贯彻执行;对已有协议而有异议的,经两省同意后重新协议,没有协议的补签协议。边界地区的排水,未经规划、协商,不得随意改变自然流向。”

李葆华:“这样很好。经过 1963 年大水,各地都迫不及待地希望治水。边界小沟小河排水都是以骨干河道为基础的,在骨干河道中统一规划,骨干河道治好了,边界的小沟小河也比较好解决。”

江苏省水利厅厅长:“濉河是牵扯两省治水关系的主要大河,江苏与宿县地区互为上下游。”

安徽省水利厅厅长:“除了濉河还有潼潼河,这两条河都要经过江苏泗洪县排向洪泽湖。”

孟亦奇:“涡河以东有 2.2 万平方千米来水要经过濉河、潼潼河两个水系,两个口门通过江苏泗洪排向洪泽湖,其中有三分之一是河南豫东下泄的洪水。宿县地区处在中游,泗洪是最下游,我们不但要考虑自身涝水排泄,还要安排好过境洪水如何下泄,这是我们共同的问题。”

江苏省水利厅厅长:“安徽的同志说出了我们多年的感受,想要说的心里话。1950 年前濉河浍唐沟以上的水南流经过五河入淮河,青阳以下的濉河只排泗洪境内的涝水。自 1951 年开挖新濉河后,青阳以下的濉河既要排小韩庄以上的 6000 平方千米来的洪水,又要排当地的雨涝,亦深受洪水顶托之害。泗洪境内濉河 13 年中有 12 次出现超地面洪水,1954 年青阳最高洪水位达16.49米,两岸涝水受淮河高水顶托,无法排出,中晚秋作物大部被淹，青阳平均水深 1 米，历时 59 天。群众意见很大，说是新濉河害了我们。”

孟亦奇：“那时候我在五河任县委书记。宿县地区治淮第一个任务就是治濉河。当时有人主张将濉河、唐河上游来的水一并放入五河洼地，五河人有顾虑。泗洪县属于宿县行署管辖的时候，地委认为要全面根治水患，就要逐步减轻洪水集中五河的现状，支持开新濉河，恢复独自进入洪泽湖的流向。回顾多年来的治水，我们对平原河道既排洪又排涝缺乏认识。

“我们的沱河、北沱河治理以及 1954 年的第二次濉河治理，都存在与泗洪县下游同样情况和同样的群众反映。经过多年观察，河道上排洪与排涝的矛盾，是大力治水依然灾害不断的症结所在。治病要治根，病根不除灾害不止。”

许家屯高声赞叹道：“讲得好！”

李葆华面含微笑转向孟亦奇：“你们有什么想法吗？”

孟亦奇：“我们想将排洪与排涝分开，给洪水一个畅泄通道又不顶托排涝。”

许家屯：“这个想法好。”

说着他将目光转向江苏水利厅厅长：“你们的意见？”

江苏省水利厅厅长：“泗洪县听说了宿县地区洪涝分排设想。他们也有一个想法，即将濉河掉尾改道入溧河洼。为彻底解除青阳以下受上游洪水侵扰，还要求老濉河一并改道入溧河洼。”

孟亦奇：“这个方案很合理，比 1950 年濉河下游恢复故道好。濉河洪水有出路，又不影响泗洪县内涝排泄。当年怎么没有想到！”

许家屯笑着说：“那时都没有经验，问题没有暴露，我们是在治水中学会治水。”

李葆华对孟亦奇说：“你们单有想法不行，可有具体方案？”

孟亦奇：“只是初步想法。宿县地区上承河南来水，下要穿越江苏泗洪县，如何搞想进一步论证。”

李葆华、许家屯：“要尽快拿出方案，报中央审批。”

双方商定：

废黄河两岸不能开口，已开的口应予堵复。边界开挖小沟、小河，由有关县社协商，尽可能取得一致意见后及早动工，不能取得一致意见时上报议决。

对全流域的长远治理，统一进行濉河、安河、复兴河、废黄河规划，重点解决濉河、安河的排水出路。上中游疏浚扩大濉河干流及湘西河、龙岱河、奎河和拖尾河等支流。

双方还商定：

两省成立边界水利规划领导小组。江苏省由许家屯同志负责，安徽省由王光宇同志负责。立即组织力量进行规划工作，既抓当前水利问题，又抓长远治理。要在上半年拿出规划，经两省省委研究决定后，再报中央审查。

1964 年 1 月 23 日，安徽省委和江苏省委在合肥协商并签订了《关于苏皖边界水利问题的报告》，直接上报中央、华东局并水电部党组，边界水利纠纷逐步解决。

第三章　两论前导

毛泽东主席哲学著作《实践论》《矛盾论》是实践智慧的辩证法。宿县地委专署一班人在学习“两论”中，通过调查研究，运用辩证思维，分析全区水患的成因、特点和根治方法，提出了“高水高排，低水低排；各走各路，洪涝分排；分而不死，机动灵活”的符合全区实际的科学治水思路，为开挖新汴河奠定了思想理论基础。

一

自古希腊人创造“哲学”一词2000多年来，这个有关“求真”科学的探索争论从未停止过，但有一条已经过实践验证，即哲学革命可以唤起整个社会的思想解放，启发创造，继而带来科学技术的迅猛发展。一些哲学史家对此做了专门研究。早在20世纪80年代初，刘则渊和王海山两位学者，就用统计方法得出每个成为世界科学中心的国家，在科学高潮出现之前都有一个哲学高峰，而且这个哲学高峰比科学高潮早半个世纪左右，深刻地揭示了哲学革命是科学技术革命的前导。

哲学革命能引起科学的发展，主要是因为哲学革命能促使人们的思想解放，为科学技术的发展扫清思想障碍。特别是作为自然科学前提和基础的唯物论和辩证法的产生，为自然科学提供了总的指导思想，也就是说哲学革命为科学革命提供了新的认识论和方法论。世界上这样的例子不胜枚举。如在19世纪社会政治和经济都非常落后的德国，就是通过思想文化上的启蒙和哲学革命来推动科学进步的。同英、法等国家一样，德国正是从康德到黑格尔的古典哲学发展,才在19世纪中后期迎来它的科学兴隆期。而在德国古典哲学中,尤以自然哲学对德国近代科学产生的影响最显著,是德国科学技术革命的前奏。

在20世纪中叶,全国掀起了学习毛泽东哲学著作的热潮,尤其是对毛泽东创作于20世纪30年代的《实践论》《矛盾论》等著作,更是深入学习,反复研读,用于指导实践,落实在行动上。如当时著名的大庆石油会战就是由这"两论"而起家的。

《实践论》《矛盾论》是毛泽东哲学的代表作,具有中国特色、气派和风格。它既是实践论的矛盾论,又是矛盾论的实践论,这是实践智慧的辩证法,使得"灰色"理论变得熠熠生辉。

笔者在这里说的欧洲一些国家在科学发展高潮之前半个世纪有一个哲学高峰,并不是说有了毛泽东的"两论",中国的哲学发展就达到了一个高峰;也不表明半个世纪之后中国经济迅猛崛起与"两论"的因果关系。而是想表达"两论"提出的认识论和方法论,导致了整个社会的思想解放,使人们学会了辩证思维,为探索自然、经济、社会发展规律提供可靠的哲学论据。

从这个角度讲,新汴河的开挖是学习《实践论》《矛盾论》的结果,正是接受了毛泽东哲学思想中新的认识论和方法论,才唤起了宿县专区整个治水思想的解放,酝酿产生了开挖新汴河的治水新思路。

黑格尔有一句名言:每个人都是他那个时代的产儿。用毛泽东思想解决现实中的问题是那个时代的鲜明特征。

"想要知道梨子的滋味,就要亲口尝一尝。"这句浅显易懂的话出自毛泽东《实践论》。意思是广大干部要走出"经验误区",不能总"拍脑袋",要在深入调研了解的基础上达到既定目标。

在20世界60年代初的共产党八届九中全会以及此前召开的中央工作会议上,毛泽东主席多次发表讲话,要求全党恢复实事求是、调查研究之风,并多次强调"没有调查就没有发言权",一切从实际出发。全会之后,毛泽东亲自组织和指导三个调查组,分赴浙、湘、粤农村进行调研。中央其他领导人及各省、市、自治区党委书记纷纷深入基层,形成了一股浓厚的调查研究风气。

二

这梨子到底是什么滋味，宿县地委专署一班人也是要尝一尝的。宿县地区是传统农业区，历史上常遭自然灾害尤其是水灾的威胁，粮食产量低而不稳。

早在1958年“大跃进”那一年，宿县地区就受到“五风”的严重影响。三年困难时期，宿县地区面临的主要任务是全面调整，让农民休养生息，恢复和发展生产。经过几年努力，全区形势开始好转，生产有了较大恢复，人民生活有了显著改善。正当宿县地委、专署满怀信心，带领群众向生产的广度和深度进军的时候，1963年夏秋之际一场历史上空前的洪涝灾害降临了，全区普遍受灾，90%左右的生产队缺粮，地委专署一班人十分忧虑。

在接下来的学习毛主席著作的热潮中，中央强调带着问题学，注意理论联系实际。当时新中国成立才10多年时间，在社会主义革命和建设的道路上，积累了许多成功经验，也有不少教训，需要从认识论的高度加以反思和总结。因此各级领导层，都比较注重学习毛主席《实践论》《矛盾论》《人的正确思想是从哪里来的》等哲学著作，并以此去观察和分析现实中的问题。

宿县地委、专署在这个大背景下学习“两论”，把如何改变全区多灾贫困面貌，作为学习毛主席著作中重点研究和解剖的对象，也是众多矛盾中的主要矛盾。虽说当时已有开挖新汴河的想法和打算，但实践中能否行得通？怎样提高粮食产量？而要找到答案，就必然要深入实际调查。于是，宿县

民工们在学哲学

地委专署一班人分别下到了县、社、队。

地委书记孟亦奇自然要带头。他在宿县蹲点，一去就是 20 多天。

孟亦奇书记可谓传奇式人物。抗日战争初期在淮南抗日根据地工作，后期调往淮北抗日根据地，任中共泗五灵凤县委副书记、书记，新中国成立后任中共灵璧县委书记、中共宿县地委书记，1955 年春调任中共滁县地委书记。1956 年春，滁县、宿县两地区合并为蚌埠地区，任中共蚌埠地委第一书记，滁县、宿县两地区分开后，任中共宿县地委书记。

这段时间里，孟亦奇对该县的台田建设产生了浓厚兴趣。同样是遭受毁灭性大水，但大多数台田却仍然获得好收成。

台田，就是群众说的“垅子地”“园子田”，在农田两边挖沟，挖出的土甩到田里去，把田面抬高，并整治成鱼脊形，既利于排除田里的积水，又能防止外来的水浸淹。

在大秦公社，孟亦奇发现连续大雨期间，同样高的地块，没修台田的地一般积水 30 厘米，5 天左右才退；可是台田地却几乎没有积水，有的稍有积水，退得也快；在台田里种植的高粱、玉米、红芋等作物，一般都生长得很好，秋收的粮食产量台田平均单产超过不是台田的近两倍。刚修好的 8500 亩台田，经过 4、5 月间 20 多天阴雨的考验，也显示了它的优越性。没修台田的因雨涝不能适时播种，而台田却可以。调查时，这个公社已建成台田 1.27 万亩，占全社耕地面积的 32%。社里还有纵横 6 条大沟和中沟，内通台田的小沟，外通四周河流，基本形成了排水体系。群众说：

洼地修台田，孬地变成园。
一亩抵三亩，一年跟三年。

调查中，孟亦奇还了解到王庄生产队的王宗歧等 5 名回乡青年，带领全队 20 多名青年修筑台田的感人事迹。他们历尽艰辛，苦战 3 个多月，挖了 4700 方土方，把 22 亩洼地平地抬高了 33 厘米，整理成 6 块台田，并把原来地表的淤土和下层的沙土混合起来，改良了土壤。1963 年夏秋之际连续下了1600多毫米雨水，队里南洼的庄稼三种三淹，可是台田却一种就成。秋后，这块从来没有收过秋粮的土地，破天荒地收了粮食。共收了2400斤豆子，平均亩产172斤；红芋1.1万斤，平均亩产1900斤。在他们的带动下，全队修筑台田280亩。1964年，王庄夺得了大丰收，亩产由100斤一跃为198斤，比年景相似的1962年增产近一倍；1965年夏秋又发大水，没有修台田的洼地颗粒不收，台田亩产达到202斤，超过了历史上大丰收的1964年。

宿县灰古公社修筑的台田

回到地委后，孟亦奇十分兴奋，亲自安排有关部门对台田建设进行专门研究，相继完成了《对修建沟洫台田的初步分析》《宿县专区台田调查报告》，总结了十多年群众自动进行小型农田水利建设经验，建议沟洫台田建设要做到田（块）、排（沟）、灌（渠）、路（农田）、林（田间林网）五结合。最后结论说："无论山区和平原、坡地和洼地、淤土两合土、砂浆黑土区，修建了沟洫台田都获得显著的增产效益。"

宿县修台田夺丰收的做法很快在全区推广。到1965年底，全区已有台田143万亩，条田144万亩，计做土方2.3亿立方米，这些台田多修在平原洼地，台面宽10—20米，沟口宽1.3—2米，沟深0.5—1米，大多数台田的台田沟与排水沟系相通，除涝防渍效果都比较好。

副专员钱亦山在调研中选择了老家五河县，这个县境内因有淮、浍、漴、潼、沱这五条河而得名，它们汇集后流入洪泽湖。

此时他正与其他4名调研人员挤在吉普车上，沿着古汴河大堤形成的路向东行驶。

淮北平原的冬天十分寒冷，大西北的风时常带着风沙寒流长驱直入，透过衣服缝给你带来刺骨的冷，使人们真正感到对冬的敬畏。钱亦山从车窗向外望去，空旷、寂寥而略带苍凉：路旁成排的杨树光秃秃地挺立着，落尽叶子的枝杈在风的鼓动下摇晃不定；高低不平的黄土地上散布着稀疏的枯草，更增加了一份荒寂，像是葱绿后清冷的状态；唯有不时闪过的进行水利冬修的簇簇人群，才感到大地依旧充满着生机与活力。

不觉间已到了灵璧地界。

迷蒙中，钱亦山耳边响起了清脆的枪声。

那是他与孟亦奇在1947年重返我党抗战时期建立的泗五灵凤县革命根据地的枪声。

1947年初，他随淮北挺进支队到达淮北，被任命为泗五灵凤县县长，孟亦奇为县委书记，与国民党军队以及土顽进行着艰苦卓绝的斗争，直到1948年11月淮海战役打响。历经无数次战斗，先后收复和创建了14个区100多个乡的革命政权，有300多名战友永远长眠在这块土地上。之后又投入全部精力动员党政军民支援淮海战役。

一阵颠簸，将钱亦山的思路拉了回来，已到了五河地界。

1949年1月五河县解放，钱亦山担任了五河县县长，继而担任县委书记。

新中国成立初期的五河县百废待兴，但治理水患是第一位的。每逢汛期淮河水涨，内水无法排泄，造成严重内涝，使良田变成沼泽，常年无收成。从那时起，钱亦山就与治水结下了不解之缘。

1950年，宿县地区濉河流域遭受严重洪涝灾害，全区把工作方针转向以治水为中心，濉河为工作重点。当时的濉河从浍塘沟以下河道弯曲窄小，堤防单薄，淤积浅滩较多，于是决定从浍塘沟另开新道。地区组织对濉河进行全面勘察，拟订了南线和东线两条治理方案。南线即依当时流向，濉水自浍塘沟向南入塘,名濉唐合治方案,可利用唐河和沱湖,土方量少,短期内即可完成。东线即自浍塘沟开新道至青阳,径直入洪泽湖,成为独立水系,濉水与唐河分开,故名濉唐分治,土方量大,困难多,还要切一个岗岭。当时地委副书记吴云培带领工作组,作东、南两线实地勘察,来到五河县听取意见。钱亦山力主东线,说若实行南线方案,汛期中淮河与濉河洪峰在五河县相遇,将给五河县人民带来更大的水患。吴云培接受了他的意见并上报得到批准,将新开河定名"新濉河"。

在任上,钱亦山正遇上五河县治淮中的"漴潼河工程"。

淮河在五河县以上有12万平方千米的流域面积,这里是来水交汇的地方,洪涝矛盾突出。每逢淮水暴涨外水顶托倒灌,内涝无法排除,五河县便一片汪洋。治淮一开始,淮委决策层就曾设想降低五河水位,防止淮水倒灌。可是这就需要开挖3亿多立方米,这样大的工程量,在当时的条件下一时难以实现。有没有更好的办法解决这个矛盾呢?

当地群众最了解淮河的水情。

他们认为几乎每年淮河干流的洪水水位都超过内河的水位,致使内水无法排泄,这是形成内涝的主要原因。但这里距洪泽湖近,内水单独入湖,比较简单易行。内水能不能同淮河分家,各走各的道?群众根据自己的体验,提出了洪水与涝水分家的治理办法。

经过反复研究比较,最后确定了五河县以下干支流分治、内外水分流的方案,把浍河、漴河、潼河、沱河与淮河分开,沿着浍河开辟一条新河——漴潼河,直泄洪泽湖。这个治理办法,只需做土方5000万立方米,在短期内就可以初步解除五河一带洪涝灾害的威胁。

1951年冬天,他带领10万民工奔赴漴潼河工地。

此时已是雪飘万里、冰封大地的季节,工地上却是一片生机勃勃的景象。潼河经过的峰山和下草湾引河都要穿过山岭或岗地,工程非常艰巨。地表是坚硬土层,下面还有岩石,最大开挖深度达27米,加上堆土高度就有30多米。在雪水泥泞的坡道上,从河下每抬出一筐土都要付出很大的代价!民工们硬是将山岗劈头切开,挖下4米深的流沙,再捞去5米深的稀淤泥,将

“切不断的神仙路，挖不净的老龙潭”的流沙淤泥切通挖净，共做土方1841万立方米、石方5万立方米，让澥潼河水从这里流过。

经过三个冬春的激战，澥潼河工程胜利竣工了。这项工程，不但改变了五河县大片农田长期以来的严重内涝局面，而且为以后大面积洪涝矛盾地区的治理积累了经验。

担任宿县行署副专员后，钱亦山又多次来五河县。

他想起了1963年发大水巡查沱河水情时，在堤上遇到一位老农蹲着看水与他闲聊的情景。

老农自言自语道：“今年又得吃救济了，你看庄稼全泡在水里。”

他问：“为什么不排水？”

“河水比地面高几尺，怎么排？”

“河再开大点，行不？”

“上面方圆一二百里地的水都从这里走，你开多大的河才能把水压到地底下？没听人说，开多大的河来多大的水吗？”

“那就没法了？”

老农沉思一会说：“有啊，除非上面来水不从这里走。”接着又说，“这又怎么可能呢？”

他回来后深有感触，与科技人员谈及此事，说：“老农寥寥数言，没有科技术语，说清了洪涝矛盾是致涝的病根，说出了河道水情会跟随挖河而变化。他们熟悉水情，也蕴藏着治水的智慧。‘除非上面来水不从这里走’就是他们对治水的意见。”老农的一句听似荒诞不经的话，却给人很大启发：高低水分流、洪涝分排能治水患顽症！

他想起回来后就将治水的思路向孟亦奇做了详细汇报。

那晚，两位老战友一直谈到深夜。他们从中国古代“由堵到疏”“由疏到导”等辩证治水思想，谈到淮河治理；从老农谈话带来的深刻启发，说到全区十多年治水但洪涝灾害仍十分严重的原因：这是由于我们地处过境河流中下游，上游高坡下游低平，坡降比大，汛期高水抢占河道，洪水下来河道水位猛涨超过地面，内水排不出，洪涝顶托形成关门淹。

说到兴致处，钱亦山站起来指着地图说："在濉河两侧，南北宽约1000米的地带，平行躺着南股河、濉河、北股河三条河，东西向逶迤平行约10万米，我们的祖先怎么会如此开河？据《宿州志》记载，这就是1757年清朝乾隆时期治水的遗迹。濉河用以承载减少黄河的洪水，南股河承泄河南夏邑、虞城涝水，北股河承泄萧县的来水，它的实质在于使洪水与涝水分道而行。这就是我们前人在治水中采取的'洪涝分排'措施。受历史条件所限，没有彻底分开，北股河、南股河、濉河三河于浍塘沟又合二为一了。治淮之初，我们实施淮河干支流分流工程，将内水与淮河洪水分开就是洪涝分排；北淝河治理，将高水截走减少洼地积水，这就是'洪涝分排，高水高排'。洪涝分排是古今治水史上有效的治水思想。唐、新、闫河排涝区，将上游洪水截走，当地雨涝不再受上游来水顶托倒灌，常年积水的杨疃湖、禅堂湖也显现出来了，成为良好的排涝区，这些都是成功的经验。"

说完，他回头看着孟亦奇。

孟亦奇被老战友的激昂情绪所感染，不由得想起了1963年大水时与地委副书记郭永锡曾乘船察看浍河流域受灾的情形，但见浍河中游河水与地面水相连，分不清洪与涝，平地水流与河流一样滚坡而下，水深1米，足有500米宽，最后集中于五河而受阻。河湖不分，汪洋一片，船自屋檐过。

两位书记当时就意识到，浍河成灾与其他河流不同。其他河流有堤，洪水在河中行，堤外农田单纯为当地雨涝；浍河无堤，洪水溢出，洪水与当地雨涝合二为一，加重了灾情。大水一路滚向下游，愈滚愈大，水迹所至农作绝收，同一方水害了上游害下游，一水多淹，各路来水齐聚五河终成灭顶之灾。当时孟亦奇就在小船上对郭永锡说："何不将高处来水改道直接送入洪泽湖？既可防止沿河漫溢成灾一水多淹，也可减轻五河积水造成的灭顶灾。"

夜已经很深了，地委大院早已万籁俱寂漆黑一片，唯孟亦奇家里的灯光依然亮着，显得十分耀眼。这灯光不仅照亮了黑色的夜，也照亮了两位老战友的心。他们终于在迷茫中看到了根治全区水患的希望之光，虽然这个光看上去还有些弱，还需要用心去捻拨，但总归是希望。

根治宿县专区水患是当地人们数百年的梦想，两位老战友从实践中寻求并最终找到符合实际的治水路子，无疑是向实现梦想迈出了关键的一步。有了这一步，之后才有了新汴河开挖的设想与方案。

这次五河调查的20多天里，钱亦山被县委县政府带领群众调整治水思路、大干苦干的精神所震撼。

为治水患，全县组织了40多名机关人员到周庄、安淮蹲点，因地制宜提出治理办法：对沿淮洼地，以排涝为主，发展排灌工程，再建7座排灌站；平原湖地易涝易旱，大力修筑台条田；沿浍河、沱河低洼地区圈圩种稻；平原高地采取一麦一稻模式；淮河南岸的一部分山丘岗地以防旱为主，大修水库和塘坝，实行灌拦结合。

在接下来的时间里，全县人民迎冰雪战严寒，挖沟、圈圩、打堤、建水库。柳湖公社仅用18天时间就建成一座可蓄470万立方米的洪山水库；沿浍河的小圩、双河等7个公社，一个冬天修建了75000多米长的圩堤；周庄公社圈圩做土方65万立方米，平均每个劳力400立方米。

三

进入3月，淮北大地万物复苏。最先报春的迎春花早已绽放枝头，经过严冬洗礼的小麦也亦返青，路边的高大灌木虽还看不出生命迹象，但那褐色的皮里定然有能量在涌动，隐藏着生命玄机，一旦达到峰值，欲破皮的嫩芽瞬间就会出来，告诉人们春来了。

伴随着春天的到来，宿县地委的二楼会议室里已是春意融融。地委、专署一班人正以调研汇报会为契机，结合"中心组"学习，运用毛泽东主席《实践论》《矛盾论》的辩证思想，分析讨论改变全区多灾面貌和农业发展规划，勾画着未来的美好蓝图。

这是宿县地区农业发展的一次关键会议。

《中国共产党宿州历史第二卷（1949—1978年）》以及由时任宿县地委书记的孟亦奇、专署副专员钱亦山口述，庞振月、孙尚维、江岸、徐辛河记录整理的《新汴河纪事》中，都详细记载了这次学习的深刻体会和达成共识的真实场景。

会议由孟亦奇主持。各个组先简要汇报调查要点，接着学习“两论”，之后进入讨论阶段。

由于进行了半年的学习和一个多月的调研走访，大家对区情县情吃得更透，也对全区灾情的特点、成因和根治方法有了深刻认识。

在学习讨论分析的基础上，地委专署一班人达成了共识。

按照抓主要矛盾、次要矛盾和矛盾的主要方面、次要方面原理，一致认为全区农业发展的最大威胁是洪涝灾害，这是主要矛盾或矛盾的主要方面，抓住了它，其他一切问题就会迎刃而解。

大家感到，从多年的历史情况看，全区农业生产尽管遭受旱、涝、风、雹等多种自然灾害侵袭，但洪涝灾害是第一位的，带来的损失也最大，为主要矛盾。

从16世纪到19世纪的400年里，全区共发生水灾213次，旱灾113次，其中旱涝并发48次，涝灾明显多于旱灾。新中国成立16年来就有14年发生水灾，其中有6年发生大水灾，2年发生中水灾，6年发生小水灾。受灾面积动辄上千万亩，占到总耕地面积的一半以上，平均每年因洪涝灾害减产的粮食都在五六亿斤。同时还伴有房屋倒塌、耕畜伤亡、群众家庭财产和生产资料的重大损失。在洪涝灾害不能根治的情况下，即使花再大的力气去抓改良土壤、改变耕作制度、推广良种、繁殖耕畜、养猪积肥等农业技术措施，也可能是“事倍功半”。因为方法再好，措施再得力，一场大水就可能将你的一切努力归零。当然，抓这些农业具体技术措施并不是不重要，而首要在于以治好洪涝灾害为前提，水的问题解决不了，其他问题很难解决。水在全区是生产斗争中的主要矛盾。

这个提法，在当时“以阶级斗争为纲”的大环境下，是需要胆量和勇气的。也曾有不少同志心存顾虑，认为这会不会在政治上招来麻烦。孟亦奇坚定地说：“我们这里指的是生产斗争领域，我看不会有什么问题，如有，由我负责。”

全区水患频繁而严重的原因，主要是洪涝矛盾。

对这一复杂现象,开始大家看得并不清楚。因为自1950年毛泽东主席发出“一定要把淮河修好”号召之后,全区成了治淮主战场,几乎每年冬春两季都出动几十万人参加治淮工程。淮北大堤、濉潼河疏浚、泊岗引河、峰山切岭以及开挖新浍河、新濉河等许多著名治淮工程,都是全区人民的血汗结晶。1958年以后,又加快了“河网化”及农田水利配套建设工程步伐,取得的成效也是明显的。那为什么一遇洪涝年份,灾情却越发严重了呢?很多人不理解。用“两论”的观点剖析,透过现象看本质,才逐渐明白:这是因为集中治水后全区水情发生了新的变化。

宿县地区境内有濉河、濉潼河两大水系,上承河南商丘和江苏徐州等地区来水,总流域面积2.2万平方千米,境内本有集水面积1.5万平方千米。显然,两大水系承担的水流量是非常大的。过去上、中、下游各河道普遍缺乏治理,到处淤积,排水不畅,每逢大水年份,上、中、下游一起淹。经过新中国成立后10多年治理,各地普遍疏浚了河道,水流畅了,也同时带来各地水情变化。就宿县地区来说,主要是上游地势高,具有迅速排水的优势,原来排不出的水,疏浚后可以迅速排往中下游。宿县地区处于沱河、濉河中下游,就形成了上游来水“快、大、高、猛”的状况,即来势快,上游来水无所阻滞,一泻千里;水量大,大面积的来水迅速汇集;水位高,上游地势高,水的落差大,迅速抢占中下游河槽,水位往往高出地面;水势猛,洪水强度大,来势凶猛,有极强的破坏力。

而下泄则呈“少、小、慢”态势。即下游出路少,仅有濉潼河、濉河通向洪泽湖;去路小,濉潼河、濉河两河最大流量仅2000多立方米每秒,而1963年大水时上游来水量最大为8000多立方米每秒,是下泄量的近四倍,远远大于能够适时排出的水量;致使境内排水缓慢,大量洪水长期迟滞。由于全区各主要排水河道均同时担负排泄上游洪水和本地涝水的双重任务,上游洪水先期抢占河槽,河水高出地面,本地涝水自然排不出,群众形象地说是“关门淹”。

1963年宿县时村的河水高出地面历时79天,浍塘沟长达84天。濉潼河边的五河县北店子从6月3日至7月20日排水总量21.4亿立方米,主要是上游河南一带的来水，而宿县地区的内涝则无法排出。但这一年淮河安然无恙，并没有溃堤泛滥。这同1950年、1954年淮河决堤造成淮北平原大量耕地被淹有根本的不同，甚至与1956年大水情况也不一样。1950年、1954年大洪水灾情严重，主要是因为淮河洪水入侵造成的；而1956年则纯属内涝，受灾面积虽大，财产损失相对较小。1963年的洪涝灾害，并没有淮河洪水入侵，完全是内河水系发生了问题。这一新的水情所造成的社会财产损失量，比1950年、1954年淮河决口所造成的灾害损失还要大。这是一种新的洪涝矛盾，水利术语上称为“洪涝顶托”或叫“洪涝纠缠”。

解决“洪涝矛盾”的根本办法，是“高水高排，低水低排，各走各路，洪涝分排”。

“高水”指洪水即“外水”，“低水”指内涝即“内水”。这种治理方法，也称为“内外水分流”，在治淮的早期工程中就已经采用过，而且被实践证明是一种行之有效的方法。

讨论中，人们从“内外水分流”引出来一段鲜为人知的故事。

那是在1950年淮河大水之后，皖北区党委书记曾希圣来宿县地区视察灾情，找当时地委书记李任之和灵璧县委书记孟亦奇（原是五河县委书记）座谈。

曾希圣问：“为什么宿县地区受灾最严重？”

孟亦奇因对水情比较了解，便回答说：

“宿县地区有漴潼河水系，包括北淝河、解河、浍河、沱河、北沱河、唐河、石梁河等河流，是淮北地区涡河以东三个大水系中流域面积最大的一个，占有重要位置。浍、沱、漴、潼诸水在五河附近入淮，遂有“五河五条河，淮浍漴潼沱”之称，五河县也由此得名。沿河地面低洼，每当汛期淮水暴涨，顶托倒灌，造成五河、灵璧、泗县一带常泛滥成灾。1950年大水，各河水位并涨，内外水顶托，便造成大面积水灾。”

曾希圣一面仔细听着，一面陷于沉思，接着便以征询的口气说：

“能否在五河以下，将淮河干流和支流分隔，使支流直接流入洪泽湖，降低五河内河水位，使淮河洪水不再倒灌？”

李任之、孟亦奇都说这是个好办法。

曾希圣遂指示治淮委员会总工程师王祖烈循着这个思路研究和制订规划措施。后来选定的方案为：内河，即支流系统自潆潼河经峰山切岭、窑河、下草湾引河经溧河注入洪泽湖；外河，则进行泊岗切岭并开挖引河，沟通原有淮河；另筑窑河、泊岗、下草湾和潼河拦河坝以分隔干、支河流。主要工程有：开挖下草湾引河，疏浚潆潼河，削峰切岭，开挖泊岗引河，建筑拦河坝，修筑五河段淮河干堤等。这些工程陆续在1951年、1953年、1954年竣工。经过历史检验，这些工程措施效益十分明显。

孟亦奇认为，修筑内外水分流工程，是曾希圣在治淮工程中的一项杰作，它的核心就是将内河诸水视为涝水，淮河视为洪水，实现洪涝分流。这是平原治水的一项非常成功的经验(可惜设计流量过小)，在宿县地区治理洪涝灾害中应当充分借鉴。

在此基础上，大家反复酝酿讨论，不断丰富完善。

像宿县专区这样的平原地带，泄洪除涝应采取以排为主、排灌结合的方针。工程上以中小型为主，做必要的大型骨干工程，实现大、中、小结合。在一般平坡洼地兴修台、条田；内外水顶托的沿河洼地圈圩防洪、建站排涝，与改种结合；山区、丘陵区兴建山塘、水库、水平梯田，山脚下修横向台田，植树造林，实行山、水、林、田综合治理；并多挖沟渠，建筑桥涵，使各种工程联系起来，配套成龙。

听了大家的发言，孟亦奇概括为：

在田间工程方面，就是“梯(梯田)、台(台条田)、沟(沟渠)、河(河道)、机(机械排水)、电(电力排水)、圩(圈圩)、改(排灌与改种相结合)”。解决洪涝矛盾方面，就是“高水高排，低水低排；各走各路，洪涝分排；分而不死，机动灵活”。

“分而不死，机动灵活”主要是指在各内外河流交汇处，视不同情况，设置不同类型的节制闸，以便控制水情，实施内外水调节，同时也要科学用水，便于排灌结合。

按照“洪涝分排”的治水思路，开挖一条行洪河道新汴河，截引濉河、沱河上游洪水,经过泗洪县溧河注入洪泽湖,使截引处以下河道变为排涝河道,以实现内外水分流。同时在浍河原入淮河处建分洪闸,视情况相机向淮河排水,做到分而不死。

与会人员认为,在解决主要矛盾的同时还要解决其他矛盾。大抓午季和早秋作物力争高产,这是改变多灾面貌的战略性措施,因为午季作物可以避灾保收。全区每年在大雨到来之前午季即可收完,有灾也较小;午季作物在全年生产中种植面积大,收成比重也大;午季作物生长时间长,有更多时间加强田间管理,利于高产,所以群众有“一麦抵三秋”的说法。午季丰收了,即使秋季受灾,灾情也会大大减小。这是从防御中寻找进攻,从被动中争取主动。

这些分析,可谓深入透彻,鞭辟入里,吃透了全区的“水性”:同样是水,有高低内外之分;同样是水灾,产生的原因大不同;同样是治水,结果也迥异。不仅集中体现了辩证法思想,更重要的是自觉运用了人类在20世纪才提出的系统论的方法。它将宿县专区的“水”看成是一个整体,以系统整体性为总的出发点,考虑所有的影响因素或约束条件,通过分析系统、要素、环境及相互关系,整体把握事物的运行规律,达到彻底治理的目的。

这些共识,“中心组”以学习心得的形式,印发全区各县负责人及各有关部门进一步讨论,取得更为广泛的赞同和支持。

1965年5月13日,中共宿县地委印发了《宿县专区1966—1970年农业发展规划》,采取十条措施的第一条就是大办水利,明确提出“拟开挖从宿县城西北戚岭子开始贯穿沱、濉、唐等河的新汴河一道”。

由此,开挖新汴河的治水思路正式奠定。当然,实现这一思路的具体方案,则是在规划中不断完善,并有新的发展和提高。

第四章　方案之争

新的治水思路突破了传统循原河扩大排水能力治涝的窠臼，但意见不一。由此“新汴河工程规划”一波三折，争论不休，从地区水电局到国家水电部专家领导都参与其中，中途还几乎夭折。参与者有些是我国知名的水利专家，焦点是要不要实现“洪涝分排”。

一

思想是行动的先导。按说地委行署一班人学习后思想统一了，接下来就是制订方案抓好落实。其实不然，在推进过程中，如何治理水患问题大家看法很不一致，主要来自地区水电局本身。

宿县地区到底如何治水，怎样洪涝分排，正是矛盾争论的焦点。实际上，在地区水电局召开的一次座谈会上，如何治水的矛盾已见端倪。

1964 年 2 月春节刚过，地委在家的常委和有关部门的负责人，开会研究要在近年内改变全区多灾落后面貌问题，决定组织力量编制一个改变全区面貌减轻灾害的规划纲要。会后，新上任的行署专员郑淮舟来到地区水电局，组织召开了一次小型座谈会，想听听大家意见。当时参加会议的人并不多，除郑淮舟专员外，还有副专员兼地区水电局局长钱亦山，分管技术的副局长、高级工程师马植祥，设计室主任、工程师吴本瑞，水利技术员冯增忠和许纯一。

会上，郑淮舟专员让大家谈谈全区的水患到底如何治理，怎样避免像 1963 年那样的大水发生。会议开始时发言还是挺积极的，大家针对全区水患的根源进行了深刻剖析。一致认为:全区干支流普遍存在洪水来量大、河道出口小、排水能力低的特点,造成顶托形成“关门淹”;治理方法就是加大出口,提高排水标准。

郑淮舟听罢,用手指着地图,提出开一条新大河用洪涝分排解决洪水顶托以求根治洪涝的计划。随即钱亦山也将在地委行署学习“两论”时的发言全盘托出,要“洪涝分排、高水高排”的想法说出来,会场出现了长时间沉默。

像这样的座谈会,重点发言的应该是了解全区水利情况的技术专家,但在此时,大家却不表态,显然有自己的想法。

吴本瑞祖籍在苏州,1951 年响应毛主席“一定要把淮河修好”的号召,在上海交大读书还未毕业的他,就以“实习”的名义参加了声势浩大的治淮工程,实际是提前毕业,是在两淮大地上摸爬滚打多年的水利专家,尤其对宿县地区的水利情况颇有研究。

马植祥是一位在技术上比较有造诣的专家型领导干部,在平时也比较重视和发扬学术民主。抗日战争中曾报名赴缅远征任翻译。在科技人员眼中,他是规划、设计、施工全能的工作狂人,坐在电影院内他也会和你絮絮叨叨地谈工作,对下属要求很严,若不如意还经常批评人。他对小型农田水利基本建设思考较多,很有见地。在后来的徐州会议上,他主笔的《宿县地区台田调查报告》曾由地委书记孟亦奇亲自交给谭震林副总理阅,得到了谭副总理的称赞,并说:“我们需要大批这样能够理论联系实际、为生产服务做出成绩的知识分子。”

他俩说话比较有分量。

冯增忠见主要技术负责人沉默不语,便直言说:“这样就打乱了水系。”

年轻的水利技术员许纯一见大家不发言,开口说道:“我区十余年治水花了很大力气,仍然灾害不断,所以要对传统治水思想方法进行反思。改造水系如同旧衣改制,不能随心所欲,要多方深入探讨不宜仓促定案。‘洪涝矛盾’,以‘洪涝分排’化解合乎逻辑。我区受灾的根源是洪涝灾害‘关门淹’,用‘洪涝分排、高水高排’的想法解决,具有战略意义。这一治水思路很有新意,值得研究探索。但‘新大河’方案横越三条河道,切断了原河排涝路线,是个大问题。”

郑淮舟插话道:“用地下涵如何?”

许纯一答道:“小王郢沟地下涵于1963年汛前建成,在汛期中河南永城因其阻水,坚决要求平毁,那是小沟小河。用于大河的地下涵尚无先例。”

郑淮舟只听记不表态,听完即散会。

许纯一简明扼要的发言无疑是经过了一番考虑,特别是在专家领导没有发言的情况下,需要相当的勇气来支撑。

灾后治淮急需人才,许纯一提前结束学业,于1951年2月参加治淮。之后他自报志愿,决心赴灾情最重、生活艰苦的地方去治水,来到了当时被称为“安徽的西伯利亚”的宿县地区。历任技术员、工程师、高级工程师、总工程师。1963年从事新汴河规划工作,在该项目中为宿县地区实际技术业务主持人。其论文《对修建沟洫台田的初步分析》获安徽省科学论文三等奖,《新汴河综合利用研究》获厅级科学进步一等奖、省级科学进步二等奖。许纯一治水理论知识和实践经验丰富,接受新事物快,对富有创新精神的治水思想表现出极大的兴趣。

2018年初春的一个上午,我有幸采访了年已86岁的许老,这位精神矍铄的老水利专家回忆起当年的情景来,依然是那样兴致勃勃、激情满满。许老告诉我,他当时很喜欢读《毛泽东选集》第四卷,因为在那里汇集的大多是毛泽东主席讲战争战略问题的文章,读后对治水有很大启示。当年高亨先生在《水调歌头》中曾赞扬毛泽东主席:“掌上千秋史,胸中百万兵。眼底六洲风雨,笔下有雷声。”的确如此。许老说着大笑起来,仿佛是他当年因支持开挖新汴河得到赞许而颇感欣慰。

许老说:“《毛泽东选集》第四卷使我有所开悟。战略,是引领战争全局走向胜利的谋略。治水也如战争,‘洪涝分排、高水高排’是引领走向根治洪涝的方略。战役,是在战略引领下走向全局胜利的步伐。新汴河工程是实现这一战略的开局第一战役。战术,就是争取战役完满结束的战斗技术。

“钱亦山提出,在新汴河完成后还要治理濉河、潆潼河,进行支流配套,那就是后续的战役。”

他继续说道："新汴河牵扯三个省，要有一盘棋思想，比如河线的确定，就不能单纯地站在哪一个点上。"

许老的一番话，又将思路拉到了50年前接受任务、勘察新汴河河线时的艰苦岁月里。

正是那次座谈会，许纯一引起了钱亦山的注意，在工作中有意识地给他压担子多磨炼。实际上，"洪涝分排、高水高排"的想法，在地区水电局里已得到了多数人的理解和支持，特别是副局长王学思，青年技术员许纯一、邱炳华等人。

2月24日晚上，也就是座谈会后的第三天晚上9点多钟，专区水电局与往日一样宁静，唯设计室屋内依然亮着灯光，这是许纯一等几位年轻技术员在加班设计唐河治理规划。

"砰砰砰——"

寂静中响起的敲门声异常清脆。

许纯一站起来开门。

走进来的是副局长王学思。

王局长站在办公桌旁，眼光扫了一下四周说："大家都停下手中的活，我有事要说。"说着摊开手中带来的图纸。

原来王局长带来的是钱亦山副专员为开挖新汴河而设想的方案。这是利用多个夜晚和大家共同讨论，集思广益绘制出的第一幅1∶200000新汴河多方案设想图。

王局长指着摊开的图纸说："按照钱专员部署，我们先集中力量搞一个全区治水轮廓规划，发专署有关单位和各县去征集意见，对反馈的问题进行研究，一并解决。"

大家围到图纸旁认真讨论起来，重点围绕河线畅谈自己的想法。

王学思在局里并不分管技术，此时带着图纸来到设计室，以执行专署领导人的指令直接找具体人安排工作，显得异乎寻常。

王学思1940年参加革命，1952年任淮委第二施工总队副总队，1957年后任蚌埠专区、宿县专区水利局副局长。他两度治淮（河），两度治唐（河），两度治沱(河),为公认的“治水土专家”。1950 年冬天,王学思在任灵璧县尤集区区长时,曾率民工参加开挖新濉河,身先士卒,第一个跳进冰冷的水中挖龙沟,领导与实践经验都比较丰富。

很显然,王学思是“洪涝分排、高水高排”开挖新河的坚定支持者。

座谈会后,地委行署决定启动开挖新河的初步规划设计方案,而河线的确定是当务之急。

一般来说,选择河线是人工河道规划的首要环节,要根据河道的开挖目的任务,从技术、经济、环境及社会影响等各方面做全面分析比较,从中确定各有关地区或部门可以接受的较好的方案。工程任务不同,河道线路的要求也不同。技术上要着重考虑地形地质、进出口的水流形势、新河道与现有河道交叉等条件。经济上要考虑节省投资和长远的经济效果。对环境的影响往往是河线选择的重要因素,如新河道对沿线水文和水文地质条件以及对生态环境的影响;对工程移民、占用耕地或经济林地、迁建房屋与其他生产设施,以及对文物古迹和旅游环境的影响等。河线还要考虑今后沿线地区的发展,尽量减少对沿线地区的干扰。河道的起点、终点和中间某些点,往往是决定河线的约束条件,如起点位置、分洪河口、河线中间的高地、城市等都可影响河线。考虑了这些因素,选择几条河线方案进行比较、筛选,最后确定。

在钱亦山的组织安排下,选择河线的工作小组很快组织起来,具体由副局长王学思负责,许纯一、邱炳华等参加,实地勘察,拿出供研究的方案。

被抽去的人心里都清楚身上担子的重量,知道野外作业的艰辛,虽说早有心理准备,又不是第一次做这样的事,但在具体的推进中到底会遇到什么困难并不清楚。这不仅是工作和生活方面的困难,更要协调好与河南、江苏友邻地区的关系。纵然三省人民都有根治水患的决心和意志,过去的矛盾也由中央出面予以妥善解决,安徽分别与河南、江苏签订了协议,对部分地段进行了调整,西跨境骨干河道,上、中、下游的不同治水诉求事关全局,就要在这次规划中研究协调。这毕竟是挖一条大河,效果会怎样,多长多深多宽,截哪条河,从哪里截流,处在不同的位置就会有不同的想法。

水利工作者在野外测量

上游的河南商丘地区当然想把河挖得大一些宽一些，为洪水提供一个畅泄的通道，使洪水来了能走得快，自己不被淹。畅泄，不仅需要无阻碍的下泄，还要有适应水情变化泄水也不会再受阻塞，有发展潜力。

下游的江苏淮阴地区却在考虑上下游本来落差就大，自己的地势低，若洪水下得太快，也会担心泗洪县以及洪泽湖的接纳能力。溧河洼是洪泽湖一个狭长形湖汊，仅有周边水流汇入，水量不大，它的水位随洪泽湖而起伏。这条新大河水流居高临下，水位要随下泄水量而变化，搞不好自己受淹。另外，这条大河河道相对于一般河道是个“胖子”，用地较多。河道选线做到尽量避开人多地少土质好的区域，走人少土质差的地方。但也不能让这个“胖子”的身躯如蛇形任意穿插。

还有，这次勘察不同以往，肩负着这个地区治水的一次历史性任务，要为协调好豫皖苏友邻地区洪水与涝水的关系寻找一条河线，将现在全流域洪涝不分的水系改造为洪涝分排的水系。

皖北这块多灾的土地，这块已被黄泛破坏的烂摊子，经过10余年的治理，已经建立起濉河、漴潼河两大水系及各级支流。现在又要去改造它，这就如一块布料已裁剪成型，再去定向改制，必然受到布料已经成型的制约，不可避免地造成大量无用的布料碎片废弃。布料可以废弃丢掉，而土地、河流不能废弃，哪怕是一丁点儿。

开挖这条大河是要将濉河、澥潼河两大水系主要河道上游的洪水、山水，裁截合并后直接送到洪泽湖，留下裁截口以下原河道专排当地涝水，实现“洪涝分排”，它与提供上游洪水以畅泄道路是一个问题的两个方面。若为实现洪涝分排而不能给上游洪水以畅泄道路，或上游洪水得以畅泄了而不能实现洪涝分排，都能给中下游带来更大灾害。将两个目标集于一身，加上各河的裁截口分散在南北、东西广阔的地带，使河线选择变得更难。

任务的难度和性质，要求勘察小组必须搞清每块土地水源的自然和历史的流向，新河线对原水系会产生什么负面影响，是否有办法克服，哪些地方可以利用现有河道，哪些地方需要平地开河、拆迁、挖压、移民等等。

因这次任务比较特殊，临走前钱亦山还是作了一次动员，20 天必须完成。

勘察小组要勘察的地方正是前面所说的濉沱河地区，一直是淮北地区水旱灾害频发的地区，也是三省人民下定决心要根治的地区。

勘察小组下去后，王学思并没有按常规出牌，按部就班地查资料再现场勘察，而是根据每个人的专业特点，在当地社队人员的积极配合下，工作时分时合。白天集中精力分头现场调查，搜集资料，晚上摊开画好的河线地图，与现场绘制的草图进行比较，集思广益分析研究，整理笔记，加班加点，尽可能将工作向前赶。

在这不平凡的 20 天里，勘察小组遇到了难以想象的困难。不用车马，有平坦的路不走，跋涉于人迹罕至、荆棘密布、险象丛生的荒郊野岭中。向前看河线是否可以避开村庄，向后回看河线是否顺直，遇有路障，绕道而行。足迹踏遍了濉沱河地区的山山水水，从河南的永城、夏邑，江苏的铜山、濉宁，到安徽宿县的 9 个县，无不留下他们的足迹与身影，反复进行着水流水量、地势落差、经济状况和灾情民意调查等勘察，对一些重点考虑的河线都一一标注出来，用铅笔不停地勾画，精心构绘好这块他们浸满深情土地的水利建设新蓝图。

“这是我一生工作中最艰苦的20天,也是留下最美好回忆的20天”。许老感慨地对我说。

“许多地方没有路,走了一段就快累散架了,但掂着自己记得满满数据的笔记本,看着搜集到的一本本厚厚的资料,立马来了精神。我们对几条河流都进行实地勘察,涉及的公社、村大多数被跑遍,就为了得到精确的一手资料,获取翔实数据,这个过程异常艰辛。每天都很累,一直抱怨脚疼,这不仅仅是身体累,更是一种责任和压力所迫的累。”

一次勘察小组好像是迷了路。从早晨吃过饭出发,中午时走到一片沼泽地边,谁也没介意,众人饿得发慌才想起来吃饭,一看时间快下午2点了。环顾四周没有村庄,而不知什么时候王学思又不见了,大家十分焦急,便向周边寻找也没有找到,只好坐在原地等待。

约莫过了1小时,远处传来一声:

“宋江哥哥来也——”

人们随声望去,看到矮壮、黝黑的身影,正是王学思。身后跟着一当地农民,挑着水桶与笆斗,里面装着从远处集镇买来的开水、大馍、咸菜朝这边走来。

大家顿时来了精神。原来王学思给大家找吃的去了。“真是及时雨啊!”有人接着说,“今天我们在此大碗喝水,大口吃馍,他日有一天新汴河建成,勿忘今日!”

众人随即大笑起来。

许老回忆着这些细节如在眼前,众人那谈笑声仍在耳边萦回;又恍如隔世,毕竟已过去了50多年。

许老呷了一口茶,若有所思,继续说道:“这次勘察对我来说太重要了,是极好的锻炼机会,因此出发时准备很充分,每天坚持写日记。来时翻了下笔记,在勘察的第15天记着到泗县草沟唐河边的情景:在李家大队,干部群众得知我们是来解决水灾的,十分热情,深感一种特殊的温暖,这是他们期盼已久的事,给勘察工作带来很多方便。”

许老话锋一转,深有感慨地说:“这条河线最终得以确定太不容易了,是经过反复研究勘察,取各河线方案所长,分段截取拼接而来。从初步设想到构思了4个供进一步研究的方案,经技术计算分析,拿出南线汴濉沟通方案,并没有彻底分开洪涝。直至以后成立新汴河临时设计室,求得江苏泗洪境内五万分之一的地形图,发现付圩子至大桑园有一条可用的尾间河线,如果从这里走,新大河就不用穿越唐河中腹部了,河线臻于完善。大家凝神观看着思索着,你一言我一语,都说这是一条自然天成的河线,是上天赏赐给宿县地区开新河的礼物。

“我们由王学思局长带队,从泗县出发再次去实地考察。不久便来到付圩子溧河洼水边,又顺沿界洪新河旧迹走到岗丘西麓,看见紧挨徐岗南边的是一个马鞍形低丘。当我们翻过低丘爬上徐岗岗岭向南望去时,层层叠叠的岗丘根本没有出路;再将目光转向徐岗以东,只见一箕形开阔地形映入眼帘,大家欣喜地叫道:‘在这里成河线正好,真是上天赏赐,自然天成啊。’当时就有人戏谑说,唐朝诗人皮日休在《汴河怀古》中曾写道:‘应是天教开汴水,一千余里地无山。’我这里给它改作‘应是天教开大河,千层叠嶂一线通’。

“晚上住在泗洪县招待所。我躺在床上久久无法入睡,便对王局长说,河线好但切岭工程艰巨,如有石方更难,不可不考虑啊。

“他问我有什么办法,我说可以仿照老汴河。河线自大桑园向西北,从枯河头绕过岗丘再拐向西南,与界洪新河衔接,这一线肯定没有石方。只是遗憾新大河在这里留下一个大的牛扼形弯道。其他人听着我和王局长的对话也没有插话,大家太累了,这一天足足走了40千米。

“第三日我们补充复勘,初步拿出了突出洪涝分排的4个全区水利工程轮廓规划及比较方案,绘出了具体的方案比较图。”

新汴河的河线确定,经过了由北向南,截引面积由大到小,河线由长逐渐变短的过程,避开了沿濉河人多地少较肥沃的土地,减少村庄拆迁,利用界洪新河旧线,也减少了挖压占地。虽然穿过3条河道需要立交处理,还要穿过切深达19米的徐岗切岭,但河线比较顺直,实现了改造水系,“洪涝分排”的历史任务，而且靠近宿县、灵璧、泗县三座县城，能兼顾航运供水。

可别小看方案草图，这可是他们成功的起点。想当初中国农村改革的方案草图最早就是出自安徽凤阳几个农民之手，中国“长二捆”火箭的方案草图也是由黄作义等几位“普通专家”画出。俗话说千里之行始于足下，只要工程的列车启动起来就要向前开，无论行程多么艰难多么遥远终会到达目的地。

为真实再现新汴河的开挖历史，我在宿州市水利局的档案室里寻找资料，无意中翻到一本新汴河河线勘察方案草图原始手稿，不是很厚，纸张大小不一，颜色微微发黄。我小心打开，看到上面密密麻麻用铅笔画满了大小不等且不规则的几何图形，标注着地形地貌、沟渠河路、村庄农舍等。

他们哪里知道，就是这个方案草图后来演绎成的“新汴河水利工程规划”竟是一波三折，争论 3 年不绝于耳，方案一改再改。从宿县地区水电局到国家水电部专家领导都参与其中，中途还几乎夭折。开始是地区水电局专家领导之间，到后来的地区水电局与省水电厅专家之间，发展到最后的省地水电厅与国家水电部专家之间的争论，参与者有些是我国知名的水利专家，矛盾的焦点还是要不要实行“洪涝分排”。

正如只要有人类就存在争论一样，只要有学术存在必然也会有争论存

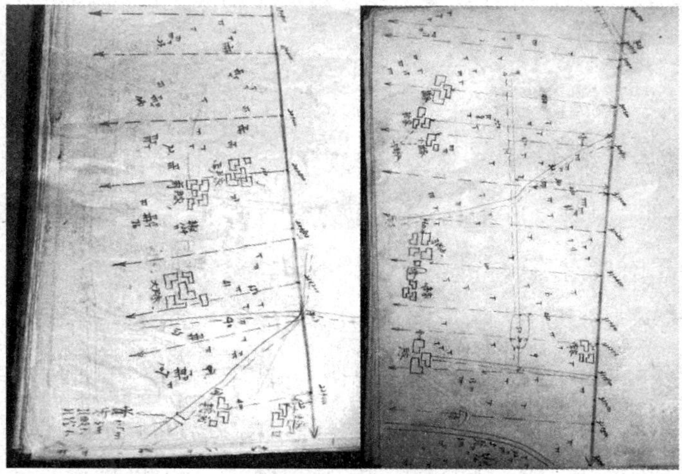

新汴河方案草图(宿州市水利局提供)

在,可以说争论是促进人类社会发展的重要动力之一。比如欧洲古希腊时代的亚里士多德与柏拉图之争。亚里士多德自 17 岁起就跟随其师——著名的唯心主义哲学家柏拉图学习,时间长达 20 年,柏拉图是他的恩师。然而在探究真理的道路上,亚里士多德表现出极大的勇气,毫不掩饰与老师的严重分歧,批评恩师的错误。这自然引来一些人的指责:亚里士多德是忘恩负义之徒。亚里士多德对此回敬道:“吾爱吾师,吾更爱真理!”可谓真理高于一切。

中国的春秋战国时期被誉为中国学术思想史上的“黄金时代”,产生了“百家争鸣”;南宋时期朱陆的“鹅池之会”更是成为“开创性辩论会”的代名词。这些争论无不闪耀着科学与理性的光芒,通过争论可催生新思想新理论的诞生,推动着人类对未知世界的探寻和对真理的追求。甚至可以说,一部科学技术史也就是一部科学技术争论史。

“在学术面前人人平等”,这是中国水利战线上的光荣传统。如 20 世纪 50 年代的黄河三门峡水电站建设,后来 20 世纪 90 年代的长江三峡水电站建设等,都无一例外地引起了大争鸣大辩论。特别是作为我国有史以来最大型的长江三峡水利枢纽工程,从开始动议筹建的那一刻起便与争论相伴。早期的不同意见偏重于经济和技术因素,普遍认为经济上无法支撑,技术上也难以实现预定目标,并且移民的难度极大。在动工前的 1985 年全国政协会议上,以周培源、李锐等为首的许多委员表示了强烈反对,1986 年和 1988 年,国务院又召集 412 位专业人士,分 14 个专题进行反复论证,最后才由全国人大投票表决通过。也正是这种体现了民主精神和科学理性的大辩论大争鸣,才推动了中国水利事业向前发展。即便如此,在建设的实践中还留下了很多遗憾,有些问题至今仍然在争论不休。

宿县地区水利系统发扬了这个优良传统,每有重大水利项目上马,都必须充分发扬民主,广泛听取意见,决不搞一言堂,更不会搞理解的要执行,不理解的也要执行那一套。

现在争论早已偃旗息鼓,争论双方的大多数人也已作古。本着对科学的敬畏、对历史负责的态度,我将一些争论场景真实地记录下来,有些可谓

"惊心动魄",充满"火药味"。平心而论,对学术争论的双方,我是带着钦佩的眼光看待的。因为他们争论的、坚持的并不是为个人私利,而是他们认为是对的东西,是科学是真理,是真理就会愈辩愈明,所以执着、坚持、寸步不让,这才是最可贵的。也可能,争论的本身就是亮点,亦越发显示出"科学治水"的分量与深刻内涵。

二

争论是先从地区水电局开始的。

为总结治水经验教训,寻求根治方案,1964 年 3 月上旬,地区水电局召开了一次大型"治水方案讨论会",吸收所有水利技术干部及其他有关人员参加。会议由钱亦山主持,他先谈了"洪涝分排、高水高排"挖新河的想法。接着王学思介绍了勘察小组活动情况和水利工程轮廓规划。

吴本瑞在会上作了较长时间的发言,详细说了自己的看法,主张以原河道疏通治理为好。大意是:中国历来治水都是"疏川导滞",要尊重客观规律,不能办违反规律的事。

新中国成立前,我区受黄泛破坏,水系紊乱,水不归槽,洪水横流。在淮委领导下,历经 10 多年调整水系,疏浚河道,建立排水系统,才有了现在按水系排水的秩序,成效得来不易。回顾 10 多年治水历程中,"河网化"是对已经建立的排水系统一次冲击,水利在有的地方成了水殇。在新一轮治水中要认真总结正反两方面经验教训。内外水分流的确是我区的成功经验,但成功经验也不能生搬硬套。治水有一个从低到高的过程,是随国家经济发展能力逐步提高的。1963 年大水,我区普遍存在洪水位高出地面,洪涝顶托"关门淹"。如濉河浍塘沟,现有河道排水能力只有 200 多立方米每秒,是三年一遇除涝标准的 30%,治理标准低,来水流量超过了它的排水能力,洪水位自然就超出了地面,形成关门淹。现在核算,三年一遇排涝流量是 600 多立方米每秒,差距太大,又怎能不产生洪涝顶托呢?治理标准低是我区主要河流普遍存在的现象,逐河提高治理标准,治一线收效一片也是我区治水中一项成功的经验。总之治水不要打乱原水系。

吴本瑞的发言显然与钱亦山的观点相左,如一颗重磅炸弹响彻会场,与会人员围绕两种观点,针对两种治水思路展开了激烈的讨论。

应当说,吴本瑞的想法是有一定道理的。当时国家正处在国民经济恢复时期,宿县地区又连遭大灾,打破原来的水系进行治水,想法虽胆大,但具体实施起来难度太大,超越了经济发展等客观条件的限制。同时,中国历代治水都讲究辩证思维,注意总结规律和方法,形成了顺应自然规律,按照人类社会发展的需要和愿望,利用水向低处流的自然属性,因势利导,综合运用疏导、筑堤、调蓄和开发利用等方法,实现人与水和谐相处的治水理念,闪耀着中国古代科学智慧的光芒。

在水利系统内,吴本瑞的观点代表着相当一部分人的思想。他们认为:重新开挖一条大型河道,是对原有水系的破坏。形成"关门淹"是因为河道治理的标准低,只要按原河道提高排水能力达到一定标准就可以了,结论是不要实行"洪涝分排"。

而另一方人认为:从多年的实践中得出,上游地高坡陡,洪水势强,抢占河槽,又随河道治理水情变化,现阶段还向恶化方向发展。只有采取"洪涝分排",才能从根本上消除洪涝灾害。

30 年后的 20 世纪 90 年代初,已任水利部治淮委员会党组成员、总工程师的吴本瑞,在接受记者采访时说:"治淮治了一辈子,我现在常常思忖,我们的治水思路是不是该反思了,人们认为要从单纯的抗拒洪水转变为给洪水以出路,所谓人不给水出路,水就不给人出路,这其实并不是什么新思路,当年大禹治水的方法不就是'给出路'吗?"他在《总结治淮经验探讨治淮战略》一文中,对新汴河的开挖给予高度评价,作为治淮中的亮点、一个重要经验加以推广。

"治水方案讨论会"后,地委、专署考虑到有不同意见,少走弯路,决定再进一步发动群众,集思广益,广泛征求意见,遂将"规划方案"予以下发,新汴河走向实施迈出了第一步。

"规划方案"还解决了许纯一提出的一个难题:为谋求新汴河效益最大

化留下余地，怎样才能将浍河与奎河一并纳入新汴河的问题。新汴河源头从四铺移至宿城，并确定了新汴河上段河线。

1964 年 3 月 10 日，宿县专署水电局以水工字第 126 号文件的形式，下发了《宿县专区水利工程治理轮廓规划》，并附上征求意见函，提出根治全区水患的两个方案，即“开挖新河方案和原河治理方案”。

在方案下发讨论的那段时间里，最坐不住的是钱亦山。实际上他在郑专员召开的座谈会上就隐隐地感到不妙，觉得将会在接下来的工作中遇到阻力。这样高规格的会议，局里分管技术的领导和有影响的专家不表态，说明不赞同，只是当着新任专员的面不好讲罢了。也就是从那时起，钱亦山盘算着做两手准备，即规划设计的技术准备和水利系统、各个县在治水思想上的统一准备。

由于地区水电局本身的阻力，靠自己的力量进行规划设计已绝无可能。钱亦山便安排王学思向省水利设计院求援，得到胡廷洪副院长的支持。

胡廷洪是浙江永康县人，是我国知名的水利专家。1948 年 7 月毕业于原中央大学水利系，曾任治淮委员会设计院主任工程师，省水利设计院副院长、水利厅副厅长、总工程师、党组成员，三峡工程论证专家组成员。2009 年，以“长期奉献水利的优秀人员”受到国家水利部的表彰。

在胡廷洪的安排下，省水利设计院确定吸纳宿县专区水电局的技术人员一起参加设计，派谁去呢？

3 月 12 日上午，技术副局长马植祥来到设计室召开一个小会，安排部署新一年工作任务，同时研究派谁去合肥的问题。会议由主任吴本瑞主持。最后确定由许纯一、部洪秋、许其宝三人赴合肥，驻省水利设计院，开展新汴河规划工作。

马植祥和吴本瑞虽说对新汴河方案有不同看法，但考虑到这是跨省大型水利工程，又是组织决定，必须服从大局，于是做了具体安排。

许纯一、部洪秋、许其宝简单打理好行装，在王学思的率领下，带着调研勘察等有关资料于 3 月下旬来到合肥，会同省水利设计院进行规划。具体由省水利厅高级工程师尤家煌做技术指导，工程师张其松协同，郝朝德等一批业务骨干帮助计算有关数据,新汴河治水设想从此走上了具体的规划设计之路。

临行前,钱亦山再三嘱咐,争取新汴河建设能列入1965年国家基本建设项目,务必要在国家计委安排项目前报出规划文件。

对统一全区水利系统、各县的思想认识,钱亦山也有大动作。

4月中旬,他带领各县分管水利工作的副县长、地县水电局长及有关技术人员共40余人,到江苏灌云县学习开挖新沂河与平原治水经验。

灌云县境内河流属淮河水系的沂、沭、泗流域尾闾河道,历史上有"洪水走廊"之称,与宿县地区一样,洪水经常泛滥,庄稼十年九不收,群众生活困苦。新中国成立后在淮委的统一安排下,多地联动,利用部分原河道,重挖一条大河"新沂河",解决了洪涝灾害;同时大力开展农田水利建设,被国家农业部誉为"黄淮海平原治水的典型"。

灌云县治水经验对大家震动很大,联系自己的治水实际,更感觉到"洪涝分排、高水高排"挖新河的想法是对的,必须坚定不移地干下去。

就在钱亦山为治水忙于外出学习,王学思等几人在合肥会同省水利设计院搞规划的时候,用许老的话说,"这时家里翻了锅。一些坚持原河治理的人说正确的意见没有人听,总搞些不对的事。于是他们拿出了一个新沱河治理方案"。

孟亦奇、钱亦山在《新汴河纪事》中是这样叙述的:

> 正在这一关键时刻,宿县地区水电局有人于1964年4月28日以传单形式广为散发了与新汴河方案完全对立的"新沱河方案",后来称为"4·28传单"。其实,"新沱河方案"并没有什么新意,仍是坚持"原河治理"的一套;而坚持原河治理,则无法解决洪涝顶托、洪涝分流,无法做到高水高排、低水低排,无法根治宿县地区的洪涝灾害。"原河治理"的治水思路,在实践中早已证明是不成功的,甚至是失败的。在此之前地委、专署召开的多次治水讨论会上,大家通过摆事实、讲道理,早已驳倒和推翻这种陈腐思想。

地委、专署认为,“4·28传单”事件虽然处理方式不妥,但仍然属于学术问题。于是又开会讨论,使越来越多的人赞同和支持开挖新汴河。

三

争论在水电部专家来宿县地区时达到高潮。

被抽到合肥的几个人,与省水利设计院专家一道,按照钱亦山务必在9月份前完成任务的要求及胡廷洪的意见,加班加点、夜以继日地工作。他们从3月一直干到9月,终于拿出了新汴河规划设计方案。

新汴河在早期规划中并未定名,口语常以“新大河”称之。后因河线与隋代通济渠(唐宋时期称汴河)相近,后期才正式命名“新汴河”。

新汴河规划是在王学思主持下所议的初始方案为底本的。钱亦山提出要在9月报出文件,胡廷洪表示支持,并提出重要的指导性意见。1964年9月,省水利设计院,在宿县专区水电局派员参与下,吸取各方面建议和意见,编制出《新汴河工程规划报告》和《新汴河工程设计任务书》。

新汴河规划报告及任务书按不同河线和洪涝水处理方法,提出了3个具体工程方案比较。

原河道治理方案。维持现有的濉河、唐河、新北沱河与沱河等4个排水系统,按五年一遇标准疏浚治理四条河;濉河下游在泗洪境内洪庄改道经溧河注入洪泽湖,唐河、新北沱河和沱河仍按原水系入沱湖;整个工程需做土方1.18亿立方米,经费1.53亿元。

新汴河南线方案。进行水系调整开挖新河,增辟直接入洪泽湖的排水出路,实行洪涝分排。河线自沱河宿东闸上7.6千米处起,于原界洪新河桥址穿过津浦铁路至蒿沟,顺新北沱河向东至芦湾,截唐河后至虹灵沟口,沿濉河南堤与濉河成两河三堤至洪庄入溧河洼。全部河线除蒿沟至芦湾利用新北沱河扩大外,其余都是平地开河。

新汴河北线方案。河线自沱河四卜闸上起向东至新北沱河小王家沟口入新北沱河，顺新北沱河而下至灰古堆集向东沿唐河、濉河中间地带至赵汪闸与濉河成二河三堤至洪庄入溧河洼。

3个方案通过比较，以新汴河南线方案为最佳。

钱亦山领导治水多年，明白平常治理一条河的年度工程规划设计，最短也要半年才能报出。他也看到为赶报文件，众多技术人员加班加点，每天晚上灯火通明，何况新汴河涉及濉河、濉潼河两大水系多条骨干河道，绝不是短期内可以完成规划任务的，可是群众眼巴巴地盼望早日根治洪涝。为了争取能列入1965年度国家计划项目，不能迈着方步以常规方法去工作。如何办？他早已胸有成竹：冲破常规秩序，方案不完善也要上报！在国家计委那里先排队挂号，利用等待审核的空当抓紧修改，补充完善。

9月30日，安徽省计委、水电厅以计基字1482号和2253号文件形式上报国家计委和水电部。

为尽快促使新汴河动工兴建，钱亦山带着治水方案，专程到北京找国家水电部钱正英副部长汇报。

钱正英是我国当代著名的水利专家，抗战时期在淮北解放区工作，新中国成立后曾任华东军政委员会水利部副部长兼治淮委员会工程部副部长；国家水利电力部、水利部副部长、部长，党组书记；第七届全国政协副主席；中国工程院院士。钱正英对宿县地区乃至整个淮河流域的情况非常熟悉，取得她的支持很关键。

钱正英60余年的水利生涯是在淮北根据地修复淮河大堤起步的。

1939年，钱正英怀着“做中国第一个女工程师”的理想进入了上海大同大学土木工程系（后并入上海同济大学）学习，并加入了上海地下党。1942年调到淮北解放区工作，第二年正遇淮河大水。淮北大堤长期残缺失修，导致洪水横溢，淹没了大片农田和村庄，当地群众迫切要求修复。淮北区党委毅然决定以工代赈修复淮堤。因钱正英曾在上海大同大学土木工程系就读，是根据地屈指可数的水利技术员，组织便决定让她负责技术工作，从测量、设计、施工、验收、结账都由她主办。钱正英凭着自己的聪明才智和惊人毅力，带领群众，赶在淮河汛期到来前将大堤修好。这段大堤全长90000多米，堤高7.2米，堤顶宽5米，工程质量完全达到了原定的要求。钱正英，一个新四军出身的女技术员名字在淮河两岸流传。大堤修好后，她站在大堤上心潮激荡，写下了《淮堤纪事》：

夕照映远山，大堤临长淮。
足下黄水去，天边白云来。
跃跃女儿志，浩浩祖国怀。
笑指对岸敌，中华屹然在。

在北京国家水电部钱部长的办公室里，钱亦山用了整整1小时时间汇报了新汴河工程设计规划的内容和情况。当汇报到开挖新汴河可实现洪涝分排，不仅能彻底解决宿县地区的水患，而且上可泄豫东商丘地区客水，下能解除苏北泗洪县洪涝顶托威胁时，钱部长异常高兴，不停地赞叹，说这是治淮的一个创举，并承诺将派人进行现场勘察。

钱亦山从北京回来，心情十分愉快。他在想水电部专家来之前要做哪些准备工作？新汴河方案如何进一步完善？批准后怎样实施？

他心里也明白，新汴河规划虽然已初步完成，但在多次的学术讨论会上，不少人仍然坚持原河道治理。怎样才能使他们口服心服呢？必须要用科学的方法，去证明即使按照较高标准开大河道也不能消除洪涝矛盾，只有"洪涝分排"才能解决上游洪水顶托涝水问题。

继续完善河线方案，给"洪涝分排"做出科学论证，是两道放在新汴河规划面前的难题。

想到这里，钱亦山找来了王学思，商讨决定在局内成立"新汴河临时设计室"，组织力量攻关。各科室科技人员踊跃报名参加。钱亦山再三叮嘱大家，在水电部专家组到来之前拿出成果，以便主动要求审查组帮助修正规划方案。"临设室"人员在泗洪县地形图上发现了大桑园至付圩子可用的尾闾河线，攻克了河线难题。部分人员对多条河流不同河段10余年大量的水文资料做出分析对比，以排水能力较大的浍河为模型，采取"近似旁法"来分析论证洪涝分排。结果得出：

中游的排涝受上游下泄洪水的影响比较明显。上游临涣以上无论大雨、小雨其排涝效能都比较稳定；当上游的洪水来量大，中游雨后排出的涝水就少；上游洪水小，中游雨后排出的涝水就大；上游没有洪水，中游雨后排涝效果与上游是一样的，说明浍河仍然存在上游洪水顶托中游排涝问题。如果将它与濉河相比，若濉河按五年一遇标准治理，其河道排水能力也只能与浍河相当。既然浍河还存在洪涝顶托，濉河当然也不能消除洪水抢道顶托涝水外排问题；只有分开洪涝水，才能使中游雨后有一个良好的排涝条件。

钱亦山见到这个论证结果后十分高兴，赞许这是对“洪涝分排”的最精彩的论述。有了上述两项成果，地委行署的领导满怀信心地等待水利部勘察组的到来。

为配合水利部现场勘察新汴河规划，1965 年 3 月，省水利厅副厅长王祖烈率省水利设计院专家，先期来宿县地区勘察调研，地委派马植祥陪同。

省专家组在勘察期间，马植祥建议，将主张原河道治理的有关人员酝酿的“新沱河方案”列为比较方案，以便专家研究。马植祥推荐的方案得到省专家组中一些人支持，王祖烈表示同意。

王祖烈不仅是省水利厅副厅长、勘察调研组组长，更是我国著名的水利专家。1933 年杭州之江大学土木工程系毕业，曾去美国密西西比河委员会等部门实习。新中国成立后任安徽省水利厅副厅长、水利部规划局副局长、水利电力部治淮委员会总工程师，足迹遍及淮河流域，有治淮“活字典”之美誉。主持编制淮河流域规划及沂沭泗水系的防洪规划与治理规划。因工作成绩突出，多次受到党中央、国务院表彰。

在马植祥引领下，调研组一路勘察了四条新沱河方案比较线路，新沱河方案代替了新汴河方案。马植祥将一行人安置在五河县招待所住下，让许纯一突击做好新沱河方案规划。

新沱河方案内容是沱河自宿县西截源，濉河在符离集截源，南引至宿县汇沱河截源过津浦铁路，东经小黄河至大俞家新北沱河西岸，沿河右岸开新河成两河三堤至北张集入沱湖，开沱湖至天井湖引河，扩大天井湖出口，开南峰山引河入窑河，上草湾切岭入洪泽湖。

期盼已久的国家水电部专家终于来了。

1965 年 4 月 30 日，水电部淮河勘察组以规划局副局长成润为组长，会同国家计委及河南、江苏两省水利厅人员组成，与先期到达的安徽省调研组会合后，即前往各地考察，先后勘察了河南永城，安徽宿县地区濉溪、宿县、灵璧、泗县、固镇、五河，江苏泗洪 8 县。

水电部勘察组考察了约 1 个月时间，于 6 月 12 日到达宿县。当天下午，在宿县地区招待所，成润主持审查组会议，决定向宿县地委、专署宣布对“新汴河方案”的审查结论，同时推荐“新沱河方案”，由马植祥代表勘察组向宿县地委宣布审查结论。成润强调，投资他已带来，就在包里，如地委同意，今年冬季就可开工兴建。

下午 5 点多钟，许纯一离开勘察组住地回水电局办公室，在专署大门口巧遇郑淮舟外出。

郑淮舟很关心地询问勘察情况，许纯一遂如实讲了勘察组的决议。自临设室修改方案后，地委、行署都满怀信心认为新汴河方案能通过审查。听了许纯一的话，郑淮舟错愕不已，连声说：“怎么会是这样，你讲得可真？”

许纯一给予肯定回答。

郑淮舟对许纯一说：“跟我到办公室，将情况详细说一下。”

在郑淮舟的办公室里，许纯一汇报了 3 个月来从事新沱河方案的规划计算和线路方案比较工作，并说新汴河方案被搁一边等情况。最后许纯一告诉郑淮舟，今晚马植祥会向他请示约定宣布审查结论的时间和方法。

送走了许纯一，郑淮舟感到事态紧急而严重。

勘察组此时再提出新沱河方案，名义上是针对新汴河南线汴、濉沟通方案的不足，让人感到是为新汴河方案补台，真正目的并非如此。南线方案是新汴河方案供选择的一个子方案，针对子方案不足而修改不应改变主方案的性质。新沱河方案将内洪水与内涝水汇集到五河后排向洪泽湖，是“洪涝合流”，不但没有减少五河地区洪水的来量，反而进一步将濉河的高水、洪水又引向了五河，是“高水低走”，这与新汴河“洪涝分排、高水高排”完全对立。此时拿出“新沱河方案”，实际是将存在的两种不同治水理念之争延伸到了高层，预示着一场更激烈的争议将要来临。

郑淮舟想到这里，便立即让秘书打通电话，向孟亦奇通报情况并商讨对策。

当时孟亦奇正带领地委专署两个班子领导人在砀山参加“四清”运动，地委、专署的日常工作都由郑淮舟主持。

孟亦奇与郑淮舟在电话里紧急商量，立即通知地委专署所有领导成员，专署有关部门负责同志和一些县的领导同志，连夜赶到宿县，参加6月13日地委紧急扩大会议。地委、专署决定以召开地委紧急扩大会的形式听取宣布审查结论。

6月12日晚，马植祥受勘察组之托，向地委、专署约定听取宣布审查结论时间，他到专署找郑淮舟。

见到郑淮舟后，马植祥简要汇报3个月来接受地委委托，勘察的工作情况，并约定好会议时间。

第二天下午2点半，会议准时召开。

会议由孟亦奇主持。双方先互相介绍了参会人员，接着步入正题。

马植祥首先代表勘察组宣布对“新汴河方案”的审查结论，指出“新汴河方案”存在着诸多技术难题（实际上已经找到解决办法），然后即推荐新沱河方案。力陈这一方案有五河洼地滞洪，节省工程量；消除了新汴河方案中的诸多技术难点；截引濉河也是洪涝分排；扩大濉潼河出口，在宿县地区遇有局部暴雨时，更有利于排水。因而，它不光有新汴河优点，消除新汴河缺点，更具有新汴河所没有的优点。马植祥还一再强调说，成润局长具有现场拍板权。

马植祥说完后，成润清了清嗓子，接着讲述了他的观点：“综合一路的勘察和讨论，宿县地区农业生产低下，河道标准低洪涝灾害固然是一个原因，畜力不足、耕作粗放、肥少地薄、山芋种植面积过大、消耗地力也是原因。这些问题关联制约，究竟哪一个是主要的，还要视具体情况确定。”

他接着说:“治水不应打乱原水系。原水系治理方案在规划中以不能解决上下游洪涝矛盾被否定了,我看有重新考虑的必要。可以根据人力、投资等条件分步实施,治一条收效一条,分期做见效快,并考察了豫皖苏三省,对治理重点和时间安排各有不同。河南商丘地区1963年受灾面积占耕地总面积的90%,迫切要求治理沱河;安徽宿县地区重点要治理濉河,沱河治理面积在区内不大,河道治理主要为上游服务;江苏泗洪县由于濉河下游改道方案已确定,无论上游如何治理都没有意见。

“宿县地区境内有两个方案。即将濉河、沱河洪水合并,开一条新大河直送洪泽湖的新汴河方案;将濉河、沱河洪水合并后,也开一条新河送入沱湖,经五河入洪泽湖,我们称它为新沱河方案。对于新汴河方案各县意见不一。这个方案对五河有益,但只截走了五河来水面积的26%效益不大,浍河才是漴潼河最大的来水源。新汴河不能解决五河主要问题,而且工程量大,施工时间长,不能满足豫皖两省‘关于豫东地区与安徽边界水利问题处理意见’中早日治沱的要求。”

成润在分析一番后总结道:“新沱河方案处理洪涝矛盾的想法和新汴河方案一致,主要差别在新汴河使洪水直入洪泽湖,新沱河是通过五河送入洪泽湖。新沱河方案需增开沱天引河,沟通沱湖与天井湖和增开南峰山、上草湾加大出口,降低五河境内水位,为今后治浍打下基础。在局部暴雨的情况下更有利于五河排涝,避开新汴河缺点,兼有新汴河优点,还可以先挖小断面行洪提前治沱,是于上下游都有利的方案。”

最后他特别强调:如地委同意新沱河方案,即可定案,冬季开工兴建。言外之意,如不同意新沱河方案,其他无须谈起。

成润讲完后,孟亦奇请钱亦山发言。

接下来会是怎样呢?孟亦奇、钱亦山在《新汴河纪事》中是这样描述的:

钱亦山回顾1951年治淮初期,就曾有动议,主张将濉河自浍塘沟截引至五河(同新沱河方案相似),遭到五河人民的坚决抵制。后来,经治淮委员会反复调查研究,确认五河人民抵制是有充分道理的,遂开挖了新濉河，使其直接入洪泽湖，事实证明这种内外水分流的治水方法成效卓著。接着，汇报了在学习“两论”中酝酿产生新汴河方案的经过，阐明阻碍宿县地区农业生产发展的原因固然很多，但洪涝灾害是主要矛盾，病根不除，灾害不止。

他进一步指出新沱河方案将濉河洪水与沱河洪水合并在一起，在宿县地区心腹地带转一大圈再回沱河，这是引导洪水在我们家门口串街走巷，与我们所说的洪涝分排没有共通之处。至于将洪水集中到五河，更是高水低排，实在是有害之举。钱亦山针对勘察组所列的新汴河方案中的技术难点问题，诚恳地说：“这些问题确实存在，但在我们上报方案之后，我们做了大量的后续工作，这些问题都一一解决了。当然，还可能有不完善之处，恳望水电部和省水利厅帮助完善提高。”

钱亦山的发言，获得到会同志的一致赞同。

孟亦奇表态说：“这就是我们一级组织的意见。要根治洪涝，我们需要国家给予投资，这个投资应用来承办能够从根本上改变我区洪涝灾害面貌的工程。请上级考虑我们的意见。”

王祖烈听完大家意见后做了发言。他说宿县地委许多同志的发言是从实践中来的，是在复杂的现象中抓住了主要矛盾，并提出了解决矛盾的方法，是他在这次调研中听到的最有内容、最有说服力的一次汇报，是本次调研的最大收获。

他接着说：1952 年淮北平原全面遭受涝灾，治淮委员会为此于 1953 年召开“豫皖苏三省除涝会议”研究对策。会议认为，淮河中游涝灾深重的病根，一是河浅沟平，二是洪涝纠缠。根据这一认识，10 多年来各地开展的除涝工程大多着眼于疏浚沟河，使原来排不出的涝水排出来了，但是这样一来，河道中下游的“洪涝纠缠”也加剧了。1954 年在治淮中建成的内外水分流工程，就是将内涝水与淮河洪水分开。1953 年的“三省除涝会议”虽然指出了“洪涝纠缠”是致涝病根，但没有提出解决这一问题的方略。现在宿县地区提出的新汴河方案，运用“洪涝分排”

方法，以解决一个地区的“洪涝纠缠”，我个人认为是个创举，是治淮史上的一大进步。我们现在也深刻地认识到，只有做到“洪涝分排”，逐河提高排水能力，才能根治洪涝灾害，使其奏全功。

王祖烈对淮北地区洪涝灾害成因所作历史回顾及在理论上的剖析，令人信服。接着，王祖烈又以一个老专家的胆识和魄力，对“新汴河方案”提出在中下游劈岗开河以彻底实现“洪涝分排”的修正意见。他建议新汴河中段河线，从灵璧城西改在宿灵公路以南，占用界洪新河线，向东劈开徐家岗地段，与下游大桑园附近的尾闾相衔接。到会同志均表示赞成和支持。

在这段叙述中，透出了几个重要信息：由马植祥代表勘察组历经1个月的勘察，结论是不赞成新汴河方案而力推新沱河方案；以地委书记孟亦奇为首的宿县地区一班人坚持新汴河方案，认为这是根治水患的战略性举措。两种观点，各抒己见，相互争执，充满火药味。

成润看勘察组意见严重分歧，便宣布将勘察组的结论改为继续做方案比较。

宿县地委一班人明白，这是成润的缓兵之计，预示着更大的暴风雨要来了。

成润是我国水利系统资深领导者。1926年加入共产主义青年团，后转为中共党员。曾任共青团直南特委书记、冀鲁豫行署粮食处处长、范县县委书记、冀鲁豫区第八(运西)专署专员。新中国成立后任中央水利部工程总局局长，勘测设计局副局长，水电部规划局副局长。“文化大革命”期间受到错误批判，长期下放劳动。1978年恢复工作后，任水电部供应司副司长，规划设计院副院长。

1965年6月21日，成润在《新汴河工程查勘报告》上签署意见，坚持推荐新沱河方案，实际上是否定新汴河方案。成润将他签署的意见发至安徽省水利厅。而地委坚持新汴河方案。

僵持中，王祖烈又提出改走界洪新河的“新汴河修正方案”，得到地委赞同。水电部勘察组则认为原水系治理、新汴河、新沱河等方案，均感"研究得不够成熟，都存在一些问题"；新汴河改走界洪新河修正意见"粗看起来，也不是完善的"等评语：

"在勘察终了、综合讨论接近结束时，王祖烈同志听取了地委对新沱河方案的反对意见后，提出了对新汴河河线的修正意见，即沿半成品的界洪新河线，将铁路以西引来的水扩挖新河直入洪泽湖，这个方案是为了避开切断唐河、占好地、多拆迁等原汴河方案的问题而提出的。因资料较少，勘察途中对此注意不够，不能做比较的研究。但粗看来，这个路线也不是完善的。除同样切断新北沱河、唐河外，又增加了石梁河，不过位置靠下，对原来的好地影响可能减少，但对当地仍有一定影响。河线至泗县东部，将遇到比新汴河在这段更大的切岭工程。

"根据以上情况看来，在淮北濉沱河地区究竟如何治理，对农业增产能取得较大效益，目前研究得还不够成熟。几个方案都存在一些问题，难以马上定案，都需要进一步做些调查研究工作。因此，建议安徽省水利厅在这次调查研究与总结淮北治水经验的基础上，补做些工作，深入多做些方案比较，从中提出第一期工程任务书。"

我在采访许老时，他解释说："出台的新沱河方案也是挖新河，它在开始时与新汴河同时称为新大河，与新汴河的最大区别是，新汴河是将洪水直接送到洪泽湖，而新沱河只能将洪水送到五河县。就工程量来说都差不多，关键是治水认识问题。"

第五章 高层定夺

由于意见不同,新汴河方案被暂时搁置,但地委的决心没有动摇,治水的脚步没有停止。一方面,邀请专家对方案做进一步论证,积极向上争取;另一方面,学习先进地区经验,激发群众大干水利的积极性。1966 年 2 月由国务院副总理谭震林主持召开的徐州会议上,孟亦奇代表宿县地委发言,力陈开挖新汴河的诸多好处,得到与会人员的一致赞同。谭震林副总理当即拍板定案。

如果冬天来了,春天还会远吗?

——雪莱《西风颂》

一

经历了一番争论之后,新汴河治理方案被暂时搁置。

新汴河方案没有得到水电部勘察组的认可,却又增加了新沱河方案,这给宿县地委专署一班人又带来了一道难题。实际上新汴河方案也好,新沱河方案也好,用许老的话说"都是治水"。虽说条条大路通罗马,但治水的思路和方法不同,治理的程度、产生的效果当然也不一样。宿县地委专署一班人之所以坚持新汴河方案,是因为这是从自己的实际情况出发的结果,是"实践得出的真知"。

多年来,特别是毛泽东主席发出"一定要把淮河修好"的号召后,宿县地委专署一班人一直把水利建设作为工作的重中之重来抓,每年都出动数十万民工兴修水利，即便领导班子换了几茬也没有停止过。

为学习借鉴农业生产、水利建设先进经验，地委专署还先后派出几个考察组赴外地现场考察观摩。专员郑淮舟带领230余人分两批赴山东临沂，地委副书记任慎修带领30余人赴山西大寨大队，以先进地区为榜样，治山治水治田，改变落后低产的面貌。

革命老区山东省临沂地区位于鲁中南，北部是群山连绵的沂蒙山区，南部为地势低洼的临郯苍平原，沂、沭两大河自北向南贯穿全境。临沂地区总面积2.05万平方千米，山区、丘陵、平原各占三分之一，13个县，756万人，1500万亩耕地，人均耕地2亩多。全区北高南洼，每逢汛期，山区的洪水大量倾泻，沙石俱下，河床淤垫，河堤决口，南部临郯苍平原一片汪洋，洪涝成灾；但在少雨季节，河流干枯，又造成严重的旱灾。在历史上这里是一个多灾的地方。

从1956年开始，在当地政府的领导下，全区人民以厉家寨为榜样，以一锨一镬的精神，开展了大规模的治山治水治田斗争。8年里兴建大、中型水库30座，小型水库2900座，塘坝1.7万座，总库容34亿立方米；兴建大、中型引河工程16处，大、中型灌区配套工程38处；兴建机灌站38处，电灌站28处，水井7.7万眼；全区7000多个山头，已初步治理3000多个，整修梯田312万亩，修地埝和石地埝219万道；改稻312万亩，修台田、条田315万亩。全区已基本消除洪涝威胁，旱灾的威胁大大减轻，为提高农业产量提供了极为有利的条件。1964年，虽然降水量1100多毫米，比正常年景降水量少了300多毫米，但仍取得了好收成，粮食产量比过去最好的年景增产30%以上。

考察组所到之处，无不被当地人民战天斗地、改造山河的壮举所感动，尤其是参观了莒南县厉家寨现场后震动很大。

厉家寨人民在党组织的带领下，自力更生，艰苦奋斗，劈山凿岭，整地改土，打水井，建库塘，改变了生产条件，使5000多亩土地得到了彻底整治，实现了粮食的连年丰收。当年一篇题为《厉家寨大山农业社千方百计争取农业丰收再丰收》的报告呈送到毛主席案头的时候，毛主席欣然做了批示："此件值得一阅，愚公移山，改造中国，厉家寨是一个好例。"从此厉家寨名扬全国。

在日照县，大家参观了山字河公社西小曲大队。有一个74块53亩耕地

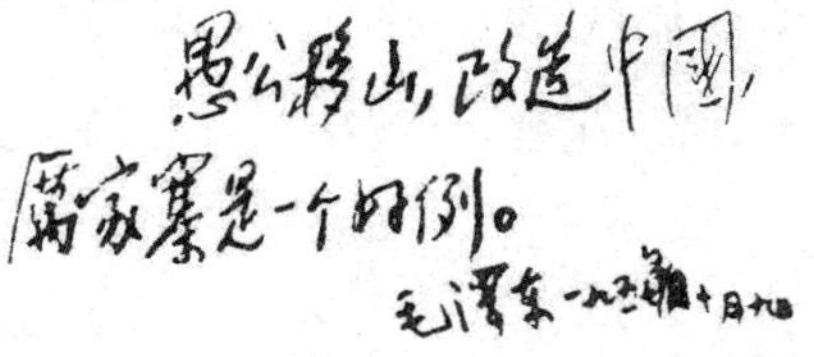

的岭头，块块是东偏西斜，坑坑洼洼，土深不过三四寸，底下全是酥石渣、薄石板，许多石墩露在外面，种上庄稼非旱即涝，产量很低。从1962年起，经过两个冬春的苦战，他们就地取石，把地边砌成1.5—3米高的石地埝，挖加排水沟，筑上“水簸箕”，使这个岭头变成了27块70亩耐旱耐涝稳产农田。在治岭过程中，开始时缺乏打炮眼、开石头的技术人员，他们就组织一批青年边干边学，很快突破了这一关，两个冬春共打了1020个炮眼，炸掉了大小石墩62个，拔除石寨178个，就地取石头4.4万车。去年种的花生间作玉米，夏秋降雨1000多毫米也没有成灾，花生亩产333斤，间作的玉米亩产50斤，比治理以前增长3倍多。

临沂县诸葛公社，9370亩耕地，其中涝洼地7200多亩，经常积涝无收。1963年冬和1964年春开展治涝，把涝洼地改整成了土地成方、方方连片、沟渠纵横的台田。1964年粮食亩产比1963年增长1倍多。

考察结束后，专员郑淮舟总结出临沂治山治水治田的五条经验。

全区一盘棋，上下游“一条鞭”。山、水、田、林、路通盘考虑，综合治理。按流域、山脉、湖洼统一规划，依据地势和特点安排工程，使规划成为一个整体。实行大中小工程结合，防洪排涝结合，排涝灌溉结合，治山治水与改变耕作制度、发展多种经营结合。牵涉两个单位以上的工程，由上一级领导研究决定，必要时打破行政区划界限，统一出工，统一治理，谁受益谁负责。

因地制宜，不同情况采取不同治理方法。山丘地区主要是封山造林和修筑梯田；涝洼地区水源有保证的改种水稻，无水源条件的“死涝洼”搞台田，二坡地搞条田；平原高地发展井灌；利用山区修筑大中小型水库蓄水；利用沂河、沭河比降大的特点，拦河打坝、开渠引水，自流灌溉。

打“歼灭战”。在统一规划前提下，实行统一领导、统一组织、统一标准、统一行动，按照山岭和河的流域，从上到下，从山区到平原，从干河到支河，分清轻重缓急，诸个山头、诸个流域，一块块一片片解决，有计划有重点地分期分批治理。

典型示范树样板，让大家学有榜样。全区建立的灌溉配套、水土保持、治涝等方面的样板，地区有8处，县有58处，区社有1000余处。如郯城的5万亩园田化，临沂5万亩水稻、7000亩台田，蒙阴县旧寨800亩石地埝梯田，日照县5万亩高产稳产田等标准都较高，同时又能学得来推得开。

发扬“沂蒙精神”，自力更生艰苦创业，依靠群众办水利。从1956年到1964年，全区各项水利工程总造价为5亿多元，其中80%来自社队和群众自筹。如临沂县1963年冬和1964年春，改造水稻田30万亩，需投资1050万元，其中集体和群众占88%。国家支持的资金、材料也很注意精打细算、节约使用，保证用在刀刃上，以少量的资金尽量办更多的事情。

在大寨大队，大家被他们自强不息、苦干实干改变面貌的精神所鼓舞。

大寨是山西省昔阳县的一个小山村，500多口人，800亩耕地，属太行山土石山区，由于长期风蚀，地域形成了七沟八梁一面坡的形貌，自然环境恶劣，群众生活十分艰苦。从1953年开始，在党支部书记陈永贵等带领下，组织群众治山治水，制订10年造地规划。凭着一双手、两个肩膀、一把镢头、两个箩筐不分昼夜苦干，河沟造良田，山坡造梯田，花去10年工夫，改造了大寨的七沟八梁一面坡，修成了亩产千斤的高产、稳产海绵田。1963年，大寨遭受了一场毁灭性的洪涝灾害，山流地冲、房倒窑塌，10年心血付之东流，他们又重建家园。大寨人这种战天斗地的精神得到了毛泽东主席的肯定和表扬，他于1964年发出了“农业学大寨”的号召，大寨成为全国农业的一面旗帜。

应随团考察的宿县地委机关报《拂晓报》记者之邀，大寨大队党支部书记陈永贵给宿县地区农民写了一封信刊登在报纸上。

陈永贵在信中详细介绍了大寨治山治水的经过，说去年大寨遭受了旱灾。信中写道：

在自然灾害面前，我们的态度是针锋相对，天有大旱大风大雨，人有大智大勇大计。

在分析了大寨战胜灾害的六个有利条件后，又剖析受灾原因：

发现凡是农田基本建设搞得好，防旱抗旱得力的地块，庄稼受灾程度就比较轻；而农田基本建设搞得比较差的地块，灾情就严重。这说明，遭了灾不能光怨天，人的因素还是主要的。经过人的努力，灾重可以化轻，灾轻可以化了。社员们弄清了这些道理以后，抗灾的劲头就更大了。

接着又说：

在抗灾斗争中，我们广泛发动社员献计献策，针对受灾后的不同情况，采取了不同的对策：对于没有受灾或受灾较轻的庄稼，采取多锄、多追肥的办法，力争超产，以丰补歉；对于地边、地角受旱严重的旱苗，风吹倒以后扶起来的风苗，洪水淤没以后救出来的洪苗实行单株管理，吃偏饭，力争不减产或少减产；对农田基本建设普遍进行一次检查，冲坏的坝立即修复，有隐患的加工、加固。

信继续写道：

去年旱了五个多月是大寨几十年来没有遇到过的，但粮食平均亩产量还达到796斤。我们能有这样的好收成，除了我们和灾害进行针锋相对的斗争以外，这和我们10多年来坚持大搞农田基本建设是分不开的。

在严重的旱灾情况下，我们的收成虽然还不错，可是要跟全国各地的许多先进单位比起来，还有很大的差距。前些时候，我随同晋中地委组织的农业参观团，到北京、河北、山东、河南进行了参观访问。这次参观访问，对我的教育实在是太深刻了。我们所到的地方，尽管情况不同，成绩都十分突出，真是山外有山，天外有天。特别是看了下丁家大队，真叫人高兴。看山，山青；看地，地平；沟沟有水，库库相连；看人，个个精神奋发，干劲冲天。我觉得下丁家是超大寨的一个好典型。其实，超大寨的何止一个下丁家？现在全国都在学大寨，大寨怎么办呢？大寨的社员讨论了这个问题。大家一致认为，全国学大寨的形势，对我们提出了更高的要求，我们只有用更大的革命干劲，把农田基本建设搞得更好、标准更高，才不辜负党和全国人民对我们的期望。

来信笔锋一转：

我们大队党支部领导全体社员总结了去年生产上的经验教训，逐块研究了我们的农田基本建设和作物的产量，发现还有20%的梯田标准不够高。今后我们要把所有的土地建设成：地面平整，埝高坚实，活土层加厚到一尺五寸，能蓄水保墒，地力肥沃，有排灌设施，暴雨冲不了地，遇到大旱大涝也能稳产高产。同时还要千方百计地发展水利，争取在今后的3年内，平均每人有一亩水地。林业建设也是我们的差距，在今后的3年，我们要争取绿化荒山秃岭。

信的结尾，对宿县地区的农民提出殷切希望：

只要发扬自力更生的革命精神，定会尽快改变多灾低产的面貌。

陈永贵的来信以群众的语言娓娓道来，朴实无华，但朴实中又内涵深刻道理。

这封来信发表后，报社又开辟专栏讨论，在全区引起强烈反响。

考察活动结束后，地委召开地、县、区、乡四级干部大会，地委副书记张有奇代表地委做了《认清形势继续努力，把农业生产不断推向前进》的报告，专员郑淮舟做了学习外地经验的汇报。

大寨和临沂治山治水精神，深深打动了宿县地区的人民。“临沂、大寨人能做到我们也能做到”“与其在这里苦熬还不如苦干”。千千万万的农民大干水利、决心改变家乡面貌的积极性像火山暴发一样被充分释放出来，他们一改过去淮北人“猫冬”习惯，走出家门，顶着寒风，冒着霜雪，投奔到以筑台条田为主要内容的农田水利基本建设。一时间，全区涌现出了五河县、怀远县苏集公社、萧县郭庄大队等许多治山治水先进典型。

怀远县苏集公社在北淝河下游，地势低洼，有“五湖、四湾、十六洼，十年九淹”之说。地委大会后掀起了大规模的水利建设热潮，一年就挖了大小沟渠59条，修筑台条田3.7平方千米，共做土方50.2万立方米，比前3年完成的水利工程总量还多。

《中国共产党宿州历史第二卷(1949—1978年)》介绍了萧县郭庄大队改变盐碱地的典型。

郭庄大队属于该县朔里公社，人口900多，耕地面积1.1平方千米，90%为黄河夺淮后留下的盐碱地。当地群众形容说：“秃子头，老碱瓢，十种有九不立苗，种一葫芦收半瓢。”土地瘠薄，自然条件恶劣，加上人们长期饮用重度盐碱水，多是“黄牙根，肿眼泡”所以当地流传着这样的顺口溜：“郭庄穷，郭庄孬，黄牙根，肿眼泡。”郭庄成了远近闻名的贫困村、落后村。

1964年，在大队党支部的号召下，郭庄男女老少顶着寒风，向困扰他们祖祖辈辈的盐碱地开战。第一仗采取老辈人在地上扫碱末刮碱土的办法，进行“剥皮换土”，在冬春季盐碱泛上时把表层盐碱土运走，再从外面拉来淤土、河土或塘泥覆盖，能使庄稼立苗。但该法不能根治，第二年盐碱照样泛上来。第二仗采取既治标又治本的对策，修台条田，抬高田面，利用天然降雨冲刷盐碱使其从沟里流走。以后又深翻窖碱、种稻改碱，用红土、淤土盖地几个阶段，终于使盐碱地变成了稳产高产田。

改造盐碱地，郭庄人付出了巨大努力，常常是“早上四点半，晚上干到看不见”“一天四出工，三送饭”。有的女青年抬土时磨破肩流出了鲜血，为不让别人发现,衣服穿了一件又一件,最后四层衣服都渗透了;有的在从离庄几里路远的山上拉红土盖碱时,每天拉着板车要跑百余里,跑得脚肿得穿不上鞋,只好买大两码的鞋穿。一分耕耘一分收获,经过三个冬春的连续改碱换土,到 1966 年,郭庄人破天荒地吃上了饱饭,甩掉了多年来吃国家返销粮的帽子。

萧县人造梯田

经过顽强拼搏,全区水利兴修取得了很大成绩。仅 1965 年一年,全区就挖沟渠 9210 多条、圈圩 100 多处,修建桥涵 930 多座,其他工程 240 多处,共做土石方 6160 多万立方米,比上年同期多做 5.7 倍;新修台田 330 多平方千米、条田 618 平方千米,全区农业生产条件得到明显改善。

二

新汴河方案沉寂了一段时间,地委专署一班人并没有灰心,更没有动摇决心和信心。他们带着改变全区贫穷多灾落后面貌的强烈愿望,邀请专家对方案再做进一步论证,积极向上争取,沿着既定目标一步步向前走,坚信自己的决策是对的,是对的就要义无反顾走到底。

转机终于来了。

正当水电部勘察组与宿县地委意见相左，省水利厅党组犹疑不决时，著名水利专家、水利设计院副院长胡廷洪挺身而出。他进一步分析了新汴河方案的诸多优点，历数新沱河方案的弊端，明确而坚定地说：

> 五河地区本身地势低洼积涝难排，又有高远之水汇集，顶托漫淹成为特重灾区，自应减少来水。今反将濉河洪水进一步引向五河地区，反其道而治水，贻害后世。宿县地区党委自然不能同意，我就是站在宿县地委一边的群众之一。

胡廷洪在技术上有较高的威望，他旗帜鲜明的态度，使新汴河方案重新燃起了希望的火花。

1965 年 7 月 26 日，省委常委召开第 186 次会议，听关于新沱河方案和新汴河方案的汇报，省委第一书记李葆华主持会议。经过反复讨论，决定采取新汴河方案，并同意王祖烈提出的一些修正意见。

省委会议结束后，胡廷洪院长就带着方案和设计图纸奔赴宿县，在专员郑淮舟陪同下勘察了濉河时村至浍塘沟一线。经过反复对比，晚上回灵璧在一些地方做了修改。勘察结束后，省水利厅又派邹青松、尤家煌等人来宿县，会同专区水利局共同勘察并编报新汴河修正规划。他们在补充研究了 1965 年水情灾情资料后，形成了《新汴河修正规划》，仍署名安徽省水利设计院。

规划提出原河疏浚、新沱河、新汴河修正三个方案比较，并选用新汴河修正方案。即自宿县西北 4 千米的戚岭子截引沱河，东到任井孜汇合自闸河口南来的濉河引河后，顺界洪新河东行 3.43 千米穿津浦铁路，经新北沱河折东南穿隋堤公路，再沿界洪新河东行穿唐河、石梁河及徐家岗切岭至傅圩孜入溧河洼。全长 123.2 千米，流域面积 6600 平方千米，其中濉河 2514 平方千米、沱河新北沱河 4083 平方千米。河道断面采用宽浅式。

2017 年 10 月，我在安徽省水利厅会议室里，采访了老水利专家邹青松先生。邹老已93岁高龄,曾任安徽省水利规划院副院长。说到新汴河修正规划的事,老人还记得很清晰。

邹老说:

对原新汴河规划,上报后专家现场勘察争议很大。省委会议后,水利厅派我来宿县补充材料,形成了《新汴河修正规划》提纲。

《修正规划》较其他规划有明显优点:高水高排,洪涝分排,达到根治目的,没有后遗症;消除上、中、下游排水矛盾,且可同时受益,符合团结治水精神,达到三省共保目的;受益大,收效快,土方量少,困难少施工容易,房屋拆迁少;河线有利于通航,改善宿、灵、泗三县城乡物资交流。

之后我向安徽省水利厅副厅长王祖烈汇报获得同意,又征求了宿县地委书记孟亦奇、专员郑淮舟的意见,最后拍板。从此新汴河方案赢得各方面认同,从规划转入工程具体设计阶段。

1965年8月4日,水利厅向水电部正式上报《关于新汴河工程的报告》,同时决定由水利设计院主编《修正规划》。9月,《新汴河工程修正规划报告》上报到水电部。

在工程规划上报的那段日子里,地委专署一班人积极向上级领导汇报,争取项目早日列入计划。专员郑淮舟、地委副书记张有奇各率计委、水利厅同志,携材料分赴北京、上海汇报情况。

北京的9月是一年中最好的季节,秋高气爽,景色宜人,天气不冷不热,昼夜长短也划分得比较平均。

郑淮舟专员一行却无暇欣赏这些美丽的景致。他们风尘仆仆地来到国家水电部钱正英部长的办公室,受到钱部长的热情接待。

这已是钱部长第二次听取有关新汴河工程的汇报。上次是钱亦山在新汴河规划刚搞好时专程来北京汇报。这次郑专员将水电部勘察组到宿县实地勘察,新汴河工程规划几经修改,已通过省委上报水电部和华东局等情况做了详细汇报，最后力陈地委专署坚定不移开挖新汴河的决心。

汇报结束后，钱部长对宿县地委专署开挖新汴河的决心和意志很赞赏，表示支持省地委意见，并尽快向前推进。

在上海，地委副书记张有奇一行来到中共华东局委员、农委主任刘瑞龙的办公室。

刘瑞龙是我党高级领导人，长期在淮海地区工作。解放战争时期他任中共中央华中分局民运部部长兼苏皖边区政府副主席、华东野战军副参谋长兼后勤司令部司令员等职，参与领导了华东战场人民解放军的后勤保障工作，曾动员组织几百万民工支援淮海战役。新中国成立后，他任中共中央华东局农业委员会书记兼华东军政委员会土地改革委员会副主任，政务院农业部副部长、党组副书记，中共中央华东局农业办公室主任等职。

在多年的革命斗争中，刘瑞龙和淮海人民结下了鱼水之情，新中国成立后一直牵挂着淮海人民的生产和生活。

1965 年 7 月，宿县行署副专员钱亦山、宿县县长李振兴、灵璧县县长陈乃胜、萧县县委副书记刘从汉等同志一起到上海学习。听说宿县地区来了一些老同志，刘瑞龙专程到住地看望。当听到新中国成立后宿县地区发展不快，人民群众生活还不富裕时，刘主任很关心地问是什么原因，大家异口同声地回答是洪涝灾害。接着，钱亦山简要汇报了宿县地区洪涝灾害的基本情况，并介绍了想开挖一条由豫东永城、皖北宿县地区到江苏洪泽湖的大河，既能防洪排涝，又能发展航运、灌溉，还可以解决城市工业用水，请老领导给予支持和帮助。刘瑞龙听后回答说："这个想法不错，赶快将方案和有关材料报上来。"

钱亦山回来后，如实向地委汇报了这一情况，地委非常重视。

这次到上海华东局向刘瑞龙主任汇报，就是落实地委的安排，得到刘瑞龙主任的大力支持。

三

1966年初的冬天显得格外漫长。春节快过去一个月了,气温依然很低,冬天万物肃杀的景象并没有多大改变,好像只有故事才能生长。实则不然,春天已经悄悄降临了。纵然你一时还没有察觉到,但整个大地万物都在积聚生命能量,会在不经意间突然爆发,紧接着又是姹紫嫣红,让整个世界惊喜。

宿县地区的这个春天像是来得特别早。正月十五的烟花还没有散尽,大路上就看到成群结队的农民扛着铁锨、推着小车匆匆奔走,他们是趁着农闲春耕大忙还没有到来之时,抓紧挖沟修渠,进行农田水利基本建设。

在地委大院一个不大的办公室里,几个秘书在忙碌着,他们为赶写材料已经熬了一个通宵。原来前天地委接到省委办公厅一个电报,说国务院副总理谭震林要在徐州传达北方农业会议精神及召开豫皖苏接壤地区抗旱防涝会议,要求宿县地委主要负责人参加并认真准备材料。为此地委召开会议研究,认为这是反映新汴河问题的绝佳时机,于是决定由地委秘书长牵头,有关部门领导参与列出汇报提纲,地委几个"笔杆子"主笔写出初稿后再交地委讨论定稿。

1966年2月23日,徐州会议准时召开。参加会议的有谭震林副总理,国家水电部、农业部和华东局的主要领导,苏皖两省主要负责人和河南省有关领导。宿县地委书记孟亦奇携秘书李志坚参会,专区水电局许纯一随行。

会议在传达中央有关会议精神后进入了发言阶段。中共宿县地委书记孟亦奇首先发言。

他简要汇报过全区基本情况后便直奔主题,将开挖新汴河缘由、地委决策过程、具体方案制订以及目前进展情况等和盘托出,一口气说了两个小时。最后他说:

"根据'洪涝分排、高水低排'原则,从发展的全局着眼,设想了一条排洪河道,既能进一步分开濉河、漴潼河两河系内各主要河道洪水和涝水,为上游洪涝提供一个畅排出口，不再受中下游牵制，又解决中下游地区受上游洪水顶托问题，也能适应水情发展，全面消除或减轻洪涝矛盾，逐步达到根治目的，这就是开挖一条排洪河道，截引濉河、沱河、北沱河上游6300平方千米来水，直送洪泽湖的新汴河治水方案。

"——它达到了彻底分开洪涝的目的。使各河上游排水不再受中下游河道标准牵制，有了广阔出路；各河中下游不再承泄上游洪水，彻底解决了5700平方千米区域内洪水抢占河槽、顶托致涝问题，一举解决了三条河系1.2万平方千米的洪涝矛盾，达到上、中、下游全面根治目的。

"——符合高水高排原则，适应今后水情发展。新汴河将濉河、濛潼河两河系上游的高水，自宿县26米地面高程截向洪泽湖，沿线所经之地均在18米以上，从而改变了高水集中流经洼地成洪涝灾害而后外排的不合理现象。自宿县以下至溧河洼没有区间面积汇入，没有排涝要求，下游出口处较高，不受洪泽湖水位顶托，不怕上游洪水来量增加，能适应今后水情发展，没有任何后遗症。

"——新汴河建成后，不再分沱入浍，它又截走濛潼河流域4000平方千米的高水，减少了濛潼河洪水来量，减轻了洪水在五河洼地滞积，减轻1万平方千米的洪涝矛盾，为濛潼河进一步根治创造了良好条件。除此，新汴河方案还具有受益大、收效快、投资少、花工小、难工少、容易施工等优点，在短期内全面提供了上、中、下游的畅排出口，符合三省共保的原则和团结治水精神。"

谭震林副总理边听边记，不时在材料上勾画着。

应当说，谭副总理对宿县地区情况是了解的。战争年代，谭副总理在淮河流域打过多年仗，曾同刘伯承、邓小平、陈毅、粟裕组成总前委指挥淮海战役，总前委就驻在萧县的蔡洼。他曾在新中国成立之初的淮河治理工作中担任治淮委员会主任。1962年3月，他又到河南永城调研豫皖边界水利纠纷问题。

据我国著名水利规划专家姚榜义回忆：

1964年春，钱正英部长告诉我们，谭副总理要我们画黄河、淮河、海河三张图，图上需要标明干、支流的各控制点，河道和堤防尺寸，洪水的流量，决口后可能淹没的范围，可修水库的地点和各水库的主要参数，以及治理方案等。钱正英部长在传达时说，谭副总理的意思是，治水同打仗一样，要做到对有关情况了如指掌。随后谭副总理又派国务院农委的一位负责同志向我们传达他对这项工作的要求，并了解我们准备的情况。

之后谭副总理要我们对黄、淮、海三条河分别写一篇规划意见。这个文件，篇幅不能长，但要把情况、问题、治理的经验教训和今后规划意见都写进去。他看了我们写的规划意见后，提了不少意见，如此反复几次。

谭震林(左二)视察治淮工地

姚榜义继续回忆说：

由于自然、历史和人为的复合因素，淮河中游排洪能力偏小，泛滥后灾害却很大，扩大中游河道和削减上游来洪量，都无善策。在汇报到淮河中游这一段的问题时，他提出能否平行于淮河开一条新淮河，帮助淮河干流泄洪。他站在图前，和汇报的同志一起比画这条河线的走向，然后要他们粗略估算一下工程量。后来听了估算结果的汇报，他感到土方量太大，这个方案就放弃了。

从姚榜义的回忆可知道，谭副总理对淮河的治理一直十分关注。

孟亦奇的发言结束后，谭副总理询问大家有什么意见。

中共江苏省委第一书记江渭清首先表示赞同。

河南参加会议的同志也表示举双手赞同。

中共安徽省委第一书记李葆华表示："能挖这条河好，解决了困扰宿县地区多年的问题！"

华东局农委主任刘瑞龙连声称赞："挖这条河好！"

谭副总理见大家没有意见，他将目光转向钱正英，征求她的意见。

钱正英表示："同意兴建新汴河工程。工程规划还要通过技术审查，只审不批是常规，现在可进行工程具体设计，与修正规划一并审批，将委托正在组织的淮河流域规划勘察组去现场审查。"

谭副总理又问："技术方面还有什么意见？"

当他得知修正方案为王祖烈所提时，他十分肯定地说："这条河要挖。"

江渭清随即起身对淮阴地委书记杜少白说："要为这条河提供一切方便。"

孟亦奇怕水电部经费有困难，使新汴河工程再被搁置，趁机向谭副总理提出经费问题。

谭震林副总理在大家发言表态后当即拍板："这条河要挖。水电部经费如有困难，我来请周总理解决。"

参会人员报以热烈的掌声。

许纯一老人在回忆那次会议时说：

"我当时坐在旁听位上，被那一幕幕热烈场景所感动，心想，为什么当孟亦奇讲到新汴河实现'洪涝分排'，上为豫东洪水敞开畅泄之路，下为江苏省泗洪县解除洪涝顶托威胁时，立即得到苏豫两省领导的热情回应。1965年春，水电部现场审查新汴河治水方案，转而支持新沱河方案，说新沱河方案可以先小断面行洪，提前治理沱河对河南省更有利，审查组中也有河南省代表，而河南省领导的掌声投给了新汴河，这是为什么？

“因为‘洪涝分排’消除了产生边界水利矛盾的根源，新汴河绘出了根除洪涝的前景，符合长远的全局利益。新沱河方案虽可收一时之利，根本矛盾没有铲除，今后治水还受上下游相互牵制。治水和战争一样，要求全局性胜利。不但要考虑一次战役如何打，还要考虑战役在全局中的地位、战役后战争的全局将有何变化，要将战争引向全局的最终胜利，这就是战略问题。

“这些领导具有战略思维能力。新汴河治水方案是根治这一地区洪涝的战略性措施，大家对此自然会形成共识。”

许老的“治水战略战役论”再次让我感叹。

徐州会议后，各方面加快了新汴河工程的步伐。

过了2月即到3月，即到了冬天已经过去春意渐浓的时节，大地每一个角落里都充满了春天的气息。俗话说人逢喜事精神爽。宿县专区从上到下轻松了许多，谭震林副总理的拍板、三省领导的表态，都使大家因不知新汴河工程能否上马而悬着的心放了下来。

进入3月中旬，淮河流域规划勘察组在郑州成立，水电部钱正英副部长决定委托中游组审查新汴河规划。很快，以水电部专家何孝俅为组长的淮河流域规划勘察组中游组，自河南征求意见后进入安徽宿县专区，地委委派许纯一陪同并搞好服务。

我在采访许老时，他再三叮嘱，在水利专家中提到了王祖烈、胡廷洪，但一定不要忘了何孝俅。在何孝俅组长的主持下，新汴河规划不仅拓宽了堤距，还从原来的三年一遇标准提高到五年一遇标准。有了何孝俅组长的审查才有国务院的批复。接着又介绍了何孝俅的基本情况。他是福建福州人，高级工程师，清华大学水利系兼职教授，毕业于上海交通大学土木系。他多年从事水利规划设计工作，曾任北京水电勘测设计院工程师、专业总工程师，海河勘测设计院、水电部第十三工程局设计院专业总工程师，水电部规划设计管理局副总工程师等职。

3月29日下午，宿县地委委派许纯一在地委招待所会议室向中游组汇报《宿县专区关于新汴河治理的意见》，用水文实测数据说明洪涝矛盾的表现、危害，论证只有实施新汴河工程才能解除洪涝矛盾，全面安排好洪水出路，为上游洪水打开畅泄通道，解除洪水顶托之忧。最后他向中游组提出："请中游组协调豫皖苏三省水文数据，以利具体工程设计的顺利开展；建议新汴河采用复式梯形断面设计，其中泓深槽既是排洪排涝有效断面的一个部分，又是引水输水的水槽和航道的航槽，不增加工程量就能达到多功能利用。请在扩大初设中予以研究。"实际上为新汴河通航打好了基础。

淮河流域中游勘察组听取宿县专区治水情况和开挖新汴河意见后，便到有关县勘察，4月下旬返回宿县。

中游组在实地考察后，综合各方面情况意见，取得如下共识：

"由于开展了除涝排水工程，大地降水转变为径流的条件发生变化而导致同标准排水流量不断变化增大，洪涝合流河道产生洪涝矛盾，是这一地区洪涝灾害严重的病根。当前各地都要继续加大涝水排泄能力，矛盾增大趋势没有转变，洪涝分排能适应这一变化规律，化解这一矛盾。

"新汴河方案是顾及濉河、潆潼河两大水系全局、立足根治、放眼长远的战略性工程。治水工程浩大，周期长，一次全面治理要10余年才能完成，而再次轮回治理周期恐在数十年后乃至百年以后，这一地区历来为重灾区，经济基础薄弱，抗灾能力不强。为使这一地区有一较长时期稳定抗灾的能力，建议适当提高本次治水标准，新汴河改为按五年一遇除涝标准兴建。

"新汴河作为上游高水入洪泽湖的通道，要给高水畅泄提供条件，新汴河干流排洪潜力大小是关键。为使新汴河有较大排洪潜力，河堤距从500米放大为600米。"

何孝俅最后代表中游组宣布审查结论："洪涝分排科学有据，工程布局全面合理可行，新汴河是根治这一地区的战略性工程。"

7 月初，安徽省水利勘测设计院和宿县专区水利局，在《修正规划》的基础上联合编制完成了《新汴河工程扩大初步设计》及总概算和《新汴河工程设计任务书修改意见》，较《修正规划》稍有变动：

新汴河河线宿县以下北移，解决了小黄河上游排水问题。自戚岭子引沱河穿津浦铁路汇濉河引河至蒿沟借道新北沱河，抵芦湾折东南穿隋堤，沿界洪新河向东过徐家岗入泗洪县境，至付圩子入溧河洼，全长 128.09 千米。濉河引河由铁路西改走铁路东菜园子至小吴家入新汴河，长 8.7 千米。既可充分利用濉河、新北沱河铁路桥，又减少新北沱河涵洞一座。濉河引河截源面积由 2514 平方千米增至 2626 平方千米。治理标准由三年一遇提高到五年一遇。五年一遇设计排洪流量由 640 立方米每秒提高到 900 立方米每秒，二十年一遇排洪流量由 1200 立方米每秒提高到 1460 立方米每秒，河底宽由三年一遇的 70 米增至 115 米，堤距由 500 米增至 600 米。新汴河工程概算总经费为 8223.8 万元(不包括沱河皖境疏浚投资 814.3 万元)。

7 月 26 日，安徽省委电报中央，要求秋后动工兴建新汴河，安排两年完成，当年收效，第三年扫尾。8 月 8 日、9 日，省水利厅水勘字 0663 号和 0674 号文分别将《新汴河工程扩大初步设计》和《新汴河工程设计任务书修改意见》报水电部。

8 月 29 日，水电部急件(66)水电规字第 132 号《对“新汴河工程设计任务书”的意见》报国家计划委员会。

第六章　激浪磐石

正当群情振奋，为开挖新汴河筹备谋划时，一场席卷全国的“文化大革命”风暴吹到了新汴河工地，刚开工一个多月的工地被迫停工。但广大干部群众开挖新汴河的意志坚如磐石。在全区人民的强烈呼吁下，“中央文革”发文新汴河工程“不搞四大”，促使新汴河工地很快复工。

一

开挖新汴河，根治水患，是豫皖苏三省人民多年的期盼，尤其是宿县专区400多万人民的渴望。但新汴河是平地开河，工程浩大，动员民工多，所需物资多，季节性强，涉及面广，是“大兵团”协同作战。常言道兵马未动，粮草先行，筹备谋划工作十分重要。

实际上，宿县地委专署对动工开挖新汴河早有准备。从1966年2月的徐州会议，到当年10月国务院批准的8个月时间里，地委专署层层召开干部会议及沿河群众会议，宣传徐州会议精神、开挖新汴河意义，在组织、民工、物资、资金等方面做了充分准备，一旦下文，立刻开工。

翻开地委专署原始会议记录，这段时间专题研究或涉及新汴河议题的就有十多次。为了抢时间争速度，1966年6月22日，地委指派宿县县长李振兴、专区计委副主任许旺熙成立宿县专区新汴河工程筹备处，下设政工、工程、财务器材、秘书四个组，副专员李微分管筹备工作。7月11日，专署下发了《关于成立宿县专区新汴河筹备处的通知》，要求各县及早做好今冬明春新汴河全面施工的各项准备工作，特别急需进行工程施工的测绘设计、各项物资器材的安排、人力的组织动员落实等。各县、区、公社、大队挖河机构也相应建立起来，所有各项物资储运均已到位，民工待令出动。8月8日，宿县专署又向安徽省人民委员会上报《关于要求预拨新汴河工程备料款的报告》，根据今冬明春的工程计划，需要石料15万立方米，应购置开山破碎机械、炸药雷管。民工使用的铁锨、抓钩、条筐等工具数十万件，需提前安排，迅速组织生产。请求在中央正式批准前，先行设法预拨新汴河工程备料款100万元，以备所需。

9月上旬，专署召开会议研究新汴河分段任务和施工方法，确立了按照受益范围确定出动民工数量、考虑尽量缩小各县之间民工往返路程差距、结合各地治水经验及施工技巧特长等原则，对新汴河及濉河引河的开挖任务进行分段分工包干。比如唐河地下涵工程和灵西闸枢纽工程都在灵璧县境内，安排灵璧总队在本县施工比较适宜；五河县总队分到紧挨潥河洼的最下段，是因为该县多有善于挖淤泥特长民工；专区水总分到徐岗切岭任务，是由于该地地质复杂，工作艰巨，他们组织施工经验丰富，有能力承担。任务分好后，专署从全区抽出80余人，沿新汴河河线测量放线，具体落实施工任务。

接着，由李振兴带队，专署及各县工程总负责人共35人参加，赴河北省海河治理工地进行为期一周的考察学习。

自1963年毛泽东主席发出“一定要根治海河”号召后，河北全省人民总动员，从1965年开始，不分东南西北，不论山川平原，按照统一规划部署，每年冬春都出动三五十万治河大军，战斗在西起太行山麓、东至渤海之滨、南从冀中平原、北到滦水河畔，绵延千里的海河工地上，掀起了声势浩大的群众性治水运动。

在海河治理工地的一周时间里，考察组每一位成员无时无刻不被海河流域人民战天斗地的精神所震撼。他们白天考察现场，晚上整理笔记，写心得谈感受，感慨万千。1965年冬至1966年春，根治海河的第一战役——治理黑龙港水系打响，涉及整个流域面积1.9万平方千米。这个地方流域面积大，纵坡陡，常遭水灾。当地群众这样说：“黑龙港上下七十二连洼，淹了上洼淹下洼。涝了收蛤蟆,旱了收蚂蚱,不旱不涝收碱巴。”河北省根治海河指挥部对此动员了7个地区94个县50万民工,用一个冬春完成了治理任务,这对考察组触动很大。他们给地委专署的汇报材料中,总结出海河治理的5条经验,即建立相对稳定的综合性组织机构、强化民工的组织管理、确定合理的出工政策、依靠群众勤俭治水和精心设计科学施工。

就在宿县地委专署紧锣密鼓做好开挖新汴河准备的同时,安徽省委省政府和水利部门给予了大力支持。徐州会议刚结束的3月,安徽省水利厅即组成新汴河规划设计组赴宿县,与专区水利局共同进行新汴河扩大初步设计。月底,淮河规划中游勘察组到宿县现场审查新汴河,提出了一些具体修改意见。

2017年10月,我在采访邹青松老人时,邹老说:

“对新汴河规划,原来省里拿出了一个由宿县地区几位同志参加共同制订的方案,报到水电部后专家现场勘察争议很大。1966年3月中旬,水电部淮河中游勘察组从河南省商丘地区来到宿县地区现场审查新汴河。勘察组以水电专家何孝俅为组长,苏、鲁、豫、皖四省派人组成,我是安徽方面的负责人。勘察组沿着规划中的新汴河河线一路走到洪泽湖边,对濉河、溧河等入湖口做了比较方案。宿县地区派许纯一等人向勘察组详细汇报有关情况,勘察组仔细查对和校阅了各种数据资料,又提出了许多质疑,许纯一逐一做了解答。最后何孝俅明确表态说,宿县地区提出‘洪涝分排’的治水思路是正确的。”

接着我采访了郝朝德老人。

郝老是宿县专区萧县人,1938年出生。早在家乡读书时,郝老就对水灾深有体会,发誓学习治水报效国家。1963年7月,他从安徽水电学院水利系毕业后,被分配到安徽省水利水电勘测设计院工作,曾任设计院副院长。1987年,他任安徽省水利厅党组书记、厅长。1991年,他被国家防汛抗旱总指挥部、人事部授予“1991年全国抗洪抢险先进个人”称号。

谈到新汴河,郝老深有感触地说:

“开挖新汴河的起因是1963年的大水,导致濉河、沱河流域90%的群众外出逃荒。沱河是豫东洪涝水的总出口,1952 年治理后一直没有再治理,排水能力小,河南的虞城、夏邑、永城历年洪涝严重,急需治理。但是治理沱河,由于宿县地区境内流域面积不大,主要为上游服务,积极性不高,上下游治理矛盾没有解决。1963 年大水灾之后,宿县地区提出濉河、沱河洪水合并,开挖一条新大河直下洪泽湖,实现'洪涝分排'的设想。这个想法得到江苏省的支持,达成了共识,两省领导签订了协议,上报到中央,为开挖新汴河奠定了基础。新汴河规划是在这个大背景下产生的。中间反反复复,直到徐州会议后才算解决。"

郝老说到这里,翻开他的工作日志,继续说道:

"徐州会议后,安徽省水利厅成立了新汴河扩大初步设计组,成员有王之俊、毛宗时、李文之、女同志孙云凤。我们沿线勘察,在泗洪县、泗县停了很长时间。"

提到在泗县勘察的事,我随即拿出郝老所著《滴水录》,翻到第 6 页《新汴河选线》这首诗说:"请郝老介绍下这首诗写作的情况。"

郝老笑笑说:"这是顺口溜,不过记述了当时的真实情景。"

我的提示勾起了郝老的回忆。

《新汴河选线》共两首,作于 1966 年 8 月泗县:

(一)

头顶骄阳似火烧,青纱帐中定桩标。
饥餐香瓜红薯肉,满身大汗如水浇。
只为新河开工早,蚊虫相伴甚逍遥。
渴饮井水一大瓢,减免水灾民愁消。

(二)

天为罗网地为毯,日月星斗伴我玩。
为选切岭建闸站,朝辞泗城星夜还。
荒岗岭上如锅煎,赤身荒塘赛温泉。
清香洒播野草花,清风阵阵享清闲。

注：为选新汴河切岭的最优路线，勘察组步行勘察了切岭及团结闸的建闸位置，星夜返回泗县，途中实感太热太累，就择一荒塘洗个澡，坐在塘边休息片刻，偶感一丝惬意。

郝老说："那时正值淮北8月的盛夏季节，天气酷热。我们从宿县、灵璧一路勘察到泗县。天刚蒙蒙亮我们就起来了，吃了早饭便步行到泗县、泗洪县苏皖边界处勘察河线，路很难走，杂草丛生。到了中午天气十分热，没有一丝风，我们觉得气闷。那时不少地方种植高粱，夏季正是茂盛的时节，身高叶大，所以有'青纱帐中定桩标'之说。"

郝老接着说道："饿了我们就吃红薯，渴了喝井水，傍晚时分又在荒塘里洗个澡。一阵清风吹来，难得享个清闲。一直到晚上10点多钟才回到泗县。我当时不到30岁，环境再艰苦也没有觉得苦。"

采访快结束时，郝老说："党和人民培养了我。对于新汴河，我只是做了一点该做的事，没有什么值得说的。"

听了郝老的话，我对老一代水利专家的博大胸怀肃然起敬。

转瞬到了8月中下旬，安徽省水利厅向国家水电部报送《新汴河工程扩大初步设计》和《新汴河工程设计任务书修改意见》；国家水电部很快向国家计委报送《对"新汴河工程设计任务书"的意见》，新汴河工程一切准备就绪。

1966年10月14日，这是豫皖苏三省人民值得纪念的日子。就在这一天，国务院下达了《新汴河工程设计任务书》的批复。

水利电力部、安徽省人民委员会并江苏、河南省人民委员会：

皖北宿县专区洪涝灾害很重，对农业生产影响极大，同意按五年一遇除涝标准、二十年一遇防洪标准举办新汴河工程。为濉河、沱河上游来水另开出路，减轻下游洪水负担，做到洪涝和高低水分排，进一步改善宿县专区大部地区排水条件。

根据各地经验，治理涝灾既要提高主干河道排水能力，又要狠抓支流治理和田间配套工程，才能收到成效。因此，建议安徽省在举办新汴河工程的同时，充分发动群众，调动群众的积极性与创造性，发扬大寨精神，用更大力量，举办中小型配套工程。专、县、社、队都应当对中小型工程做出具体规划，劳力、物资和资金补助都要安排落实。力争几年之内，改善宿县专区的多灾面貌。

新汴河工程涉及豫皖苏三省，须注意上、中、下游兼顾。豫皖边界宿县至省界沱河治理工程、苏皖边界溧河洼周边处理工程，应当与新汴河工程同时完成，同时受益。这两项工程以及新汴河津浦铁路桥，都应当包括在新汴河总投资六千万元以内。

新汴河工程，切断了唐河等原有河道，必须做到不留后遗症。工程措施安排，要充分研究和听取当地意见，对濉溪县和唐河上游等部分地区，只能有所改善，不能带来害处。

新汴河工程今冬开工，所需投资一千万元，同意动用水电部结余资金解决。

在整个施工进程都必须加强思想政治工作，突出政治，高举毛泽东思想伟大红旗，突出人的因素第一，必须抓活思想。

一九六六年十月十四日

至此，新汴河工程正式启动。

二

新汴河工程的进展开始还是比较顺利的。

1966年10月29日，宿县专区新汴河工程指挥部成立并办公，指挥部设在中共宿县地委党校。孟亦奇任党委书记，郑英保任党委副书记兼指挥（未到职，同年11月底郑淮舟接任），张鸿、李大涓、许旺熙、李振兴任副指挥，同时从各部门抽调120名人员办公。各县成立新汴河施工总队。

11月13日,宿县专区新汴河工程指挥部发出第一期工程任务及施工通知。根据安徽省委新汴河工程“两年完成、当年受益、第三年扫尾”的要求,第一期工程拟动员22.2万民工,新汴河底宽不小于40米,濉河引河底宽不小于25米,一次挖至设计河底高程。筑堤方土从迎水坡脚起倒土,顶宽不小于6米,堤顶高程按设计要求,4月份结束。

指挥部发出第一期工程任务及施工通知的第二天,宿县专署又发出有关维修新汴河工程运输便道的紧急通知。

由于事前准备工作做得比较充分,各地接到通知后按照预订方案纷纷行动。

新汴河工程是继20世纪50年代治淮工程后宿县地区最大的一项水利工程。饱尝水患之苦的当地人民,一听说要开挖新汴河,群情激奋,奔走相告。被压抑多年的治水情绪,以雷霆万钧之势猛烈冲出。全区出现了父母送子、妻送丈夫、兄弟双报名、父子争出工、祖孙三代齐上阵的热烈景象。一些地方报名上工的人数甚至超过了分配名额的几倍。

五河县张集公社大庄大队社员张传仁已年近70,带领儿孙们一齐报名到工地,生产队长考虑他年纪太大劝他在家安心生产。他回答说:“治水挖大河是我们多少辈人想干而求不着的好事,在我这一辈人遇到了,说啥都得去。”他硬是坚持步行50多千米走到工地。

昔日治淮当闯将,今又大战新汴河。宿县支河公社王塘大队党支部书记刘新焕,当年为治淮转战南北,先后参加了20多处施工,被评为安徽省治淮模范。1951年9月,在安徽蚌埠举行的隆重的治淮表彰大会上,刘新焕与其他劳动模范一起,披着红绸缎带,戴着红花,穿过万人攒动的街头接受群众的祝贺。如今又一马当先,主动请缨,带领全大队130名青壮民工奔赴新汴河工地。同样是治淮劳模的张友道,干劲不减当年,挖河中处处带头,发誓要再立新功。该县符离公社沈圩大队,挑选了120多名青壮民工上工地,临走前大队召开誓师大会,民工胸前佩戴大红花,群众排队夹道欢送。青年沈维宝临近婚期,为开挖新汴河将婚期推迟,未婚妻坚决支持,鼓励他在挖河工地上干出一番业绩，演绎了一段“十里相送”的甜美爱情曲。

沿淮劳模张友道在新汴河工地上

濉溪县马桥公社周圩子大队92名妇女巾帼不让须眉，组成“要武战斗队”，要与男民工在工地一较高低。

砀山县东方红公社1200名民工携行李灶具，拉粮草锹锨，步行150多千米赶到新汴河工地。在离开县城的第二天刮起了七级大风，气温骤降到零度以下，他们顶严寒冒风沙，一路行军一路歌，为群众做好事。沿途居住在群众家里时做到“三不走”，即离开住地时群众家里水缸不满不走、屋里院内不扫干净不走、借东西还不清不走，被誉为不穿军装的解放军。

萧县朔里公社郭庄大队230名青壮年得知开挖新汴河消息后，全部写了决心书、保证书，争先恐后上工地。

开挖新汴河无任何受益的要数怀远县，但他们识大体顾大局，远离故土参加施工。工地位于泗县、灵璧两县境内，东至泗县城东南石梁河，西至灵璧唐河闸，以及泗洪县的切岭工程两段，全长22.5千米，工地距怀远县城180千米。全县出现了“上到六十五、下到十八九，一家争报名，谁都抢先走”的动人情景。专署分配给县里的上工名额是3.4万人，结果去了4万人，一部分人硬是被动员返回。总队和各大队（区）、中队（公社）领导干部和工作人员，分三批到达工地。第一批为工程科和财供科工作人员，第二批为各大队工作人员，第三批为秘书科、卫生科和政治处的工作人员。11月20号后，民工陆续上堤。

从指挥部发出第一期工程通知到11月20号这一个星期，绵延100多千米的新汴河主河线上，一队队上段民工，拉着粮草木棒，带着工具干粮，打着被褥，排着长队，车轮滚滚，宛若一条条长龙，风尘仆仆地从四面八方奔向工地。远远望去，整个淮北平原只见黑压压的人群，车推人抬，上下穿梭，络绎不绝。河道旁，民工搭建的庵棚座座相连，一眼望不到头。

十多年前，正是这洪流般的民众用小车推出了淮海战役的胜利，迎来了新中国的黎明；今天他们还要用这个小车推出一片新天地，创造美好的未来。

与此同时，由省水利厅、交通厅、水利科学研究所和宿县专区水利局的工程技术人员20余人组成的新汴河设计组，分赴各枢纽涵闸工地，一边设计，一边指导施工。

上工去

真正打响新汴河开挖第一枪的，是11月上旬开始的新北沱河穿越新汴河立体交叉的宿县地下涵工程，由宿县涵闸指挥所承担。随着各地民工的到来，新汴河干流和濉河引河全线动工。同期开工的还有唐河、石梁河地下涵工程。

接下来的2个月时间里，整个新汴河工地红旗招展，人们意气风发、干劲十足。工地上，劳动的号子声、高昂的呼喊声、大喇叭里的歌曲声响成一片，成千上万挖土的、装卸的、推车的民工穿梭似的来来往往，把一个寒冷的冬季搅得如夏天般火热，工程进度日日刷新。

人们对开挖新汴河抱有极大的热情，这是一项造福人民、深得民心的重大工程，群众勇于担当、甘于奉献无疑是主要原因，但地委专署依民意而行，采取了比较合理的用工政策是不可忽视的因素。

在那个物质资源比较匮乏的年代，人们生活水平普遍较差，业余文化生活也比较贫乏，本来冬闲生产队里就没有什么活可干，挖河虽说劳动强度大，但能挣满工分，而且会去一个离本村很远的地方，大家在一起过一段集体生活，每天三顿饭统一由生产队提供，既减轻了家庭负担，又能干自己想干的事，是十分有吸引力的。

今年 76 岁家住埇桥区汴河办事处汴北村的王广志老人，是参与 1966 年新汴河治理工程的第一批民工。据王老回忆，那一年他刚刚 30 出头，是接到生产队的通知后主动申请到治河一线的。

王老说："新汴河治河工程一共分三期完成，历时三冬四春，三期工程我一次没落下。那时还是计划经济，农民劳作都是记工分的，家里的口粮也都按工分分配。我家有 3 个嗷嗷待哺的孩子，仅凭我一人的劳动维持生计是很紧张的，但在治河工地干活就不一样了。虽说同样记工分，由于工地食堂的饭菜是生产队提供的，我在工地吃饭就省了家里一个人的口粮，另外生产队还按我施工所得的工分给家里分口粮。所以，参与挖河工程无形之中还贴补了家里的生活呢。"

三

按照这个势头，第一期工程本来可以超前完成。但正像事物曲折发展螺旋上升一样，新汴河工程也遭遇了一段波折。席卷全国的"文化大革命"风暴吹遍了每一个角落，自然也吹到了新汴河工地。

1966 年是个特殊的年份，它在我党我国历史上影响很大，正是这一年 5 月，一场长达 10 年的"文化大革命"发生了。

新汴河工程上报、批准正是"文化大革命"发动的开始阶段。1966 年 5

月，中央政治局扩大会议在北京召开，于 5 月 16 日通过了《中国共产党中央委员会通知》，要求全党彻底揭露那些反党反社会主义的所谓“学术权威”的资产阶级反动立场，彻底批判学术界、教育界、新闻界、文艺界、出版界的资产阶级反动思想，夺取这些文化领域中的领导权。随即中共安徽省委、宿县地委相继召开会议，研究进一步贯彻“五一六通知”、深入开展“文化大革命”的问题，“文化大革命”很快在全区发动起来。

时间进入 12 月份，“文化大革命”的造反浪潮越来越大，一浪高过一浪。全区基层单位参加造反的人员增多，造反队伍迅速扩大，“踢开党委闹革命”，地委、专署被冲击，已无法正常工作。但领导仍设法克服重重困难，坚持“抓革命，促生产”。新汴河因全线开工成为“在建工程”而坚持下来。

1967 年 1 月，上海“一月革命”夺权以后，《人民日报》《红旗》杂志相继发表文章，认为“一月风暴”是“今年展开全国全面阶级斗争的一个伟大开端”，号召“从党内一小撮走资本主义道路当权派和坚持资产阶级反动路线的顽固分子手里，自下而上地夺权”。

“一月风暴”骤起，地县各级领导都被打倒，领导机构陷于瘫痪。新汴河工地无人领导，秩序混乱，加之民工中也组建了造反组织进行闹腾，1 月 15 日，工程指挥部被迫宣布全线停工，民工放假。往日百里沸腾的工地忽然间变得空空荡荡，冷清静寂。

新汴河停工，最痛心疾首的莫过于孟亦奇、钱亦山等一大批为新汴河付出很多的老同志和两岸流域人民，而这些老同志大部分被打倒，只能眼睁睁地看着工地静静地躺在那里。

坚守在工作岗位上的新汴河工程指挥部副指挥许旺熙反复思索，决定先找同为副指挥的李大涓、李振兴商议，看如何想方设法恢复工程建设。三人经过分析认为，到安徽大学将郑淮舟接回主持新汴河工作是唯一可行的办法（郑淮舟当时已任安徽大学党委书记，1966 年 12 月下旬被学校造反派“要回”接受批判，新汴河指挥部负责人职位未免）。

有了明确目标，三人确定由许旺熙带着几名工作人员上省城去接郑淮舟。

事情进展得十分顺利。1月28日,许旺熙等人在合肥接到郑淮舟后,他们一行又乘机来到安徽省水利厅,详细汇报了新汴河工程停工情况,请求给予支持。安徽省水利厅有关领导听完汇报后,即安排安徽省水利设计院蔡敬荀总工程师和王之俊、李楷、刘从太工程师去新汴河工地查看。

郑淮舟回来后,新汴河指挥部有了主心骨。第二天指挥部召开有关单位领导会议,讨论新汴河复工问题。除对各地任务进行微调外,确定大家抓紧分头准备,力争在2月底前复工。

但一波未平一波又起。正当大家积极筹备复工时,主帅郑淮舟突然不见了。

曾是新汴河工程指挥部的见习生,后为《新闻出版报》总编辑、著名作家张芬之,在《出发》这本书"参加新汴河工程建设"一文里,叙述到江苏徐州带母亲看病,回来时亲历郑淮舟失踪的奇特过程:

> 当天,我从徐州乘火车回到单位,方知郑淮舟同志已失踪三天。指挥部没有了主要负责人,各项工作都受到影响。郑老的夫人华云飞,当时任地区妇联主任,看到我回来,十分焦急地说:"这可怎么办呢,很可能被造反派扣到哪里去了,你赶快帮我找找,真是急死人了。"
>
> 我安慰了她几句,答应马上去找。经过分析,郑老很可能被我老家灵璧县的造反派"请"去了,虽然不至于有生命危险,但工程指挥部不能群龙无首啊!经向宿县地区革命造反司令部了解,郑老确被灵璧县朝集革命造反派扣押了,要他交代所谓地委"九顶黑会"的内幕。
>
> 得到确切消息,经与宿县县长、工程指挥部副总指挥李振兴和宿县军分区政治部主任、工程指挥部副总指挥李大涓商量,决定由我从地区造反派司令部开一封介绍信,由军分区作训科陈参谋和我一起坐分区吉普车,速去九顶乡把郑淮舟同志接回来。
>
> 接受任务后,陈参谋带上一把手枪,与我乘车迅速奔往灵璧县朝集区九顶乡。上午10点多钟当我们到达时,当地造反派看了介绍信,便与我们谈判,但坚持不同意放人,理由是郑淮舟同志拒不交代"九顶黑会"

问题,不交代就不让走。

我向他们宣读了省军管会生产组的电话回复记录,要求他们立即放人,否则影响了新汴河工程进度,由他们承担一切责任。造反派一听省革委会有指示,有点慌神,加上造反派有一个小头目是我们村里人的亲戚,他也认识我,便劝头头与我们签订协议,等他们需要时,再把郑老送回来。我和陈参谋看事不宜迟,便假意同意了他们的要求,并在协议上签了字。

这一折腾就到了晚上,草草吃了晚饭,他们领着我和陈参谋来到一处石头房内,总算见到了郑老。当郑老看到我们时十分吃惊,问我怎么知道他在这里,又急切地询问了工程指挥部和家里的情况。然后告诉我他是去工程指挥部上班的路上被"请"走的,但造反派对他还不错,吃的睡的都可以。就是这里是山区,晚上黑乎乎的。门口造反派拿着木棍站着岗,哪里也不让去,白天逼着交代所谓地委"九顶黑会"的问题,实际上什么问题也没有,他也没有什么可交代的。天色不早,郑老很感激地与我们拥抱了一下,便与我们一起乘吉普车连夜赶回了宿县。

当我把郑老送到专署他的家时,已是凌晨1点多钟。华云飞同志非常激动,连说谢谢。

之后,张芬之与郑淮舟成了"忘年交",郑淮舟称张芬之为"我的年轻的战友"。

1967年2月8日正是大年三十,忙碌了一年的人们总要在这天歇息一下,度个欢乐的春节。蔡敬荀等4人却没有这个福分,他们从合肥赶向新汴河正在工地查看。真实情况比想象的还要糟糕。查看后4人感到一时复工无望,便匆匆离开向省委、省造反总指挥部汇报。经省里多方研究协商,决定由安徽省水利厅副厅长陈力生带队,蔡敬荀等4人参加,携着安徽省造反派总指挥部介绍信和新汴河抓紧复工的电报底稿,快速乘火车赶往宿县敦促新汴河立即复工。

他们没有想到,此时正值"大串联"的高峰期,躁动不安的大批红卫兵学生一批接一批自发组织结伴扒乘火车，到全国各地串联，传播着各地的消息动态。继学生串联以后部分工厂工人也组织串联，使得各种运输工具超负荷运载，特别是火车拥挤不堪。5 人来到合肥火车站半天没有挤上火车。最后齐心协力从火车的窗口爬进了车内。回想起那次艰辛的旅程，刘从太老人至今难以忘怀：

> 那正是冬季最寒冷的时刻，大家穿得很多，我脱掉棉袄，硬从车窗往里挤才勉强进去。没想到车里比外面挤得还难受，我在窗前的小桌上蹲着下不去，车座上挤满人就不说了，连车厢的行李架、车座背上也趴着骑着人。我好不容易挤到车厢里，脚站麻了刚抬起来换，抬脚的地方马上伸下另一只脚，你抬起的脚都没有地方放。

历经艰难，5 人终于到达宿县并立即将情况向郑淮舟和宿县军分区司令部报告。

1967 年春节刚过，为新汴河工程复工，在地方党委、政府已不能有效地行使权力的情况下，省水利厅工程指挥部与宿县军分区商量，决定由宿县军分区政治部主任李大涓负责组建“新汴河工程革命委员会”并为总负责，郑淮舟出来工作。各县由人武部负责。同时应群众的迫切愿望，宿县军分区和部分群众组织联名发出《为开挖新汴河告各界人民书》，于 1967 年 2 月 16 日《拂晓报》社印发，呼吁新汴河复工。这样，借助人民解放军的力量，新汴河工程于 3 月 28 日正式复工。

消息很快传遍全区。

一些老同志释怀了。

新汴河建设者释怀了。

新汴河流域的人民释怀了。

许旺熙不仅释怀还坐不住，颇有“漫卷诗书喜欲狂”之感。他连夜打点行装，第二天天不亮便匆匆忙忙出发直奔新汴河工地。他已接到新的任务，到工程最艰巨的徐岗切岭坐镇指挥施工。这一待就是几个月。有关去工地途中的经历,许旺熙之子、安徽省作协主席、著名作家许辉在《父亲的照片》一文中是这样描述的:

> 20世纪60年代中期,父亲担任新汴河工地的副总指挥,那时“文化大革命”有些乱,父亲就带我下新汴河工地,这也是一种规避的办法。我们从宿县附近开始步行,那还是春天,真正是春天,不是虚构的。我还记得我们一直在春天的淮北平原上走的感觉和情形,还有挖河建涵的工地,还有两边长满了刺槐树的河堤,还有为了避免互相闻臭,我和父亲一人到河堤的一边,蹲在堤坡上拉屎的情形,还有农村那些热闹的集市,人山人海,喧嚷非凡。我们到哪个公社,就在公社招待吃住,当然条件非常简陋,一间大屋子,那就是公社食堂,晚上点着煤油灯,父亲和许多公社干部在屋里说话,屋里热气腾腾的,因为正在烧馋死人的晚饭,记不清是什么饭了,我已经摇摇欲坠,困得睁不开眼了,吃过晚饭以后,我和父亲通腿睡觉。在记忆里,那是唯一一次和父亲通腿,长大以后,我非常不喜欢这种睡觉的方式,能避免的话一定会避免,当然在农村插队时例外。早上起来我们离开了那个公社和热闹的集市,农村的大路上有许多赶集的人,来来往往的,阳光也非常灿烂,父亲在路上为我找了个拉家具的架子车,我就坐在架子车上,一路上越平原、走山地,过了一道山口,然后到了灵璧县城。

我在拜访许辉时他补充说:“我和父亲约莫又走了一天才到徐岗切岭工地,直到7月份工程结束方离开。”

1967年7月一期工程结束,上工人数达到23.8万人,完成土方3271万立方米。

二期工程的谋划开工,进展同样不顺利。

宿县地区的“文化大革命”继1967年“一月风暴”夺权后,3月26日在宿县军分区的支持下，各造反派组织实行革命大联合，成立宿县专区革命委员会。

新汴河二期工程在这样的大环境下拉开了序幕。

早在一期工程扫尾的6月28日，新汴河工程指挥部就拟订了第二期工程施工方案上报安徽省水利厅，因工期推迟任务艰巨，原计划2年完成的工程改为3年完成；计划一期工程结束后即启动二期工程。之后连续发生武斗，未能按计划开工。

10月12日，安徽省军区召集新汴河指挥部机关两派群众代表，到合肥谈判组建施工指挥机构和第二期工程开工事宜，整个会议历时10天。11月初，新汴河工程革命领导小组成立，宿县军分区副政委洪大中任组长。领导小组召开各县总队人武部负责人会议，部署二期施工任务，确定月底上工，又因武斗未果。

中国人民解放军6408部队进驻宿县地区支“左”，并于12月16日进驻新汴河指挥部。6408部队和宿县军分区根据安徽省军管会意见，联合发出《关于新汴河第二期工程的紧急通知》，决定次年2月开工。

12月30日，新汴河工程革命领导小组发出《关于第二期工程任务的意见》，提出新汴河主干在第一期30米底宽的基础上，再开挖40.5米，做土方2400万立方米；疏浚沱河做土方610万立方米。就在当日，“中央文革”复电安徽省军管会，同意新汴河不搞“四大”。

安徽省军管会：

十二月六日、十二月十一日两次电悉。同意新汴河、舒庐干渠两项水利工程指挥机构的人员、民工和为该两项工程服务的车队人员进行正面教育，不搞“四大”。

中央号召参加这两项水利工程的全体人员，高举伟大的毛泽东思想红旗，活学活用毛主席著作，斗私批修，保质保量地把这两项水利工程修建好。

“中央文革”

一九六七年十二月三十日

1968年1月10日，安徽省军管会发出《给宿县专区新汴河工程地区贫下中农、革命群众组织、广大革命群众、革命干部和工地全体人员的信》，宿县军分区司令员许伯言在全区电话会上做《做好新汴河第二期工程准备工作》的报告，要求各县人武部负责同志任组长并组建新汴河工程总队班子，春节后开工。安徽省水利厅派出38名干部和水利专业人员到宿县地区及各县帮助工作，争取新汴河早日开工。

至此，新汴河第二期工程准备就绪，于1967年2月开工，7月结束，上工24万人，完成土方2207万方。与此同时开工的还有涵闸、路桥等配套设施。

第七章　燃情岁月

20 世纪六七十年代，是物质技术装备落后、经济发展比较困难的年代，也是高歌猛进、英雄辈出、激情四溢的年代。在新汴河工地上，30 万治河大军，劈开徐家岗，智伏流沙层，猛攻砂浆礓，力锁巴河水，谱写了一曲曲感天地泣鬼神的赞歌。

1966 年 11 月开挖新汴河时，正是国家经济发展的困难时期，宿县地区人民生活十分艰苦。水利建设上，政府采取"国家补助和群众出工、自带相结合"的政策，民工出工出力，所需数以万吨的物资、器材，大多来自群众自筹。

有这样一组令人震惊的数字：

> 新汴河工程总投资 2.1 亿元，其中国家投资 1.1 亿元，群众无偿劳动，以及自筹的物资器材折合人民币 1 亿元，平均每个农户 90 元；占地 66 平方千米，拆迁村庄 27 个，房屋 4000 间，涉及人口 4520 人；动员民工 30 万人，占全区劳力总数的 20%；社、队和群众自带车辆 13 万部，占总用量的 40%；自筹工具 25 万件，占 80%；自筹工棚棒 50 万根，占 70%；自筹工程草 7500 万斤，占 100%；自筹粮食 1.53 亿斤，占 68%。

数字是枯燥的，也是沉甸甸的，后面隐藏着无数付出。

2016 年 3 月，离新汴河开挖整整 50 年后的一天下午，曾在地委农村部门工作的朱安全和水利部门的许纯一，邀请几位知情人共同回忆，形成《我们所知的宿县地区开挖新汴河农民负担情况》，说出了当年实情。

动用的66平方千米地，如按人均1666平方米统计有4万人失地；失地农民从调整中获取，接纳地如每人拿出333平方米，又有20万人利益受到影响。

新汴河工程1966年9月才测量定线，11月开工，村庄房屋拆迁只能在一个多月内完成，群众虽有恋土情节，也顺应大局。

民工每天挖一立方米土工程费仅六七角钱，还包括工具、工棚材料等。上层鲜土不爬坡，每天紧赶完不成一立方米，后期每天仅能完成半立方米，就是说只能挣三四角钱。

粮食按土方补助，灾区民工每人每天自带口粮即成品粮不少于1斤，非灾区2斤。全区多年受灾，农户本来口粮不足，供应不了这样的需求。各生产小队按“穷在家，富出门”的农村俗理，想方设法凑齐口粮，大部分为杂面，即红芋片、高粱掺少量黄豆三合一而成，少部分白面，倾集体所有将民工送上工地。

居住的庵棚是由社队东拼西凑搭起来的。木棒来自砍伐房前屋后的树木；秫秸、麦草、竹竿靠多方拼凑；庵棚搭好后，麦草在地上一铺，再铺上被褥，就有了个窝。

挖河使用锹、锨、独轮车等较原始的工具，主要还是靠“人海战术”。

自古都知河工既苦又累。群众说：“小雨小雪当晴天，黑天当作白天干。”在工程最紧张的时候，90%的青壮年劳力上了工地。在一次座谈会上，当年曾是下放知青参加挖河，后任宿州市委常委、宣传部长的王子宜在采访时说：“我在第三期工程中干了3个多月，也算熬个资历，得了个‘两星’。怎么说呢，凌晨顶着星星出工，晚上顶着星星回来，不就是两星吗？”

最难的还有后勤保障。新汴河工程开始未列入国家计划，当时物资都属计划供应，为不耽误工期，一些搞后勤的人员，全凭求情采购。烧饭用的烟煤虽有计划却不够用，各地的煤建公司想尽办法解决；供应的计划水利粮细粮很少，粮食部门即与有关部门联系，日夜不停调运加工，解决细粮供应；工地上用药多是消炎抗生素，购买十分困难，相关人员便到各大医药公司联系，解决燃眉之急。

许纯一老人说，我们经常讲新汴河由30万民工开挖，实际是宿县地区450万人民共同完成的。是无数民众不计名利得失，或义无反顾奔赴远离故土的工地，凭着一双手一把锨一辆独轮车，在极艰苦的环境下进行超强度劳动，或在后方省吃俭用从事生产默默付出，用自己的一腔热血铸就了新汴河工程的历史丰碑。

二

徐岗，这个在淮北平原上再普通不过的一个地名，一个小小的地方，小得甚至连共和国1∶5000000的地图上也难觅踪影。但就是这个不显眼的地方，却因新汴河而传名，永载史册。

徐岗又称徐家岗、徐岗子，位于泗县城东苏皖交界处，为砂浆岗土结构高岭。当地群众说：

岭高似山坡，
土硬砂浆多。
爬坡头朝地，
下坡要扛车。

它是新汴河通往洪泽湖的咽喉，新汴河走到这里要穿岭而过，从坚硬的土石岭上开出一条东西长6.7千米（其中江苏省泗洪县境内2千米）、切岭相应河底高程13.8米（切岭最高处高程33.6米，最大切深19.8米）、宽230米的河道，工程的艰巨性可想而知。

早在新汴河打桩画线分配任务时，地委专署已想到徐岗切岭工程任务的艰巨性，确定由具有多年施工经验的专署水利总队带领全区9个县大队391个基干队及泗县、灵璧、固镇共约6万名年富力强的民工承担。

应该说，徐岗工地开工还是较快的。在专区新汴河指挥部发出第一期工程任务及施工通知后42天，经过匆匆准备，便于1966年11月25日正式动工。计划土方515万立方米，上工人数3.5万人。但随着“文化大革命”的逐步深入，专署水利总队领导机构陷于瘫痪，加上一些中层干部思想认识不统一，工地一片混乱，工程进展缓慢，2个月仅完成土方79万立方米，指挥部只好下通知停工。

1967年3月28日，借助人民解放军的力量，新汴河工程正式复工。为加强徐岗工地领导，宿县地委决定成立新汴河工程东线指挥部，由许旺熙兼任总指挥。

前面提到，许旺熙连夜打点行装，第二天天不亮便匆忙出发，他去的正是徐岗工地。

许旺熙深知这次复工来之不易，他要利用这个千载难逢的机会大干一场。在他到达工地的当天晚上，就召集指挥部和各县大队的领导开会研究推进对策。

领导是一门科学，方式方法多种多样。徐岗工程浩大，复工后参与人数有6万之众，涉及专区和9个县，如大兵团作战，吃喝拉撒都要管，工作千头万绪，从何入手？

东线指挥部说到底就做了六个字：领好、干好、吃好。

常言道，兵熊熊一个、将熊熊一窝。战争年代，主帅的才能是决定胜负的关键，主将领军有方，赏胜惩败治军严明，则可激励士气无往不胜。许旺熙及东线指挥部领导明白这个道理，当务之急是抓干部带队伍，抓大大小小的“主将”。要求所有领导要下到一线去调度指挥，干部轮流下队，与民工一

新汴河徐岗切岭工地

样住在工棚内，吃在工地上，身先士卒，处处带头，干部做好了群众自然跟得上。

无规矩不成方圆。要干好就要有制度保障，工作、学习、总结三项最基本的制度是必不可少的。

吃好是干活的加油站。在当时条件比较艰苦的情况下，指挥部号召改善民工伙食，搞后勤的同志琢磨了许多有效办法。比如粗粮较多，炊事员就用薄薄的白面皮包着粗面做成花卷，既好看吃起来又香；天天早晨吃咸菜易厌烦，把咸菜切成细丝再放点葱炒一下就可口多了；过去为改善伙食隔段时间狠吃一顿肉，一些民工吃得太饱反而影响了工作进度，后来就将一顿肉的量分成两三次吃，民工们对这样的改法非常满意。

由于方法得当，工程进展十分顺利。他们从 1966 年 11 月奔赴工地起，到 1969 年 7 月竣工，连续苦战了三个冬春，硬是一锹锹、一镐镐切开了岗土打开通道，共完成土方 1409 万立方米。

在泗县大路口乡采风时，我遇到了当年曾战斗在徐岗工地上的红旗基干队队员邓先勇老人。邓老 81 岁，身体硬朗，回想当年开挖新汴河出力流汗的场景深感自豪。

老人说："我们红旗基干队 100 多号人是 1967 年春天到徐岗工地的，一直干了 3 个多月才回家。当时为了赶进度，每天都干 10 多个小时，劳动强度很大。

"徐岗土质硬，岗高垂直拉运距离大，有 20 米，加上斜坡有 10 层楼高。挖一车湿土少说有七八百斤，拉上河堤像爬山一样，还要将土推到离河口几百米的堤上。在工程进入 10 米深时，正值数九寒天，在野湖作业更觉寒冷，偏又遇上砂浆，只能用抓钩刨；刚过了砂浆关，又遇比砂浆更硬的白砂层，困难一个挨一个。随着工程进展，河坡地越来越高陡，每运一趟土都要爬 80 米陡坡。一部分施工队有电动拉坡机还省点力气，我们连续 3 年把拉坡机留给了兄弟队使用，只能凭力气硬干。后来我们自制了'倒拉牛'土拉坡机，用人力拉坡。如果按每天推土 50 车计算，光爬坡赶路往返就要走 35 千米，不要说每车土还要付出多大力气了。

“扒地锄土的也很累，遇到坚硬的砂浆，8 斤重的大抓钩只能在上面留下两个小洞眼，震得两臂发麻，震裂了虎口也是平常事。

“那时每个队都分到了按规定指标丈量好的开挖面积，你要是完不成就影响整个工程进度，所以大家干活都很卖力，进度慢的还要加班。红旗基干队 100 多人共分到 1.3 万平方米任务。每天天刚蒙蒙亮就起来了，匆匆吃了早饭后立马带着工具到现场。一天下来累得腰酸背痛，吃过晚饭倒头便睡。早晨醒不来，队长挨个叫几遍，吃过饭又接着干。

“工地上时常开展劳动竞赛，大喇叭不停地播着好人好事，鼓励大家多干早日完工。干活时大家还喝着号子：

坡再陡，路再滑，千斤重车也能推上坝。
愚公能移山，我们能切岭。
挥臂劈开千层土，何惧砂浆磐石硬。

“很多人多干活并不觉得吃亏，那时的人就是这样想的。成天有一股使不完的劲儿，一种蓬勃向上的感觉，挖河虽苦却很快乐。”

老人的一番话听得我心里热乎乎的。

徐岗切岭工地

我在“百度”上搜索“新汴河”词条时，无意中搜到“插兄田大头”的文章，作者钱汉东，曾是上海下放到泗县的知青，叙述的是开挖新汴河的往事。我喜出望外，通过新汴河景区的王兴奎主任，几经周折，终于和插兄老田取得了联系，决定前去拜访。

2018 年 5 月 13 日上午，我与宿州市文物局赵彦志副局长一道乘高铁去上海。插兄老田得知我们专程拜访，特地将 6 位下放到泗县的“插兄插妹”招到一起，在钱汉东先生工作室聚会。

第一次见到插兄老田，感到他根本不像上海人，一米八多的大个，头确实不小，长得黑乎乎的，说起话来如洪钟一般底气十足，标准的一淮北男子汉。

插兄老田名裕民，1952 年出生，原为上海宁国中学学生，1969 年 1 月 15 日从上海来到了安徽省泗县杨集公社谷李大队插队落户。

回忆起挖河的事，6 位老知青十分兴奋。

插兄老田顺手从包里掏出一个小红色日记本说：“我在泗县插队工作学习情况都记在里面了。”说完指着贴有照片的一页日记，“这是我当年在徐岗挖河时的照片，由《新汴河战报》记者拍摄，开始登在《拂晓报》《新汴河战报》上，后被上海《解放日报》和《文汇报》采用。”

我接过日记本凝神细看，只见微黄的照片上面登载着一个不到 20 岁的青年，手抡大抓钩在工地上扒土的特写镜头，远处就是热火朝天的挖河工地。照片下面有一段说明：“战斗在淮北新汴河工地上的上海宁国中学知青田裕民、彭建中、贺新华、祁志刚等狠抓革命，猛促生产，决心炼一颗无限忠于伟大领袖毛主席的红心。”

上海知青在徐岗工地上（右一为田裕民）

看完照片，插兄老田又递给我几页稿纸对我说：

“这是我写的《在开挖新汴河的日子里》草稿。”

说着，就讲起了50年前挖河的事：

来到泗县一个星期后，淮北普降大雪，气温骤降至零下十几摄氏度。我们住房是两间草房，门是用高粱秆编织的，根本挡不住肆虐的暴风雪。早晨起来，每个人的被子上都洒上了一层雪花。2月16日是大年三十，这一年的春节，我们同去的7个知青（5男2女），在当地过了年。

过完年后队里已没有小麦可供给我们，而后一天三顿饭都以白芋、红高粱为主食，锅里煮的是白芋，锅边贴的是白芋面饼或者是高粱粉饼，不吃辣椒很难咽下肚。由于堆在外面的秫秸堆全被雪打湿了，一烧锅满屋是烟，呛得我们眼泪一把鼻涕一把，杂粮饼也蒸不熟。日子过得很艰难。

多亏谷李大队大队长李炳道，踏雪前来看望知青，看到我们个个面黄肌瘦十分心疼，立即指示生产队安排吃“百家饭”，从庄东头吃到村西头，一家安排我们吃一天。淳朴的老乡纷纷拿出家里最好的食物来招待我们，至今令人难以忘怀。

“百家饭”即将吃完的那一天，生产队长徐洪早来到我们屋里问道：“愿不愿意参加挖新汴河去？一天最高8工分，另外白面馍管够。”一听说要去挖河，我们摩拳擦掌十分激动。当初下放初衷就是到农村战天斗地，滚一身泥巴炼一颗红心，再说还有白面馍吃，劲头更足，5个男知青当即全报了名。8工分是队里壮劳力一天干活的最高工分，后来才知它的工分值也就是一毛钱，正好够我们寄一封信的钱。

3月28日，我和知青李智耀、贺新华、朱龙庆、杨国祥及队里3位社员一行8个人，作为先头部队，拉着两辆平板车，板车上装着秫秸、麦草、工具和行李一路向新汴河徐岗切岭进发。我们村离徐岗切岭工地有30多千米路，到达工地时天色已晚。我们吃着带来的白干面煎饼，就着辣椒、大蒜算是晚餐，然后找了个避风的地方，和衣一歪就呼呼大睡起来。天亮开始搭建睡觉的小庵子，从平地向下挖半米深左右，然后用洋槐树棒搭好三脚架，两个三脚架上面用一根棒连接就是梁。固定好之后披上秫秸，再用和好的稀泥糊在上面，铺上麦草，一间小庵子就算建好了。一间小庵子可以睡十几个人。由于半截在地下，所以进出小庵子必须弯腰低头才行。庵子里面先铺上一层麦草，然后再铺上一张芦苇席，成为我们睡觉的地铺。

第三天一早，我们八个男丁扛着锹来到徐岗切岭。任务就是“出龙沟”，在河底中间挖一条长长的排水沟，将河底稀泥里的水集中流到龙沟里排出，为后续大批民工挖土创造条件。3月底的淮北气候还很冷，河底的稀泥上还结着一层薄冰。我们脱掉鞋，卷起裤管，双脚踩进带有薄冰的稀泥里，冻得直钻心，好在有同去的社员做榜样，况且吾辈为血性的知青，大伙儿二话没说就热火朝天地干起来。没几天，整个徐岗切岭人欢马叫，热闹非凡，成千上万的民工拥向工地，就像电影《车轮滚滚》一样，非常壮观，其中就有不少上海知青参加。

在河底挖土是一件非常艰苦的活，因为土里有许多砂浆，一般的铁锹根本挖不动。当时只有两种办法，一个是用大抓钩刨，如果一抓钩下去正好刨在砂浆上，震得双臂发麻。一天下来，抓钩柄上全是鲜血。另一个是双人踩铁锹，铁锹是特制的，锹头特别大而长，头上套一块踏板，两个壮劳力，一边一个用脚合力往下踩踏板，这样才能截断砂浆取土。

民工在冰水中作业

其实劳动强度最大的应该是“跑钩子”。坝顶上有一排柴油机带动的钢丝绳绞筒，俗称“拉坡机”，钢丝绳顶端配一根3米长大扁担，大扁担两端安装两个挂钩。当小板车在河底装好土后，“跑钩人”将大扁担上的两个挂钩分别套在两辆小板车头上的铁环内，一切就绪后，跑钩人向上举手示意，坝顶上的工作人员便启动柴油机，绞筒开始转动，带动钢丝绳将二辆小板车三个人一起拉到坝顶。当板车卸完土后，推车人从旁边斜坡上小心翼翼下来。与此同时，跑钩人面朝河底，两手反抱着大扁担，带着钢丝绳从坡顶跑向河底，坝顶到河底是百十米长的斜坡，跑钩人越接近河底越吃力，因为钢丝绳放得越长，重量和阻力就越大。跑钩人从早到晚不停地反复奔跑，是整个工地上最为辛苦的人。我当时就是诸多“跑钩人”中的一个。为了加快工程进度，我还主动邀请隔壁塘子外号叫“秃子”的“跑钩人”比赛，得到两个塘子所有民工的大力支持。一时间，挖土的、上车的、推车的紧密配合，加上我这个跑钩人顶住劲向下奔跑，结果对手被远远地甩在后边。隔壁塘子的“秃子”看老是撵不上，有点恼火了，干脆扔掉头上帽子，光着脑袋和我玩命了，引得周围无数民工观看，工地上“加油”声此起彼伏。比赛的最后结果没有悬念，一时间“上海小蛮子干活来劲”在徐岗工地上传为佳话。

劈岗开河

挖河也是有危险的，除了常见的碰伤外，工地上也会发生“飞车”伤人事故。当两板车被拉至半坡时，如遇路面坑洼或机器故障，有时会发生脱钩现象，一旦脱钩，满载泥土的板车会突然顺斜坡冲向塘底挖土的人群。一旦发现“飞车”，人们都会吼叫起来，以提示塘底民工赶快躲避。由于“飞车”没有固定轨迹，所以也听说有人曾被“飞车”撞断了腿。

插兄老田边解释着边用手比画着，好像又回到当年“跑钩子”那毫无畏惧的英雄年代。他继续说道：

我们的工程在大队长李炳道的带领下，年年被评为先进，他本人还出席过安徽省“劳模会”。可惜前两年听说他去世了，让人非常难过。我在城里工作时和退休回上海后，曾几次专程去看望他，并捎去钱物。最后一次我在上海打电话给同学——时任大杨乡派出所所长许振来，委托他去看望李炳道，并替我捎去两条香烟给他，以报答他当年对我们知青的关怀之情。事后听许振来讲，老人非常高兴。

为了支持开挖新沂河，全大队的社员宁可在家吃杂粮，而把省下的白面拉去工地支援第一线。民工吃的全是白面馍。偶尔还有肉丝面条改善生活，肉丝面条是装在一个大木桶里，想多捞点肉丝可有窍门。一开始我们拿着铁勺顺着木桶慢慢地往下捞，结果铁勺到上面后，肉丝全漂走了。后来我们学会了拿着勺子在面条汤上拼命地旋转，等到桶底大片的肉丝被旋上来后，瞅准时机，一勺头下去，全是肉丝，美得我们哈哈大笑，可谓苦中作乐。那时我才 18 岁，正值青春年华，繁重的体力劳动，使我的饭量大增，在挖河期间，正常每顿中饭要吃五六个两节杠的馒头。《新沂河战报》一位记者在目睹我们跑钩劳动竞赛后，中午执意要和我一起吃午饭，想看看我到底能吃几个馍。那天中午我一顿饭吃了 8 个二节杠馒头外，还喝了 4 碗稀饭。第二天这位记者在《新沂河战报》就发表了《上海知青志气大，徐岗切岭炼红心》的新闻报道，并刊登了我们知青在新沂河工地劳动的新闻照片，1969 年 4 月 24 日和 6 月 27

日《解放日报》和《文汇报》分别予以转载。

挖河工地上的文化生活十分枯燥。那时没有电影，更没有娱乐活动，不过遇到下雨不能出工时，河堤上时常会有一些民间艺人，有唱大鼓的，有唱扬琴的，起初我们听不懂，时间长了，慢慢也就能听懂了，到现在我还能自个儿哼上几句呢。

庵棚边，常会来一些中年妇女，挎着个小笆斗，带着针线给民工补衣服，报酬是一个馒头。自从大批民工来了不久，在离我们住得不远的地方出现了一个集市，名字也特别怪，叫“夜冒集”。集市不大，但杀猪的、宰羊的及各种各样的农副产品样样齐全。我们大队做饭的李炳庆，买菜回来时常会带回一些小道新闻和工地上的风流逸事。我到现在还清楚地记得，他在讲“老妈子倒贴老头一壶油”时，讲得眉飞色舞，惹得大伙捧腹大笑。去年我到泗县还见到他，快80岁了，身体挺不错的。

由于工地卫生条件差，加上十几个人挤住在小庵棚里，每个人身上都有虱子，奇痒无比。随着天气转暖，除了虱子外，庵棚里的跳蚤又多了起来，它比虱子更难对付，虱子只会爬，而紫褐色的跳蚤会蹦，很难逮到。人被咬后，会起肿块，特别痒。所以大伙在休息时就多了一件事，就是在一起逮虱子和跳蚤。

繁重的劳动，培养了我们不怕苦、不怕累的顽强精神。上海知青和几十万民工一同日出而作，日落而息，奋战在开挖新汴河的第一线。无论踩大锹、抡抓钩还是跑钩子，我们知青个个奋勇当先，没有一个怕苦叫累的。有一次我感冒发热到38.7摄氏度也不请假，照样出工，浑身有股使不完的劲。组织上对我们上海知青在新汴河徐岗工地上的表现给予了很高评价，我个人也多次被评为先进个人，出席公社、县、地区“积代会”，并在大会上做先进事迹报告。

新汴河竣工的当年，1970年底，我正好被招工至泗县化肥厂，厂址紧靠新汴河，河水清澈，上面横跨着一座六孔的泗五大桥，在斜阳的照射下，非常美丽。那几年，休息日常和同事去新汴河钓鱼、捉螃蟹，那时新沂河里的螃蟹足有半斤重一只,肉质非常鲜美。1982年我调入县交通局工作时,恰逢第三次全国人口普查,我任指导员,负责水上人口普查。宣传时跟船再次来到了徐岗切岭,望着高高的堤坝、碧波荡漾的河面,感到无比的激动和自豪。那宽阔清澈的沂河水,是我们上海知青和几十万民工汗水的汇聚!

插兄老田的一席话说得大家热血沸腾,气氛热烈。记忆的闸门一旦开启,往事历历便涌上心头。

在大家的议论中,钱汉东先生站了起来,指着自己的左肩:“就从这里说起吧。”

钱先生1952年出生,1969年赴泗县插队,1977年毕业于华东师范大学中文系,中国作协会员,著名学者,《文汇报》高级记者,上海钱穆研究会副会长。著有《岁月留香》《人间瓷话》《寻访中华名窑》等10多部作品,曾获2008年冰心散文奖;2013年入选国家文物局、中国文物保护基金会评出的“中国文化遗产保护年度十大杰出人物”。

钱先生说:

当年开挖新沂河要经过泗县的徐岗,这是让我刻骨铭心的地方。在那里住草庵子吃大锅饭,三九严寒北风萧萧,气温在零下10摄氏度,我们赤着脚踩在冰上,一不小心坚硬的冰块就划破了双脚,殷红的鲜血慢慢地淌了出来,我们咬咬牙忍着,硬撑着干活。从早到晚,抬着二百多斤重的大筐泥土,哼着低沉的号子,一筐接一筐。到了傍晚时分,两条腿竟不由自主地颤抖起来,那时毕竟才17岁啊。被磨破的肩膀上,鲜血和毛衣粘在一起,晚上脱衣睡觉时皮都被撕了下来,那种痛楚现在无法想象是怎样熬过来的。我的腰肌劳损,就是那时强体力劳动的结果。抬土的老搭档习惯用左肩,我也随他用左肩。因长期受力的缘故,现在我的左肩大大高于右肩。

有一次,妻给我试衣服,突然发现我的左肩高出不少。戏说我应参加残联,去邓朴方处报到。

但上海知青都是好样的,我们坚持与农民们同吃同劳动,涌现了很多先进事迹。我白天干活,晚上给《新汴河战报》及广播电台写报道。田裕民是被报道的上海知青之一。

钱先生说完苦笑了下,既有青春无悔,又夹杂乐观调侃,也包含些许无奈。

二

泗县是出典型的地方。20 世纪 70 年代初新华社著名记者穆青曾在此住了 1 个多月,采写了《人民的好医生李月华》,引用一位老农对她的评价:“她做的好事,就像天上的星星,俺们天天都看到,可是数不清啊。”

新汴河绵延百余千米的河道,数十个桥涵闸路配套工程,30 万民工苦干了三个冬春,其间发生了多少动人心弦的故事,也可用老农的话说“天天都看到,可是数不清”。

这话虽然有些夸张,但在那个激情燃烧的年代,那个干劲冲天群情振奋的大环境下,面对严酷的大自然,与天斗与地斗,人们吃苦不叫苦受累不叫累,创造了一个个向大自然、向人类本身极限挑战的奇迹,涌现出许多可歌可泣的事迹倒是真实的。而这些事迹一经宣传放大,就像核裂变的链式反应,瞬间释放出巨大的能量。

智伏流沙层

淮北平原 1968 年的冬与往常的冬一样,是一个十分寒冷的季节,西北风呼啸而过,淡淡的雪花从遥远的天际飘来。凌空鸟瞰,绵延百里的新汴河工地银装素裹,像一张铺开的巨幅宣纸,30 万劳作的民工正在上面挥笔泼墨,绘就着心中的大写意。

在画的一角,砀山总队红光大队的工地,人们正在为如何制服流沙层而发愁。他们在开挖新汴河的航道上，遇到了长830米、宽25米、深1.8米的流沙层，其面积之大沙层之厚，是全区治河史上绝无仅有的。

流沙，顾名思义就是在一定的地下水渗流压力作用下，饱水的、处于浮动或流动状态的沙子。新汴河施工中遇到流沙层，开始并没在意，无非是水来抽水沙来挖沙。谁知这回遇到了麻烦：你不挖它不动，你一动它就涨；见水就流，随挖随淤；这里挖别处的又流了过来，排水沟总挖不成。对此有人编了几句顺口溜：

流沙流沙，
好看难挖。
有水一摊泥，
无水一片沙。
使出降龙伏虎力，
也难叫它来搬家。

全队1000多人干了一天只挖了50多厘米，可是隔了一夜流沙又恢复了原状，和未挖一样。

战流沙

最心急的莫过于大队负责人张建坤。为降服流沙，他已熬了两个通宵，查阅资料，询问专家，召开群众会集思广益。一些群众建议治沙必先治水，将沙与水隔开分头治理；有的主张阶梯式层层开挖；有的想在流沙层上搭悬桥，车在桥上多装快跑，以超过流沙的移动速度达到治沙目的。

张建坤在分析流沙特性、借鉴前人治沙经验、听取专家群众意见的基础上，采取全面进攻、分割包围、层层开挖到头的施工方法，把人员分成排水、挖沙、运输三个作业组，边排、边挖、边运，统一协调，争时间抢速度，打一场围歼流沙的“人民战争”。

第二天天刚放亮，大队部按照既定的治理方案，发出了向流沙全面进攻的号角。大家群情振奋，干劲十足。整个工地上红旗招展，人头攒动，像一条蠕动着的长龙，气势磅礴，蔚为壮观。大喇叭里播放着的歌曲，又使这宏大的场面增添了更加激昂的情绪。置身其中，不由得你不被那场面那气势所鼓舞所感动。

张建坤不顾严寒一马当先下到刺骨的水里挖沙。在他的带动下，挖沙组 400 多号民工纷纷跳进水里，甩开膀子大干起来。他们集中力量快挖快甩，顺着沙层往前撵，一口气挖到底，沿边沟把流沙盖上，群众称之为“金包银”。运输组抓住机会快拉快卸。

民工石克君在水里连续作业 1 个多小时不换班，中午吃饭时让其他人捎带几个馒头一点咸菜，在水里就餐；民工张士恩患有严重的关节炎，不顾大家劝阻毅然下水挖沙。

夜幕降临，收工的号声响了起来，民工们拖着疲惫的脚步缓缓走向驻地，刚才还一片乌黑的工棚现出了微微灯光，宛若置身郭沫若《天上的街市》之意境中。新汴河两岸工棚的明灯像天河中闪烁的明星，天河中闪烁的明星又像新汴河两岸工棚的明灯。

而此时红光大队的工地却灯火通明，呈现的是一片繁忙景象。他们在白加黑，在为治沙一鼓作气，加班加点挑灯夜战，延续着白天的工作。一直到东方既白才一举制服了流沙层。

攻克砂浆磐

劳累了一个冬季的濉溪总队土型基干队，1969 年的春节一过就重返新汴河工地。在第二期施工中，全队齐心协力情绪高涨，一举拔得整个新汴河土方工程的头筹,回家过节时受到亲人们的称赞。没想到第三期工程刚开始,就遇到了砂浆磐这块难啃的骨头。

砂浆磐即土沙凝结形成的十分坚硬的固状物。他们遇到的是一块长49.8米、厚0.73米的砂矼磐,镐刨不进锹挖不入。民工中有人感叹道:

砂矼如石硬邦邦,
镐刨下去冒火光,
腰酸背麻手起泡,
完工要到麦黄芒。

说的虽是实情,也透露出一些畏难情绪。针对这种情况,队里几个负责人反复协商,在地区指挥部专家的指导下,决定采取爆破的办法。他们从全队抽出30名精干力量组成突击队,集中攻克。

爆破首先要解决炸药锤钎等工具,必须从地区新沂河指挥部仓库领取。基干队长石开干亲自披挂上阵,他早出夜归,往返35千米,用肩挑来9把大锤及炸药等材料。第二天上工第一个奔赴工地,一气打了300多锤。年已59岁的民工朱继亭,当年在治淮工地上就是劳动模范,以打锤掌钎闻名淮河两岸,这次又有了用武之地。他手握一把15斤重的大锤,稳准有力地打在钢钎上,一干就是几小时,锐气不减当年,被誉为新沂河工地"第一锤"。突击队长赵开钱,脚被砂矼碰烂痛得站不住,索性坐在地上掌钎。负责运输的同志听到炮声响后,立即进入阵地装拉,以最快的速度运土。

经过40天的紧张施工,民工们用铁锤、钢钎征服了砂浆磐,提前20多天完成了任务。

力锁巴河水

被评为100位新中国成立以来感动中国人物之一的铁人王进喜,在20世纪60年代大庆石油会战中,因不顾腿伤带头跳进泥浆池,用身体搅拌制伏井喷而感动了无数中国人。新沂河工程的巴河截流工程也是如此,在危急关头，民工们奋力跳入激流中筑起人墙，以血肉之躯完成大坝合龙，他们的壮举同样令人荡气回肠。

让我们把时间追溯到1969年10月27日巴河截流那个惊心动魄的一刻。

正当新汴河工程中沱河疏浚拓宽工程紧张进行之际，发源于河南省商丘地区的巴河流域连降暴雨，巴河水陡涨，40米宽、1米多高的水头奔腾咆哮，直泄沱河，严重地威胁着宿县、砀山、萧县三县10万新汴河民工的安全及施工。打好巴河坝，拦住巴河水，成了沱河工程的关键。

宿县总队刘楼基干队承担了巴河截流的艰巨任务。

10月27日上午，刘楼基干队全体民工吃过早饭便匆忙奔赴工地，点好昨天连夜备好的打坝材料后，他们兵分两岸，对巴河进行钳形夹击，准备一举截流成功。工程开始进展得十分顺利，一直到下午3点只剩下5米龙口。在这关键时刻，天气突变，工地上刮起了5级大风，加上上游又降大雨，水势愈加凶猛。水借风威，被束缚着的巴河水像惊醒的巨龙，从狭窄的河道中奔涌狂泄，河面上顿时白浪滔天。

堵口截流

面对突如其来的变化，基干队决定集中所有力量向龙口投沙包、石块。几百斤重的抛物在水里打了几个滚，便被冲得无影无踪。人们又想到在河里打桩截流，也未能成功。激战了1个多小时毫无进展。

夜色将近，而风越刮越大，洪水逐步向缺口两侧冲刷拓展，若不扭转危局，将会前功尽弃，情况十分紧急。

情急之下，劳动组长卞朝良大喊一声：“和洪水拼了，看我的。”说着纵身跳入齐胸深的急流中。

随着他的呐喊，刘正义、卞相进、卞和秀等20多名民工也相继冲了下去，肩并肩，手挽手，用血肉之躯在龙口筑成了一道人墙。

冰冷的河水遭遇了阻力一浪接一浪猛烈地撞向人墙，把人墙打得东倒西歪。

留在岸上的同志，抓住这个机会，挖的挖、装的装、抬的抬、背的背，人人快速行动，向缺口抢投草袋。

时间一分分地过去，草袋一袋袋下沉。在水下堵口的民工们，不管风吹浪打，忍饥挨饿战严寒，咬紧牙关顽强地坚持着。

经过9个小时的激战，大坝终于在夜间12点合龙断流。汹涌的巴河水，被乖乖地锁在大坝前。

河工七姊妹

在新汴河砀山工地上，传诵着"铁姑娘"七姊妹的故事，被誉为新汴河上七朵"铿锵玫瑰"。她们是该县周寨公社周寨大队孙玉香、房瑞芝、蒋凤英、王秀荣、闫玉兰、周素娥、周素兰7位年轻姑娘。

"铁姑娘"是20世纪年六七十年代对中国女性去性别化行为方式的称誉性评价，属于那个时代新女性象征性符号。

当年毛泽东主席"时代不同了，男女都一样。男同志能办到的事情，女同志也能办得到"这一时代话语，鼓励了大批女性进入传统社会一直由男性从事的劳动范畴，包括挖河筑堤这样的重体力劳动。人们还记得，山西大寨大队人民在与1963年那场特大洪水搏击的场景："危急关头，郭凤莲和全村22名女青年组成一支突击队，义无反顾地奔忙在抢险第一线。"

"铁姑娘"由此获名，"大寨铁姑娘队"闻名遐迩。

一时间，"铁姑娘施工队""三八女子钻井队""女子高空带电作业班""女子掘进班"风靡全国，激发着人们的想象力和创造力。

听到新汴河工地上有与男性并肩作战的女民工七姊妹的故事，我兴奋异常，决定现场采访一睹她们的风采。

2018年是我国自有文字记载以来比较酷热的年份之一，而8月初又是酷热中的酷热，单用“夏日炎炎似火烧”来形容已显不够了，尤其是居住在淮北平原的人，感受到整个大地在燃烧，穹庐似的天空上面又加上一个硕大无朋的盖子，束缚着燃烧的气体无法释放，把整个世界变成了大蒸笼，热浪阵阵向你袭来，呛得你喘不过气，无奈之下，一些地方的政府甚至还下文动员男性外出打遮阳伞。

冒着这样酷热的天气，我在当地好友的精心安排下，在周寨镇采访了曾任“铁姑娘七姊妹施工队”队长的孙玉香。

时年21岁正是风华正茂的孙玉香，今已72岁升级为祖母老人，知道我们到来十分高兴，在她平凡的农家小院里热情地接待了我们。回忆起新汴河工地的那段往事，那段用青春和汗水书写自己美丽人生追求的往事，那段以真诚和圣洁践行崇高理想的往事，也是她们一生中最难忘、最快乐、最刻骨铭心的往事，老人家始终洋溢着兴奋与自豪。

话题自然从七姊妹自身说起。

孙大娘说：“俺们7个人去新汴河工地并不是头脑发热，也不像其他地方有意识组织妇女挖河进行宣传，而是完全出于自愿。一来年轻想看看外面的世界闯荡一下，二来几个人各有各的情况。挖河要各家各户出工，没劳力的就要出粮出钱，去工地不但不要缴粮款还能挣工分。当时各家的情况都不好。我的父亲患气管炎多年，3个弟弟年龄又小，我就找大队的孙队长说让我去吧。孙队长考虑一下回答说行，那你就带几个人去吧，拣几个听话的。

“我当时是大队干部，任妇女主任。我去工地的消息很快便传遍大队。几个和我年龄相仿的年轻姑娘找到孙队长报名要去，经过商量共确定了7个人，年龄都在20岁左右，我最大21岁，最小的17岁，都是未婚。”

我曾在《新汴河志》上看到七姊妹从砀山徒步走到宿县新汴河工地的记载，感到很震撼，便问起了此事。

孙大娘说：“就别提有多累了。”

孙大娘感叹着这一生中最艰难的那几天的长征。

“我们是1967年10月底出发去工地的，砀山县距宿县新汴河工地有

130 多千米，拉着车子，装着行李，带着挖河的工具、粮食和搭庵棚用的如油纸木料等，整个大队 100 多号人都是走着去的。当时也想乘火车，那正是'文化大革命'红卫兵串联的高峰期，火车根本上不去，加上带的东西多，就只能徒步前行了。

"一共走了 3 天多才到。那时在整个宿县地区通向新汴河工地的路到处都是去挖河的，沿边的村庄看你是上工地的都十分热情，我们就借灶做饭，逢黑就住。一些群众还主动腾出房子给我们住，我们走的时候把缸里挑满水，院子打扫好。

"头天走了 40 千米路，第二天就走不动了。脚上磨的都是泡，脚底子上脚面子上都是，鞋都脱不掉，脱掉了又穿不上。一些男劳力说，看你几个小孩硬要去，现在走不动了就上车吧，我们拉你。我说我是去挖河的，说啥也不能让你们拉，再说车上的东西也很重了。我又说，你是人我也是人，你们能做到我也能做到。"

孙大娘说着笑了起来："我从小就没服过输，不甘落于人后。我们 7 个人硬是咬紧牙关撑着走到工地。

"挖河的工地在宿县城东北的大殷家、张家一带。到了地方，我们 7 人住在一个庵棚里，是半地窖式，横排铺了 7 个铺，都面朝砀山。我说我们在这里干就要干出个样来，咱代表的是砀山，丢不起砀山的人周寨的人的脸，哪个丢了人我都不愿意。当时 7 个人都正值妙龄，情窦初开，属青春萌动多事之秋的季节，有的家里还给介绍了对象，我说谁要相亲也要等干完活回家再说。并反复交代任何人不能单独外出，到代销点买什么针头线脑的都要几个人一起去，至少要两个人，连到村头解手也要两个人同去。我到指挥部开会时就让王秀荣负责。我要求严，大家也都很听话。

"闯过了长征关生活关，接下来就是紧张的劳动关。我们几个人真的是甩开膀子大干，并不是摆摆样子。其他大队也有妇女去的，但都是去做饭搞搞后勤，我们却和男劳力一样，工地上有啥活我们干啥活，挖土上车拉车卸车样样干。我们分的地段属于砂浆粒土很硬，平时用大刨锨两个人踩都下不去，只有用抓钩扒，一个个累得直喘气，慢慢地臂力也练出来了。拉车上我们也和男劳力一样，他们2人一辆车我们也2人，他们3人我们也3人，从不拖后腿。冬天里干活，我的棉袄里子经常被汗水浸湿，俺哥从黑龙江给我买的皮垫肩都被汗浸潮了。

妇女能顶半边天

“最难忘的就是挖龙沟。那正是三九天的隆冬时节，头天挖的龙沟经一夜时间就全满了水，第二天早上结了厚厚的冰，我们只好赤着脚下水破冰挖土。当时工地上正赶上流行性感冒，好多人都被传染了，我们7个人也有被传染的。我对她们说：‘挖龙沟太苦了，你们先在庵子里歇会，我和他们一齐挖就行了。’

“我干了约半个小时，县指挥部从银行抽到工地的管理干部关莲英来看我们，走到庵子里找不到我，就问玉香呢，当知道我挖龙沟去了时，急忙吩咐让我回来。被抽到指挥部的县联社李主任知道后心疼得直落泪，边跑边喊：玉香快上来，憨死了你，命都不要了，这么冷的天你怎么能干，看落下什么病根子咋办。又说，你在上面挖土，回到家里他们就说你不挖河了，就你憨。李主任又把那几个人叫来和我一起去拉土。

“当时真不知道什么叫苦，什么叫累，也不知道爱惜自己的身体，就感到浑身有使不完的劲。”

孙大娘说着看向远方，像是怀念那几个朝夕相处的姊妹，更像是在感激工地上曾关心她帮助她的那些同事战友。

孙大娘定了定神接着说：“第一期工程干完回到家已是春节了，共干了3个多月，春节过后我们又去了，身体练得很棒。在家里拿个镰刀就像拿个针似的，拿个抓钩就像拿个镰刀似的。俺娘第一次见到我都认不出来，白皙的面庞变得跟红头老公鸡样,原来又白又细的手指头变得又黑又粗。她4个孩子就我一个闺女,看见我这样,眼泪簌簌往下掉。”

孙大娘最后说:“回来时还有个小插曲。大队的干部见到我说我们的事迹上报纸啦。我很惊奇,不知道什么时候上的报纸。听他们说完,才知道原来七姊妹的事迹上了宿县地委的机关报《拂晓报》。记工分时在家的干部看到其他队到工地的妇女一天都记7工分,也想给我们记7工分。同去工地的男劳力不愿意了,说七姊妹干的活与他们一样,凭啥不给满分,干部没话说了,也给我们记满分12工分,其实满分的价值才3毛钱。”

告别孙大娘时,她掏出几百元钱递给二儿子,执意要安排我们吃饭,语气坚定而真诚。其实我看到孙大娘的日子过得并不宽裕,年近50岁的大儿子因智障未婚,一直跟着父母过日子。但繁重的农活和操劳的岁月始终没有磨去她坚强与豪爽的个性。临出家门,我握到的是一双粗糙有力的大手。

采访归来,我的心情久久不能平静,不由得对这个昔日的妇联主任钦佩起来。这种挖河筑坝纯属男人劳动的世界里,七姊妹真正成为参与土方工程,与男性并肩作战的新汴河民工。称她们为“铁”,是代表力量,代表不服输的气概和与男性比高低的豪气。淮北平原赋予了男人们坚毅、果敢、顽强、拼搏和进取的精神气质,毫无保留地也赋予了当地的姑娘们,为了脚下这片土地她们无怨无悔地付出。也可能,她们在体力上受苦受累,挑战自己的生命极限,但精神上却有一种充实感、荣誉感和满足感,有一个完全属于自己的天空。在鼓励“铁姑娘”的时代,一个平凡、普通的年轻农村女孩,在时代的召唤下,通过参加大型水利工程得到社会的尊重和承认,是她们人生中最耀眼的一段经历,至今仍能感受到这种经历带来的眷恋与激情。

生死瞬间

这是些发生在新汴河工地上的真实故事,制造故事的人都是地道的农民。他们在危险时刻,在突发事件前并没有刻意去“惊天动地”,而是出于一种人性,一种本能,或是一份中国农民式的忠厚与纯真,坚定的意志与信念去面对生与死的瞬间——

进入长长的历史隧道，来到1967年3月初那个难忘的夜晚。

五河总队龙潭湖基干队的民工沈先传夜里小解，朦胧中忽然看到邻近的怀远总队一个工棚上冒着浓烟，烟中隐隐有火苗在往上蹿，当时又正刮大风，风助火势越蹿越高，十分危急。沈先传的第一反应就是失火了，民工住的工棚都是用木棒、柴草和油膜纸等易燃品搭建的，如不及时扑灭，那下风口一排排的工棚将有被席卷的可能，后果不堪设想。想到这里，他一边高声呼喊着失火了，一边迅速跑回工棚拿起脸盆去塘边舀水救火。他的喊声惊醒了其他民工，大家急忙起来，拿着盆盆罐罐去救火。

沈先传第一个爬到工棚顶，迅速掀开正在燃烧的麦草，不停地向上泼水。烟火弥漫，熏得他透不过气、睁不开眼。因火势凶猛，工棚架被烧断，沈先传忽地从工棚顶掉下来，一头栽到火里，全身衣服被烧毁，双手、两臂被严重烧伤。他忍着伤痛起来后又继续灭火。在众人同心协力下大火终于被扑灭，大家这时想起了第一个起来救火又受伤的人，而沈先传已悄悄离开了现场。后来被救的怀远总队民工顺着救火时丢下的脸盆这个线索，才知道做好事不留姓名的沈先传。

在充盈着激情与创造的徐岗工地上，时昌侠冒死救人的事迹被民工广泛流传。

1968年12月1日上午，泗县大周基干队的民工时昌侠，像平时一样推着满满一车土，顺着拉坡机系车子的钢丝绳往10几米高的堤上送去。当离堤顶还有1米多时，随着啪的一声巨响，钢丝绳被拉断了，重达上千斤的土车顿时顺着陡坡向下滑，坡下的施工现场至少有上百人在劳作，一场土车伤人的严重事故就要发生！此时的时昌侠，只要身子向旁边一闪完全能安全地离开；而他却用身体阻止土车下滑，能否阻得住且不说，但肯定会危及自己的性命。要知道，大堤的坡度足有四五十度，又是千斤重车，从上向下俯冲，危险性可想而知。

为避免伤及他人，时昌侠将自己的生命置之度外。他一边使尽全力用肩膀扛住车子阻止下滑，一边顺势调整车头，减缓下滑速度。

这是“巨人”的肩膀。扛住的不仅是千斤重车，而是一个普通中国农民的精神。时间分分秒秒地过去了。他为正在干活的民工赢得了疏散时间。

车子不停下滑。1 米、2 米、3 米……意志、信念、生命极限在与自然抗争。

土车一直下滑了 8 米才翻在堤上，时昌侠被重重地压在下面，昏死过去。经过医护人员的紧急抢救才慢慢苏醒过来。

时昌侠为中国农民做了生动注脚。

再把目光聚焦到固镇总队工地。

1968 年 3 月 29 日，固镇总队的唐元基干队施工中遇到了与杨庙同样的大面积厚砂矼层，十分坚硬。锨刨不动，锹挖不动，很多人手磨出了泡，工程进度很慢。

大家想法克服。决定将砂矼层掏空，然后在下面撬，既减轻了劳动强度，又提高了功效。

基干队的刘广胜工作中分工运土。那天，他与往常一样推着车子正回方塘装车时，看到两个小青年在悬空的砂矼层下挖土十分危险。于是他放下小车说道：“这样掏土太危险，你们没有经验，让我来吧。”

说着他就脱下棉袄，推开两人自己到砂矼层下干起来。

工程进展很快，土越掏越深。

正当刘广胜全神贯注挖土时，突然遭遇塌方，被砂矼重重地砸在身上昏迷过去，经抢救无效于当晚遇难。

《新汴河战报》详细介绍了刘广胜的事迹，新汴河工程指挥部做出向刘广胜学习的决定，整个工地掀起了学习刘广胜的热潮。

三

具有里程碑意义的 1978 年全国科学大会，有 7657 项优秀成果受到表彰，采用世界领先技术的新汴河灵西闸橡胶尼龙坝项目赫然在列。

从灵璧县城西行 2 千米，便是灵西闸橡胶坝。在大坝启用的 20 世纪 70 年代初，一名记者写道：

“时值傍晚，恰逢橡胶坝开启调节水位。只见一座挺拔的大桥桥墩下，一节节黑色的橡胶坝袋充盈起丰硕的身躯，宛若巨大的黑蚕横卧在桥墩之间，牢牢锁住水面，将新汴河上下游隔开，露出一片滩涂。创造了世界先进水平的灵西闸橡胶坝，显示设计者创造者的高度智慧、才能和创新精神。”

灵璧枢纽工程(桥下为橡皮坝，左侧是船闸)

实际上，显示设计者高度智慧、才能和创新精神的又何止橡胶坝呢？新汴河工程浩大，时间紧任务重，困难重重，在极端艰苦的条件下，处在一线的民工和技术人员，以自己的聪明才智，通过“三结合”技术攻关小组，创造出了许多先进工艺和科学的施工方法，解决了无数技术难题，提高了效率减轻了劳动强度，新汴河工地成了技术革命、塑造创新精神的试验场、主战场。

火柴盒的故事

建造灵西闸橡胶坝，这是当时我国也是世界上同类坝中较长较高的一个。美国第一个橡胶坝长 50 米高 1.5 米，德国、日本的也不足 100 米长 2 米高。而灵西闸要建造的却是长 126 米高 3.3 米的坝，这对设计、建造都是一个严峻的考验。在灵西闸指挥所总指挥巩凤才的组织下，成立了由民工、工人和技术人员组成的技术研究小组，边学边干。

最大的难题是铆固坝袋，国外一般是用不锈钢螺栓和压板铆固。但这种方法不仅需要大量的不锈钢，在实践中还常常漏水。怎么办？技术研究小组将难题交给群众讨论，在短短的一个星期时间里，就收到群众建议 100 多条。

时为安徽省水利厅灵西闸设计组工程师的刘从太，现已是近 80 岁的老人。我在合肥采访他时提到了灵西闸铆固坝袋的革新，老人娓娓叙述了当时的情景：

“1967 年 1 月，安徽省水利厅组织了新汴河工作组，我当时是成员之一。1968 年的 5 月工作组转为工程设计组，具体承担灵西闸的设计任务，我负责设计大坝的高度和安装，这个工作非常难干。因为正是‘文革’时，很多资料找不到，有的甚至遗失了，我费了好大力气才找到一本国外的关于设计原理的书。但它的具体压力怎样、内力如何，却没有介绍。于是我就与技术研究小组的其他人一起商讨，做一些简易的压力试验。

“一个偶然的情况，我在用火柴盒做试验时，受纸片压在盒内拉不掉的启发，提出大坝可采用混凝土楔块锚固的想法。在底板预留的槽中用混凝土浇成一个锚固槽，将坝袋压入槽内再放楔块，安装后固定螺帽即可。我的想法得到研究小组的秦建法、王元兴、路观平等人的大力支持，他们经过多次论证和改进，认为完全可行，于是上报指挥所获得同意。

“理论上获得突破后，下一步的关键就是实际应用。老工人许正国、博政治、杨素文和一批年轻的技术员，按照设计方案做了十多种不同比例的模型，一次又一次灌水试验，终于将坝袋锚固好了。经检验，质量比国外的办法还好，不仅节约了 10 多吨不锈钢材——那在当时是极为珍贵的，而且为橡胶坝的锚固方法开创了一条新路。

“在 1978 年召开科学大会上，安徽省没有上报这个研究成果，而是由河北省上报到了水利部，部里认为这个成果是安徽省搞的，结果在大会上安徽省得到了嘉奖。”

刘老说完，脸上露出欣慰的笑容。

攻克了锚固坝袋，接下来又面临吊装桥面拱片的难题。

1968 年的夏天是多雨的夏天，连续一个星期的降雨使多地受灾，洪水淹没了灵西闸桥下的施工现场，以致吊装桥面拱片的工作无法进行。可是要在跨度220米的水面上吊装7000斤重的拱片，谁也没有干过。工地指挥所又发动群众献计献策。老起重工许振国说："城里盖楼房能用缆索吊装楼板，我看用这种方法在水上施工也管用。"他的意见得到大多数人的支持，但也有人担心水上作业危险大。

指挥所综合各方面意见，确定在各工种的配合下，先试验再操作。

采用水面吊装首先要解决缆索的问题，工地上并没有能吊装这么重拱片的钢丝绳，大家集思广益，提出用双股细钢丝绳代替直径为50毫米的钢丝绳，经试验完全可行。之后又用土办法制成了一个控制拱片升降的电动葫芦，解决了高空无法控制的困难，使吊装取得成功。

原理是一样的

我们把目光聚焦到宿县闸枢纽工程。

1968年10月28日，在备料仅10%，既无施工工程师，又无专业技术队伍，只有从宿东煤矿请来的28名建井工人的宿县闸枢纽工程开工了，它要建设十孔节制闸、船闸和水站。

建河工人们召开技术讨论会

担任宿县涵闸指挥所总指挥的刘荣凤并没有气馁。他一边组织民工开挖地基，一边请建井工人做技术指导，边学边干，加速培训刚被抽调成为“专业技术力量”的100多名民工。

分配在电工组的民工，为尽快学会爬杆技术，他们白天与其他民工一样干活，夜晚加班练习爬电杆，手磨出血、衣服被扯破仍坚持不懈，很快便学会了高空作业。

浇筑墩墙时，他们用电动机、钢丝绳、石块自制土钢筋冷拉机和切断机；用打夯机改制成电动开丝机，解决了墩墙模块急需锚固螺栓加工设备的问题，比人工开丝提高了13倍功效。大闸主体工程一个墩墙要灌注混凝土200立方米，按照常规每次最多只能浇灌5米，不仅拖长了时间，而且每浇一次就有一道冷缝，影响工程质量。担任工程组长的老木工曹振德反复琢磨这件事，结合自己多年在煤矿建井的经验，大胆提出了一次浇灌高10.4米、长17.6米、宽1.2米大闸墩墙的建议，得到指挥所领导小组的支持。施工中，曹振德患重感冒高烧不退，他带病坚持在第一线，两天一夜未离开现场一步，终于浇筑成功，这项新工艺经省水利部门鉴定后在全省推广。

施工中的宿县闸

装桥闸大梁没有起重工和起重设备，便组织以石工组为主的安装小组，用2根木棒、4根支柱、4个滑轮制成一台土起重机，将60根两吨多重的混凝土大梁平稳地吊装到10米高的墩墙上。机电小组在焊接和安装10扇弧形闸门时边学边干，请临淮岗来此参加拆卸闸门的民工担任技术指导，仅用20

天时间就完成了原本需要 2 个月才能完成的任务。

过去涵闸闸门大中型的用钢结构,小型的用预制混凝土构件。这两种闸门重量大、投资多,启闭机大,开关不灵活。他们悉心研究,制成了反向钢丝网水泥双曲薄壳闸门,代替了常用的钢结构、混凝土闸门;用承压胶木和瓷砖,代替钢铁滚轴和预埋门槽铁,制成了不用钢铁的门槽,为国家节约了大量钢材和投资。

想起了诺贝尔

1876 年秋,43 岁的诺贝尔又在进行烈性炸药的实验。这次他亲自点燃了导火索。为看清实验过程,他双眼紧紧盯着火星,“轰——”雷鸣般的爆炸声震撼着大地。听到爆炸声的人们慌忙赶来,发现一团烟火从屋里飞奔而出,原来是血迹斑斑的诺贝尔挣扎着从火里跑出来。他一边奔跑,一边狂呼“成功了成功了”。

90 年后的新汴河工程唐河地下涵工地,也发生了这样惊险的一幕,不过它的主人公不是科学家,而是地地道道的中国农民,是为改变家乡落后面貌去挖河的普通民工。

穿越新汴河的唐河地下涵工程,是新汴河灵璧境内继灵西闸枢纽工程后的又一个大项目,要在地下建设 15 个长 287 米、高 4.5 米、宽 4 米的涵洞,仅石料就需要 5.5 万立方米。

建设中的唐河地下涵

1967 年 3 月复工时正是“文革”开始不久，各种建设材料奇缺，尤其是用于开山取石的炸药、雷管更是缺乏，到外地购买非常困难不说，资金状况也不允许。

民工黄计福自幼喜欢小发明，经常摆弄些机械、化学实验之类，好读《十万个为什么》等科普书籍。少年时，对“一硝二磺三木炭”的炸药制作方法略知一二，是一个敢想敢做的实践者，在家里时自己就配制过土炸药，也曾到附近的小李庄向老猎人学习制造炸药技术。

面对窘境，黄计福找到现场施工负责人彭俊生，说：“炸药人家能造我们也能造，不然让我们试试。”

彭俊生想了想，认为是个好办法。

指挥所很快成立了由黄计福担任组长的炸药试制小组，有 20 多人组成。

黄计福真正接手试制小组才知道，用于开山取石的炸药种类很多，并不是《地雷战》电影中说的“一硝二硫三木炭”那么简单。制作什么种类的炸药又成了问题。

经过一番讨论，确定主攻黑色和硝铵炸药。

目标明确后，他们迅速到县城购置原料，按图索骥进行试验。

在一次试验中，因操作不当突然发生了爆炸，飞溅的火花点燃了屋内的易燃物，熊熊的火苗烧着了黄计福的衣服，胳膊、手臂烧起了泡，他和同事们一起扑灭了火后又继续试制下去。

失败没有动摇他们的决心。经过 12 天的日夜奋战，炸药终于试制成功。在唐河地下涵工程建设的一年半时间里，他们共自制炸药 15 吨，不仅保证了施工需要，而且为国家节约了 1.4 万元开支。

《孙子兵法》的启示

早在 2000 多年前，我国著名军事家孙武在《孙子兵法》中就提出：“夫兵形象水，水之行避高而趋下；兵之形避实而击虚；水因地而制流，兵因敌而制胜，故兵无常势，水无常形。能因敌变化而取胜者，谓之神。”

其实孙子说的哪里仅仅指带兵打仗呢，世上的万事万物莫不如此。

比如开挖新汴河。以施工季节讲，春秋易干旱，夏季控水排涝任务重，冬季挖运操作困难多；以施工现场说，工程断面有长短，河道有宽窄，运土距离有远近；以土质讲有几十种，硬的如砂浆、岗土，群众称为“铁底铜帮”，软的如流沙、稀淤，十分棘手；以施工队伍讲，既有大兵团作战，也有专业队伍突击。

面对复杂多变的施工条件和环境，民工们像《孙子兵法》论水一样，抓住特性，认识规律，避高趋下，避实击虚，动脑筋想办法，革新工具，使用科学方法，因时因势变化而取胜，使民间蕴藏的无穷创造力在实践中得到充分发挥，改善了劳动条件，减轻了工作强度，提高了效率，达到事半功倍的效果。

地质钻探资料显示并在土方开挖中证实，新汴河沿途经过的地方，有黏土层，重粉质壤土，在沙壤土层中伴有砂浆，地面以下 3 米左右有厚 1 米左右的砂浆磐，给施工带来极大困难。

固镇县杨庙中队施工中遇到 0.5 米厚、2000 多米长的砂浆层。这些砂浆有大有小，大的像桌面，小的像鸡蛋，有的结成砂浆磐，坚硬似钢铁。当地群众曾有“地里砂浆如山大，铁底铜帮没法挖，世世代代无人开，要开除非神仙来”的说法，可见砂浆是很难对付的。

但他们找到了制胜的办法。

开挖大砂浆时先找出各块的接合部，用铁镐顺着接合部使劲刨，刨出裂缝后再挑选身强力壮的民工用撬棍插进裂缝，喊起号子用力撬，就可把大砂浆撼动起来，然后打碎运走。群众称为“找裂缝，顺边刨，齐喊号，用棍撬”法；遇到更大的砂浆磐，群众又探索出“悬空切块法”，40 多人半天切掉 200 多

民工们开山凿石

平方米；遇到小砂浆时，他们组织突击队，并排向前，用抓钩对准砂浆下刨，一齐用力把小砂浆扒出来，群众称为“齐头并进”法。

怀远县总队对付砂浆与固镇县不同，他们有开山经验，对砂浆层采用炸药爆破法，直接粉碎拉运。

宿县总队在施工期间，针对不同季节不同土层采用不同的开挖办法。天旱时采取“退坯开挖法”，从河口线开始挖起，层层往中心退挖，由近而远；阴雨时采取“进坯开挖法”，从中心处向河口线处进坯开挖，由远而近。开方塘采用平行龙沟倒扒皮的分层开发法，垂直与龙沟的畦田式开挖法；挖河坡采用层层成坡的连坡滚法。尤其是“连坡滚”，新汴河工程指挥部曾组织专家总结他们的经验，在整个工地推广。

“连坡滚”指挖河坡时，每挖深一层就随时把坡铲好。过去有个习惯，就是每挖一层就留出一个蹬子，等河挖成后再铲坡。这样天长日久蹬子坚硬难挖。一个队最后修河坡往往要花两三天时间，费工费力。“连坡滚”直接铲坡，省时省工。

濉溪总队民工在挖土装土的工序上，根据实情总结出：“挖装看对象，不能都一样。大筐平小筐尖，平板车要装满，胶轮车不装偏。锹要挖到底，稳稳来端起，松土要松净，方塘搞平整。”

五河县总队在流域河道疏浚中，开工就面临大片稀泥的威胁，一脚踏进去能陷至大腿深，难挖、难运、难倒。挖不成块，运不得力。用筐抬，抬到堤上100斤粘在筐上的稀泥有十几斤，既费土筐抬着又沉，工程进度缓慢。总队长樊振球，组长李继奎、时克等与大家商量，认为不能盲目硬干，要掌握稀泥的特性。通过观察分析，发现稀泥水静时沉凝不动，水动时犹如油浆，水干时张开裂缝。掌握规律后，在开挖时宜静不宜动，静则成饼，动则成粥；不能搞“人海战术”乱踩乱踏。可边排水、边晾晒、边开挖。他们用芦苇或高粱秸扎成把子放在稀泥上，水深的就用木棒和门板搭起浮桥流动挖运。为解决稀泥粘筐难倒的问题，又用在筐底撒干土、垫草的办法；有的队直接用布兜子抬运。群众说：“兜子运稀泥，轻快又便宜，经久又耐用，效率往上提。”

四

一次接地气的调研

那是第二期工程鏖战正酣的时候。

新汴河指挥部负责人郑淮舟接到群众反映，说有的县工程总队向上面虚报民工人数，冒领国家发放的口粮，但民工还埋怨吃不饱肚子。实际情况到底如何？郑淮舟安排时任《新汴河战报》办报领导小组副组长的张芬之下去了解一下，写个调查报告。张芬之将此事向从团地委抽调到新汴河指挥部的孙扬秀部长汇报后，孙部长随即带领张芬之、齐天荣、邵长静等人组成调查组，到宿县和砀山县水利工程总队民工工地进行现场调查。

当时工程指挥部规定，上河民工不分男女，每人每天定量口粮2斤半，按说应该够吃。机关人员每天口粮才1斤多一点，一般都吃不完，民工比机关人员每天口粮多一倍，怎么还喊饿肚子呢？

调查组是带着这些疑问上路的。

按照机关以往的调查套路，是到达目的地后就要走访有关人员，或以座谈会等形式得到第一手资料，然后归纳整理形成报告。

但他们没有这样做。

县工程总队有关人员和民工向调查组反映，民工劳动强度大，每铲一锹土七八斤重，再用力往车上抛，很费力。加上伙食油水少，民工一顿要吃七八个粗面馒头，算下来一天要吃五六斤，2斤半怎么够呢？所以有的工地上就虚报人数冒领口粮，这也是无奈之举。

为证实民工的说法，调查组一行直接来到工地，采取“接地气”的调研方式，通过与民工一道挖土方、推斗车获得体验来探求真相。他们才干了两天，饭量便明显增加。一开始，一顿吃1个馒头、一碗稀饭，再吃点大锅菜就饱了；两天后，随着体力的消耗，一顿要吃三四个馒头。体验证实，民工们反映的是实情。

应该说“能干能吃”是大家知道的生活常识，干体力活的比干脑力活的

火热的挖河工地

吃得多，但对干重活到底能吃多少却未必了解。

前面“引子”中曾提到，1975 年 12 月高中快毕业时，所在的宿城一中政文班的学生，到宿县永安单家帮助挖水塘，那时我不足 20 岁。平时在家里一顿也就吃 2 个馒头，挖了 10 天塘后一顿吃了 5 个半。同班的许辉吃了 6 个半，因写“三黑”（《黑冰》《黑洞》《黑雾》）而出名的军旅作家张成功吃了 6 个。上海知青田大头“正常每顿中饭要吃五六个两节杠馒头”，淮北的“两节杠”馒头很大，算起来有 10 到 12 个馒头。

体验证实，民工们从事高强度的体力劳动，每天 2 斤半肯定不够吃。

调查报告很快形成了。上报后地委专署感到事态严重，立即召开会议，专门研究新汴河粮食供应及其他后勤保障工作。民工们在前线流汗，决不能再让他们憋屈挨饿，条件再苦，宁可后方少吃点，也要保证民工吃饱。

地委专署雷厉风行，会后便采取了果断措施。一方面，向省里积极争取，提出急需 350 万斤水利粮指标的要求。另一方面，在决定每人每天立即增加 1 斤口粮的同时，结合第三期工程筹备，制发了《关于做好新汴河第三期工程粮食、煤炭供应的通知》，对粮食加工、粗细比例以及煤炭组织调运等做出明确规定。并在全区开展“艰苦奋斗、勤俭节约”活动，提出“每人每天能节约 1 两粮食，30 万人一天可节约 3 万斤粮食；每人每天节约 2 至 3 两煤，一天就可节约 9 万斤煤”。

反对铺张、提倡节约很快在全区铺展开来。

事后，郑淮舟专员表扬了调查组的几位同志，并说“干工作办事情，都要这样实事求是。以后每人每天增加 1 斤口粮，我们已经尽力了”。

至于下面有的地方虚报一点人数的问题，郑专员没有提处理的事，想必也是情有可原吧。

百万元的来历

在挖河使用的诸多器材中，民工手推车上左右放置的两个装土的筐，算是一个用处大消耗多的器材，每期工程下来数十万计，算起来是一笔很大的开支。开始人们并没在意，但随着工程的深入，花钱的地方太多，各项经费捉襟见肘，人们便把眼光盯住挖河的各个环节，能省就省，绝不多花一分钱。自然这土筐成了重要目标。

事情要从灵璧总队说起。

在第一期工程刚恢复的一天中午，一个名叫小宽的尹集基干队民工下工回住地时，看到路边扔了十多个破损的土筐，便停下来仔细察看，感到有些就是底烂个洞，帮子破损一些，修理一下完全可以继续使用。

晚上放工后，他就找到基干队领导谈了自己的想法，说自己会一点编筐的手艺，虽不精，但修修补补没问题。他的想法得到领导的支持。

原来小宽从小在姥姥家长大。姥姥在宿县东北部的一个叫小刘家的村庄，过去这里以种植“白蜡条”编织藤筐出名。每年秋天藤条收割后，家家户户按照藤条大小长短分类扎成捆，待到农闲时，家家户户便用“白蜡条”编织各式各样的挎斗、大筐、篮筐等一些生活、劳动用具，美观大方，结实耐用。慢慢地小宽就学会了，没想到现在派上用场了。

十几个坏筐很快修好了。其他队的看到了也拿来修，于是成立了土筐

宿县民间工艺编筐

维修小组。

随着工程的推进,旧筐越聚越多,他们干脆到小刘家请一些手艺好的师傅,抽部分人,边修边教边编。从挑藤条开始,到起底往上编,一点点收,最后完成。这样一个月下来,他们买藤条编筐和整旧翻新竟达到上千个,既省去了外出采购的时间,又大大节约了经费。

灵璧总队在施工期间,共自编土筐 2 万多只,每只成本 2.87 元,为国家节约了 4.74 万元。同时他们把破土筐上的好藤条拆下来放在水里泡软,编成再生筐 1.4 万只,节约了 5.33 万元。两项合起来,节约的经费竟达到 10.07 万元。

施工中与灵璧总队同时这样干的还有怀远总队。他们用的筐原是从河南省采购的,每只 3 元多。后来修旧利废,把上万只破筐拆掉,再购买一些藤条,请河南的师傅直接来工地加工,每只筐成本仅 1 元多,一只筐就节省 2 元。

他们的经验很快在其他工地得到推广。各总队在使用土筐上,破了不再扔掉领新的,而是修补了以后再用,再破了再补。这样反复使用,直到实在不能补了，才拆散烧火做饭，可谓“吃干榨净”。

整个新汴河三期工程，采取买藤条编筐和整旧翻新等办法，节约了土筐费用近百万元。

集腋才能成裘

我国春秋时期的慎子，在《慎子·知忠》中说：“狐白之裘，盖非一狐之皮也。”意思是只有集腋才能成裘，积小为大。

工地上自力更生、勤俭节约的不止用筐这一项，这只是冰山一角。施工中的每一个器材、每一道环节，包括后勤供应的粮食、煤炭、商业各网点，装卸、倒垛、搬运、扫垛底等，点点滴滴，但凡能自己干的就不花钱请人，能省下的都琢磨着如何省下来。

濉溪总队后勤组精打细算，节约开支，3 年来全总队没买过一砖一瓦、一床一桌。器材的装运、堆垛、翻仓，以及架设电话、广播线路等都是总队干部自己动手，从不找人。发放的拉车绳子，建立了回收制度，不用了或用坏了就上缴，回收率 70%；车上用的车襻子也是自行加工的，用坏了再修，数量达到 7100 条。三期下来，拉车绳和车襻共节约工程费用 33 万元。

宿县总队粮站营业员张群，不怕脏和累，白天卖粮送粮，晚上把售出的空面粉袋子抖一遍，然后翻过来用刷帚扫净，三期共抖扫出面粉 1780 斤。

平山中队一期工程下来就节约粮食 5.42 万斤，共 3100 元钱，全部上缴。

在怀远总队，工地上推土用的独轮车架子，原来是从河北省购买的，每辆需要 40 元钱，价格贵不说，也不耐用。总队领导集思广益，从外地请来木匠和铁匠，自己买木料加工，每辆只要 30 元，此一项就节约 10 多万元。

总队机耕队职工徐厚升，在作业中发现拖拉机因耕砂地犁尖损毁量急剧增加的问题，琢磨着如何修理。他利用下工时间，与同事一起翻阅《农机维修手册》，按图索骥，反复试验，硬是自己动手把断犁尖一个个重新接好，月把时间共修了 850 块，价值 1 万余元。

丁刘小队在食堂革新上下功夫，既要节省，又要吃饱吃好。他们想方设法科学搭配粮食和蔬菜，花样不断翻新，每天做到不重样；改革灶膛，节约用煤，民工生活费由每人每天 0.7 元降到 0.46 元，把节省的钱全部交给生产队。

宿县闸枢纽工程，是在 28 名宿东煤矿工人提供技术支持情况下动工的。受这些工人影响，工地上发扬“爱厂如家、回收器材”的孟泰精神，与唐河地下涵工地职工竞赛回收旧器材，仅旧铁钉就收回 4200 多斤。

砀山总队前进基干队的民工，三期来工具全部自修，给他们的 510 元修理费全部上缴。

这些情况虽说像是流水账，却是真实的。

第八章　风雨共度

豫皖苏三省过去因水患矛盾重重，一条河将他们连接起来。三省人民以大局为重，同协商、同规划、同施工，处处考虑上下游利益。河南省派出10万民工到安徽境内实施沱河疏浚工程；安徽省派出6万民工到江苏挖河；江苏省除建设入湖工程外，还帮助安徽民工修便道筑工程路。三省人民开挖新汴河，成为我国团结治水的典型范例。

一

大禹治水是我国妇孺皆知的传说故事。许多年前，中华大地洪水为患。面对滔滔洪水，大禹以博大的胸怀、谦逊的态度，把许多部落的力量凝聚起来，团结一致，形成合力，共同降伏凶猛的洪水。花了13年的时间，大禹终将洪水引入大海，让百姓安居乐业，并且留下“三过家门而不入”的佳话。

豫皖苏三省商讨开挖新汴河治理沱河方案

整个新汴河工程，按照中央“豫皖苏三省共保，统筹兼顾，一齐动手”的团结治水方针，以大局为重，同协商、同规划、同施工，一桥一涵，一闸一站，都考虑上下游利益。三省人民抢困难、让方便，积极协作，互相支援，演绎了一个个现代大禹治水的感人故事。

马灯，在雨夜里闪亮

他名叫杨良新，是濉溪县徐楼公社顺河大队负责人，是个失去左腿的伤残退伍军人。

1949 年 1 月 8 日，震惊中外的淮海战役进入决战阶段，这是继碾庄、双堆集歼灭战之后，在河南省永城县陈官庄对杜聿明的最后决战。时为华野战士的杨良新，与全团勇士一起越过敌人用卡车、坦克排成的围墙，分别从陈官庄东部和北部向敌人发起攻击，枪声、手榴弹的爆炸声响成一片。敌人拼命反击，一齐向他们团扑来，双方激战到次日拂晓。

就是在那次战斗中，杨良新身负重伤，被截去左腿，与部队失去联系。是河南省永城县的人民救了他。

新汴河工程开工后，上游的沱河疏浚工程随即打响。

1968 年 10 月 12 日，河南商丘专区成立沱河治理工程战斗指挥部。当月 21 日，10 万民工开赴安徽省濉溪县，动工疏浚沱河豫皖省界到段汪桥 23.69千米的河段。

河南商丘地区民工赴安徽濉溪施工现场

发源于河南商丘专区刘官庙刘堤的沱河，是新汴河上游的水源地，新汴河源头即从宿县的戚岭子截沱河水源而成。

从知悉夏邑孔庄战团民工要来村子居住的消息起，杨良新心里就没有平静过。他想，河南省的民工兄弟来到安徽省治水，是多么大的情谊，他们背井离乡来异地施工，肯定会遇到很多困难，我们要借地利优势，尽量帮助他们解决难题。

带着这个想法，杨良新召开了大队一班人会议，动员群众帮助河南省的民工腾房子，搭建工棚。实际上，村民了解情况后也是个个脸上洋溢着笑容，家家争着把采光、通风最好的房间腾出来给民工住。如果谁家的空房没被民工看中，一家人还觉得没有面子。一时间，全队出现了腾房热潮，也同时出现了母女同睡一张床、父子同睡一个炕、全家同住一间屋的情景。

尽管如此，房间仍不够用，杨良新又带领群众与民工兄弟一道搭建工棚。

在夏邑孔庄民工施工的那段时间里，杨良新每天都早早起床，一家家查看民工居住情况，反复叮嘱主人如何让民工们住着开心放心；然后又到工地上走一走，利用民工休息时间与他们谈心交心；晚上经常提着跟随他 10 多年的马灯在住地巡视，被誉为民工的贴心人。在他因急性肠胃炎昏倒住院期间，他还让妻子每天到工地上帮助烧茶缝补衣服；出院后，他又跑到了工地上继续他的工作。

12 月 9 日夜晚，已是初冬的淮北平原露出了寒冷的面目，雨一直不停地下着，到了夜里又夹带着雪花继续下，风也在不停地刮。杨良新睡到半夜被风刮醒，之后就再也睡不着，他的心里总是惦记着民工。工棚有没有被风刮毁？雨下了这么长时间，是否有工棚漏雨？如果漏雨，民工兄弟怎能睡在雨里？想到这里，他一骨碌爬起来，不顾左腿伤残，在别人的搀扶下，提着马灯到民工的住地巡查。

杨良新蹒跚地走在雨中的乡间小道上，马灯发出的微弱亮光照着他前行的路。查看中，他发现有个工棚漏雨严重，十几名民工因雨无法入睡而坐在草铺上，便连夜将大队的几个领导召集起来，挖潜排查，解决了民工的居住问题。

那天，马灯在雨中亮了一夜，照亮了黑夜，也照亮了人们的心。

12 月 13 日，为感谢并肩治理沱河的河南省民工，以郑淮舟专员为首的宿县专区慰问团到河南商丘专区工地进行慰问。商丘专区沱河治理指挥部的领导对当地群众的支持给予高度评价，并详细介绍了杨良新的事迹。临别时，郑专员握着杨良新的手说：“你做得对，两省人民一家亲。”

河南省的民工，对顺河人民的无微不至的关怀看在眼里，记在心里。他们利用早晚时间帮助住地群众治理环境，天天挑吃水、积肥，还抽空为群众收山芋、切山芋干、抢种小麦。

农民杨李氏已年近 60，早就想盖一间新房，料也备好，却苦于无劳力，一直没有盖。住庄民工知道后，利用两个夜晚将房子盖好。

濉溪县柳孜公社农民王玉松，在雨后的一天傍晚，驾着太平牛车为生产队拉草料。车路过石桥时，不慎陷入淤泥洼里，怎么也出不来，眼看着手越陷越深。

太平车是从远古沿袭下来的一种车，被称为“中国车辆的活化石”，四个木车轮走起来咕噜声不断，老远就知道有人驾车来了。直到 20 世纪六七十年代，在北方仍能见到它的身影。

河南人民慰问安徽新汴河建设工地民工

河南省夏邑县济阳镇的四个治沱民工见此情景,急忙前来帮忙。这种车本来自身就重,加上拉的货物多,几次硬推都失败了。他们索性脱掉鞋下到稀泥里,扒泥推车,苦战了45分钟,终于把车救出险境。

住在董家庄董大娘家的永城县黄菜园民工黄思敏病重住进医院,66岁的董大娘知道后,马上拎着鸡蛋、白面、红糖和香油奔向医院看望。当她把亲手做好的热面条端到病床前时,黄思敏流着泪说:“在家里俺亲娘也只能是这样。”

把困难留给自己

又是一个大河截流的壮观场面。

不过这次截流的河更宽,水流更急,目的却更让人难以置信:将困难留给自己。

河南省虞城县稍岗公社战团400名民工承担了这一任务。

河南和安徽两省民工召开团结治水大会

沱河作为新汴河的源头,因常年失修,淤积严重,每年汛期都成为水灾隐患。多年来河南商丘地区一直有疏浚沱河的强烈愿望,但考虑到下游宿县地区的实际情况没有动工。新汴河开工后,两省协同施工,步调一致,工程一再推后,直到1968年才完成跨省651万平方米沱河部分疏浚任务。

1969年春,河南商丘专区动员了15万民工,疏浚本区虬龙沟至省界段41.5千米沱河。工程在进入决战的关键时刻,遇到了一次历史上罕见的特大春汛,沱河上游2000多平方千米的流域内普降大雨,雨水形成洪峰,沿沱河卷着泥沙向下游奔腾，直奔宿县专区新汴河工地而来。

是把水排向下游，还是拦在自己工段？

河南商丘专区面临着艰难抉择。

他们知道，“水往低处流”是天经地义的事，谁也不会说什么，但那样会威胁宿县专区30万民工正常施工；若把洪水拦在自己的工段内，不仅会增加施工难度，还将有部分农田受淹。

经过权衡，他们毅然决定在豫皖交界的沱河上筑坝截流，宁可自己在水中作业受淹，也要为下游兄弟省正常施工提供方便。

这项任务落在了虞城县稍岗公社战团400名民工的身上。

一场惊险的筑坝截流战斗打响了！

为打好这一仗，河南省沱河战斗指挥部的领导和解放军代表主持召开了动员会，调度各方力量，连夜准备木桩、绳索、沙袋、石头等物资。

> 第二天天刚放亮，他们即整装奔赴工地。
>
> 天雾蒙蒙的，正下着小雨。人们带着截流物资匆匆向沱河岸边奔去，在雨中忘记了春寒。

这是河南商丘专区沱河治理指挥部主办的《沱河战报》中记述的真实场景。

沱河战报

报道继续写着：

> 筑坝从沱河两岸同时展开，分进合击。

在夯声、歌声、吆喝声、抛物丢进水里产生的巨大轰鸣声中，大坝以惊人的速度从两岸向河心靠拢。

距离越来越近，水流越来越急。到晚饭时刻，大坝只剩下十几米的口子。

经过两天两夜的拼杀，截流进入合龙阶段。指挥部发出大坝合龙命令。

打桩队民工们听到命令后迅速跳进冰冷的水里开始了紧张作业。

由于水流太急，木桩无法接近河底，民工们就用双手紧抱住木桩沉下水去，他们每打下一根桩都要多次下到水里，有的人被激浪冲到下游，旋即回来后又下去。

冯庄连连长金印福和指导员冯玉生都在生病，但他们不顾战团领导的劝阻，纵身跳入水中，和民工们一起扶桩。

金印福水性比较好，只见他抱着桩尖一个猛子钻入河底，用全身力气将桩尖扎入泥层，几个晃绳随即拴住木桩稳住桩身，之后岸上的众人趁机打桩。

接着就是抛沙石沙袋。运送沙袋的人用胳膊组成几道传递带，上百斤重的沙袋在人们手中飞快地传递着，奋力向合龙口抛去。

河南永城和安徽濉溪人民团结治水

合龙口像凶猛的虎口，沙袋刚一抛下去就像泥丸一样被吞没了。

400名民工发出共同誓言："为30万民工兄弟开辟道路，增强两省情谊，进虎口跳龙潭也心甘！"说着一个个跳进激流，臂挽臂筑成一道人坝。

水流被慢慢阻断，整个大坝终于连在了一起。

报道虽带有鲜明的时代语境，但读起来仍能感受到民工们当时那种与自然顽强抗争的精神力量，更让人为两省人民的真诚友谊而点赞。

团结闸奏团结曲

泗县、泗洪县是皖苏省界的两个兄弟县，历史上曾是一家，都是古泗州的一部分；抗战时期同属淮北苏皖边区行政公署；新中国成立初期又同属安徽宿县专区，1955年才分属两省。过去虽有一段时间因为水患产生不快，但两地很快冰释前嫌，关系一直很好。

新汴河的开挖像一条感情的链，将两个县的"兄弟情谊"拉得更紧。

安徽省的乡亲记得，新汴河汇集豫东、皖北的大量洪水经过泗洪县流入洪泽湖，这不仅要占去泗洪县部分土地和村庄，而且要做好溧河洼周边处理工程，才能保证新汴河入河口排水顺畅。对此，泗洪县人民调动2万名民工奋战3年，做土方510余万立方米；占地万余亩，搬迁4个村庄300多户村民；圈圩11处；并为宿县专区6万治河大军腾住房、让方便，关怀备至。

江苏省的乡亲记得，为满足泗洪县群众的利益诉求，建设旱涝保收田，安徽省将原计划建在泗县的集节制水位、通航、电灌为一体的大型水闸枢纽工程，下移到泗洪县境内，取名团结闸。此举既使得泗洪县数万亩农田得到灌溉，又沟通了皖北、苏北水上交通，促进了当地经济发展。

安徽省的乡亲没有忘记，为了团结闸的顺利施工，闸四周几十里的群众主动组织起来修建了一条5千米多的石渣子路，并出动10多辆汽车帮助运输物资。至今还能听到当年民工们修路时打夯的号子声——

位于江苏省泗洪县境内的团结闸在施工中

不怕汗水湿衣衫哟，
不怕杠头磨破肩哟，
不怕两眼红丝满哟，
团结起来一条心哟，
多快好省建大闸哟，
为了日子更好过哟。

1969年春汛水大，冲走了泗县团结闸施工队的卸货跳板，泗洪县车门公社大屈庄村民吴克先、吴克桂、屈兴玉三人跳进急流将跳板打捞上来，用车子送回。

江苏省的乡亲没有忘记，在泗洪县境内施工的安徽省五河县周台小队民工周保和，一次和几位民工一道去泗洪县城买了满满一车苇子回来。当走到一座石桥下坡时，突然有几个顽皮的孩子横穿公路，眼看车子就要撞到孩子。周保和不顾自身危险，拼命用肩膀把飞驰的苇车掀翻在路旁，孩子们得救了，他却受了重伤。

中国农民兄弟就是这样真诚，这也是他们最可爱的地方。

二

学会了温室育苗

位于宿县最南端的大营古称会甄，为历史上“会甄之战”的发生地。四新是砀山东南的一个公社，与大营相距200千米，因开挖新汴河，两地民工走到了一起，成了亲密无间的朋友。现在大营的几个蔬菜种植基地的技术还是那时由四新的农民传授的呢。

在新汴河开挖任务的分段时，宿县大营和砀山四新两个中队方塘连在一起。开始，两边的民工当然不熟悉，但一天下来相互都觉得脸熟，由脸熟到打招呼、攀谈，再到相互帮助，逐渐成了好朋友。

治水工程说到底很平常，并没有什么“惊天动地”的事迹可言，无外乎挖龙沟、除土运土、修堤抽水等平常的工作。这些看似鸡毛蒜皮的平常小事却撞击出深厚的友情，闪耀着中国农民朴实真诚的火花。

修沟挖渠是农村的常态性工作，每到冬季各地都掀起治水热潮。不过四新中队的家乡多为沙质土壤，挖河用一般的刨锨就可以了，新汴河的土质却是砂浆黑土，黏性大，要用半米多长的超大刨锹，群众称为“牌子锹”，即在铁锹柄上套上一块特制的木牌子，供两个人一起用脚使劲向下蹬，其中一个人掌握锹柄，一锹下去有三四十斤，挖时还经常粘土，可谓气人、急人又累人。四新中队的民工自然不会。大营中队的民工看到后主动去传授踩锹技术，说就像在家做饭利刃切豆腐那样，将锹蘸点水，先在边上切条缝，找准位置再切下去，两人同时发力下踩，扑哧一声就没到锹脖子上，挖出个30厘米长20多厘米宽枕头般的长方体，然后反转身，随着一个漂亮的弧线，土块顷刻间被甩到小推车的独轮车斗里。说着就做示范，只见他们挥锹如飞，上车时锹花有序，看得四新民工啧啧称奇。

为赶工程进度，四新中队在晚上冒着小雨去赶挖龙沟，他们想在大雨到来之前挖好，大营中队的民工看到后也扛着锹挑灯前去支援，一直干到深夜12点多才完成任务。处在工段上游的四新中队看到大营中队的抽水机坏了，就停下手中的活，把自己方塘的龙沟加深，让沟水倒流入自己工段内，用自己的抽水机抽，使大营中队的民工十分感动。

民工们在水中开挖龙沟

挖土时开始是平地比较好挖，几天后越挖越深，出现了陡坡，爬坡时一个人推不动，必须有一人在前面拉。随着工程的进展，运土坡度越来越陡，大营的进度快，推土爬坡更吃力。上级了解到这个情况，为减轻劳动强度，给大营中队分配了一台电动牵引机。他们感到四新中队更需要，于是让四新中队先使用。他们将独轮车翻过来，扒掉轮胎，固定在河岸高处，将车圈变成定滑轮，再用绳索拴住下面的拉土车，这样一个人往上推车时，另有一个人从坡上往下拉，上得平处后再拉车继续走，制成土牵引机凑合使用。

俗话说，投之以桃，报之以李。在这样的交往中，两家愈加亲密。相互攀谈中，四新中队的民工发现大营中队的民工有学习温室育苗技术的强烈愿望，于是不顾本地春耕生产大忙时节，托人捎信从家里组织30名有经验的农民土专家来大营传授技术。

原来砀山历史上就有种植果菜的习惯。据史料记载，早在唐朝这里就盛产大白菜和黄花菜。进入20世纪60年代后，政府倡导科学种田，砀山各地积极响应，推广了简易塑料大棚、温室育苗等技术，菜农们在塑料大棚里种植芹菜、韭菜、黄瓜、辣椒等蔬菜，可一年四季供应市场，走在全国前列，曾一度成为全国“四大蔬菜基地”之一，当时就连山东省的寿光等地都来学习。

四新的农民专家到大营后，从大棚菜生产的选址，棚型方向、结构，如何搭建，到根据气候特点需要采取的不同育苗方法、蔬菜品种选择等，都对群众进行了详细的介绍和传授，经过一个多月的传授，使当地农民掌握了棚菜种植技术。多年来，当地尽管大棚结构换了几茬，由过去的短小竹木结构发展到目前比较高大的水泥结构，蔬菜品种也增加了许多，但这项技术却延续了下来，成为当地农民致富的手段。

这里没有界墙界沟

在火热壮观的挖河工地上，你若凌空俯瞰，就会发现一个十分有趣的现象：绵延百里的河床中时常可以看到一些横墙竖在那里，这就是俗称的界墙与界沟。界墙是上级在分配任务时划的县之间、战团之间、大中小队之间的任务线，是在挖河过程中自然形成的；界沟是在筑堤过程中形成的。为赶工程进度，大家都在自己的任务范围内拼命干，而在相邻的交界处有意留下不挖，谁都不愿多挖或多填一锨土，总是留有余地，而且愈向下，界墙愈高愈难处理。比如你干得快完成了任务，带着大队人马走了，留几个人来等上级验收。没完成的那个队就在那继续干，但在挖界墙时土会自然往完成任务的那一边掉落，完成的这边不愿意了，就找大队找总队。你说中国农民"斤斤计较"也好，是"最精细的经济学家"也好，反正是真实存在的情况。界墙界沟严重影响统一施工，指挥部经常派专人到工地巡视，监督拆界墙填界沟。一旦遇到这类问题，先是要求双方协商解决，协商不成就现场监督，由双方出人强行解决。在一般情况下还能比较顺利地处理，有些队之间过去关系不好，解决起来难度就大。但宿县东二铺涵闸段的十几千米却没有界墙界沟。

承担这段任务的主要是宿县支河中队的20个连队，尤其是六连的民工多为"老河工"，年龄较大的曾参加过"治淮"，较年轻的也曾在治理唐河、奎濉河、欧河中大显身手。他们深知界墙界沟不仅干扰正常施工，甚至坍塌伤人，影响相互关系，所以从一开始就注意解决好这个问题。

具体画线时，六连的上游是五连，下游是八连。六连战前动员时就给大家打招呼,讲清留下界墙的坏处,因而挖土时有意向两边拓宽一点,坚持宁可自己多干点,多拉几车土,吃点亏,也不让界墙界沟形成隐患。两边的伙计看到六连高姿态也争着多挖。

六连和五连、七连共同使用一条拉土路,推拉土时免不了掉些土在路上,粘到车轮上,影响施工。六连的民工利用休息时间主动清扫路面,一干就是数月,给大家带来了方便。五连和八连过去一直不和,施工时互不相让,之间出现了界墙。中队领导曾出面协调,两个连也都同意拆除,领导一走依然如故。六连民工看到之后去"多管闲事",利用几个晚上悄悄帮助拆除界墙。两个连的民工看到六连出面调解,也默默去拆墙拉土,矛盾随之得到解决。

六连的一些民工白天干完活,晚上回去在庵棚睡觉时越睡越觉得暖和,不知是谁悄悄把被子、棉袄盖在自己身上。原来青年民工李振洲看到大家睡觉时蜷缩在一起,觉得肯定很冷,于是夜里经常巡查,给大家送温暖。民工刘占东来工地的时候衣服没有带够,穿得十分单薄,民工刘成新看到后就将自己的裤子让给他穿。刘占东觉得和他不是一个庄的,过去又互相不熟悉,不好意思穿。刘成新耐心劝说,才让刘占东接受。

六连的李绍让是退伍军人,平时会修修补补,在挖河中当上了义务修理工。谁的锨头掉了他就帮谁安装;车把子断了他就用木棍夹上,上面缠几道铁丝,修理一下照样用;拉土车的内胎跑气了他也会扒掉外胎去补。一次他在隆冬季节补胎,由于气温太低,在锉好的内胎上涂抹胶水时,胶水竟然冻得挤不出来。情急之下,李绍让将胶水放在腋窝里慢慢焐化后继续修理。其他几个连见李绍让会这么多手艺,纷纷将自己损坏的工具送来维修,李绍让也不嫌麻烦,乐于接受。在他的影响下,六连与其他单位处得十分融洽。支河中队及时报道了六连的事迹,工程结束后李绍让被评为"治水模范",还上了《新沂河战报》。

挖河战场的"机动队"

1968 年 5 月 1 日至 6 日,由 700 余人参加的"首届新沂河工程总结表彰大会”在灵璧召开，会议表彰了开工49天就完成任务的90%，走在全区前列的砀山程庄、官庄、曹庄三个工程中队，和提前完成任务后又组织工程“机动队”重返工地支援其他单位的10个中队，五河县武桥、宿县大店、萧县王寨等赫然在列。

稍有军事常识的人都知道，两军作战，特别是大兵团作战，双方都预留有机动队或突击队，在战役进行的紧要关头使用，确保实现战役目的。新汴河工程在建设后期也出现了类似的“机动队”“突击队”，但这些机动、突击组织并不是上级的有意安排，而是随着工程进展需要，一些率先完成任务的民工发扬团结互助精神，主动返回工地帮助后进单位而自发形成的。规模虽说不大，作用却很明显。

最先以“机动队”形式重返工地的是五河县武桥中队后场劳动组。

二期工程开工后，后场劳动组有16名民工参加挖河，这些人年龄大多在20到30岁，年轻气盛，生龙活虎，富有开拓精神。他们推着小车到达工地后，扎下工棚，插上红旗，压住阵脚便干了起来。无论是抡大锹还是装土车，他们总比别的队干得多干得长，哪样活都要争第一。他们每天早晨天不亮就起来上段，干上两个小时活后才回来吃早饭，这时其他队的民工才刚起来；吃完早饭，又在其他队还没有上工时就到工地；中午吹过收工号，要过半个小时才回工棚吃饭；下午一直干到天黑看不见才收工。这样掐头去尾，一天下来要干十二三个小时，因此工程进展十分迅速。

邻边紧挨着的老张家劳动组十几个民工有点不服气，提出两个组竞赛，真正较起了劲儿。此时正值春寒料峭时节，天气依然寒冷。两个组顾不了这些，脱掉上衣甩开膀子大干起来。你加班我也加班，你快跑我也快跑，你小车装得如小山我也一样。工地上的号子声，民工的喝彩声、起哄声，大喇叭里的歌曲声响成一片，组成了一部挖河混响曲。

3月初的一天，夜里3点多钟，后场劳动组的张栓出来小解，看到天上乌云翻滚，已沥沥淅淅下起了小雨，心想昨天下午推土车爆胎，留下很多土没有来得及拉，万一大雨来了把土泡在水里就麻烦了。想到这里，他急忙返回庵棚，小声叫醒了拉土的几个伙计，匆匆起来冒着小雨去工地拉土。快到现场时看见老张家劳动组工地上有几个人影，方知他们为了追赶进度也在夜战。两个组的民工见面后相视一笑，各自干了起来。实际上两个组世代为邻互有亲戚，这次挖河分段又紧密相连，竞赛与其说是相互激励，不如说是亲情的真诚体现。

两个组的做法受到上级表扬，指挥部宣传组采写了表扬稿，工地的大喇叭里反复播放，组长两次在工地现场接受采访并介绍先进经验。赛到最终，后场组技高一筹，不仅拔得了总队头筹，而且仅用48天就完成了自己的施工任务，创下新汴河工程进展的新纪录。

回家第二天，大伙聚集在一起，你一言我一语地议论开来。兴奋之余，大伙感到目前正是挖河的大好时机，其他劳动组任务还很繁重，应该帮助他们一下。16个人商量后决定，6个人留下在家干生产队的活，其余10个人组成"机动队"，到中队主动请缨，重返工地再干。

4月20日，后场组的10名民工带着行李和干粮，冒着大雨步行20多千米返回工地，先后支援了陈斜口、周湖等组。后场组的事迹在《拂晓报》登载后，很快在新汴河工地上产生了"多米诺骨牌效应"——

宿县总队大店中队昌圩战斗组的18名民工，发扬红军当年"18勇士"强渡大渡河的拼命精神，完成任务后哪里有困难到哪里去，在总队的安排下先后支援了大周、苏庙等6个单位，被誉为新汴河建设中的"18勇士"。

津浦铁路新汴河大桥竣工大会现场

萧县黄口中队工段因河上要建铁路桥，工程任务一推再推，无法在汛期前完成。经过总队紧急动员，已完成任务的王寨、石林、龙城、塑里、皇藏等5个中队的6500多名民工不顾疲劳，从家里星夜兼程前去参加突击会战。王圩基干队还将节省下来的1800斤细粮票、1000斤煤票捐献出来。经过十多天的奋力拼搏，一举完成了扫尾任务。

灵璧县总队工段快要完工时突然遇到两场大雨，形成洪水顺河直下，方塘蓄水深达4米。1.5万名民工在行洪期间，冒着小雨上工地平堤修坡，天一放晴马上清理滩地堆土，1万多名民工赤脚挽臂在泥塘里，用瓷缸舀、脸盆端、双手捧稀泥的办法清理滩地。已经完成任务的尤集中队把6个基干队编成3个突击组，同样完成任务的凤山中队编成6个突击组，加上尹集基干队，共10个组400多人返回工地打支援。快到工地时被河水挡住去路，尹集基干队将搭庵棚的木棒用绳捆在一起，自编成木排渡河到南岸去施工。总队领导还亲临工地调度指挥，与各中队商量施工、午收兼顾的办法，功效大大得到提高。

三

新汴河牵动着豫皖苏三省人民乃至全国人民的心，上至七八十岁的老人，下到七八岁的孩子、十几二十几岁的学生，更有人民子弟兵，纷纷贡献自己的一份力量，展示出共和国大家庭的人间大爱。

工地上的小民工

1966年12月26日即新汴河开工一个多月，《拂晓报》刊登了《向农民学习：各地大中学生参加新汴河劳动》这样一篇报道——

> 最近，在宿县城北的新汴河工地上，经常有成百上千充满朝气的青年学生，打着背包，风尘仆仆地来到新汴河各地参加挖河战斗。他们是外地路过或到宿县串联和宿县各个中等学校的学生，把挖河当作锻炼自己的好机会。

新汴河开工时正是“文化大革命”开始学生大串联的鼎盛期。1966 年 9 月，中央正式通知各地学生串联乘车免费，生活补助由国家开支。成千上万的大、中学生，还有部分小学生，本来学校已经停课无事可做，现在有了这样一个政策，可谓“喜从天降”。几乎在一夜之间，全国各地的学校像炸开锅一样地沸腾了，学生们纷纷加入“大串联”的洪流中，沿着中国革命前辈的足迹，打起背包，带着狂热，重走长征路，到韶山、去瑞金、上延安、观井冈，在“红色圣地”和艰苦的地方经风雨见世面。宿县作为津浦铁路的重要站点，又正在进行着影响全国的三省人民开挖新汴河的壮举，自然吸引了很多学生前往。

报道写道——

来自全国十几个省，加上本地的学生足有上千人。一支支生机勃勃的队伍，扛着红旗穿插在偌大的工地上，甚是壮观。

这些学生一踏上宿县的土地，就向接待站的人员提出要到最艰苦的地方去锻炼，有的直接提出到新汴河工地参加劳动，和民工们同吃同住，为宿县人民挖河做贡献。

指挥部对他们的到来做了充分准备，提前安排有关中队基干队腾出最好的房子、庵棚让他们住，并安排他们和民工一起挖河。

天津工学院、天津半工半读工科师院、山东工学院、上海师范学院附中、江西省德兴中学、杭州清泰中学等“长征队”的小将们，不顾长途行军疲劳，放下行装，卷起裤管与民工们一道干起活来，挖土的挖土，推车的推车，忙得不亦乐乎。力气较大的男同学学着民工们踩锹挖土装车；有山东农村来的学生会推车，现在派上用场干得正欢；女同学力气小去帮助推车。很多同学在城市长大，平生第一次在农村干活，双手磨出了血泡也没有叫一声苦。同学们边干边唱，给整个工地带来生机与活力。

可以想象，这些学生，这些从十三四岁到二十岁左右的大中学生，在家里大多生活上还不能自理、要靠父母照顾的花季少年，却在千里之外，用自己稚嫩的双手和大人一样挖土拉车，一天劳作十多个小时。

晚上下工后，小将则在工地上利用自己所学知识热心地为民工服务，大做好事。山东省中医学院“白求恩”长征队的学生主动为民工治病，为群众介绍民间药方治疗慢性病；很多女学生白天干了一天活，下工后还给民工们洗衣服。

文章结尾——

一个多星期的紧张劳动结束了。同学们被民工们的冲天干劲和勤劳淳朴的品质所感动，更为新沭河开挖做了贡献而欣慰，终生难忘。

在新沭河施工期间，指挥部接到几百封热情洋溢的慰问信件，其中不少就是参与挖河的学生或与他们关联的人寄来的。第二期工程快结束时，指挥部曾收到两个小学生的来信。

新沭河指挥部领导：

我们是一对孪生兄弟，在家乡的小学上三年级。昨天下午是班级的读报日，刘老师给同学们读了《新沭河工地上英雄歌》的报道。新沭河工地上的民工叔叔在冰天雪地里赤脚挖河，表现出来的英勇无畏、为他人着想的精神深深打动了所有同学。其中印象最深的是为救民工用身体扛着八九百斤下滑的重土车受了重伤的英雄时昌侠。看到这儿，我们的眼睛湿润了，心里很着急，总想帮助那些民工叔叔。

我们的四叔是大学生，曾去过宿县参加挖新沭河，经常给我们讲挖河的故事，新沭河是我们向往的地方。

放学回家后，我们将报纸上的内容讲给爸爸听。爸爸以前是解放军，很赞同我们的想法。现把我们全家生活中节约下来的 30 元钱寄给你们，请给民工同志。

两个小北大荒人

这封来信指挥部的同志传看后深受感动，很快在整个工地传开了。

一河牵动万人心

新汴河开工后的第一个冬天来临了。

省城合肥虽说没有淮北那样清冷，但西伯利亚的寒流也时常光顾，带着呼啸的风专向骨缝里钻，十分寒冷。更严重的，此时正值“文革”初始，各单位“造反组织”蜂拥而起，搅得学校停课、部分厂矿企业停产、机关停摆，使本来已寒冷的千年古城又增添了一份寒冷。

已到了深夜时分，省城终于告别了喧嚣慢慢地沉寂下来。而此刻，在城东一个不显眼的地方，一条并不宽阔的名叫蚌埠路的北侧厂房内，却依旧机器轰鸣，工人们正在各自的岗位上全神贯注地生产，好像外面什么也没有发生。轰隆隆的机器轰鸣声穿过寂静穿过夜空，传得很远很远。这在当时很多厂矿企业白天都不能正常运转的情况下是绝无仅有的。

这是合肥车辆厂正在“连轴转”为新汴河工程赶制胶轮车的一幕。

早在新汴河未开工前，指挥部就率先启动了各种物资、器材的筹备采购工作，并上报国家列入生产计划。无奈天不遂人愿，“文革”的到来打乱了原有计划，很多物资、器材无法按时生产及时调运，给工程的进展带来严重影响。

一封封求援信雪片似的从指挥部向外发出。

一批批采购员从指挥部奔向四面八方。

本来，作为胶轮车的定点厂家、全国胶轮车行业组长单位之一的合肥车辆厂，凭规模、实力、信誉，完全有能力在规定时限内完成新汴河工程 1.6 万辆的生产计划，但也因同样理由致使生产陷于停顿。

接到求援信，该厂的厂长——至今也没有查到姓名的一位负责人——出于对事业的忠诚和新汴河工程的需要，一方面召开厂班子会议研究对策，一方面组织有威望的老工人动员职工重返岗位，并在全厂恢复生产大会上宣读了新汴河指挥部这封求援信，激励大家重返生产岗位。

在各方的共同努力下，生产逐步恢复，但时间已经失去。这位负责人明白，若按平时的生产节奏是无论如何也完不成任务的。于是他大胆改革了工作制度：将“长白班”生产改成“两班制”；看着还不行，又将“两班制”改为“三班制”，白天黑夜“连轴转”追赶工期。

全厂上下硬是靠拼劲挺了过来，结果提前半个多月完成订货任务。

解决了胶轮车，还有木材、钢材、水泥、毛竹等数以万吨计的其他大批建设物资、器材怎么办？指挥部又在不停地高速运转。

那是何等紧张而忙碌的日子。

建造大桥、涵洞、节制闸需要钢材，“马钢”马不停蹄生产并运送过来；缺少木材，东北的伐木工人冒着零下二三十摄氏度的低温采伐，然后运来；由于高坡作业，拉土上坡困难，徐岗切岭施工告急，需用一批电动拉坡机，江苏省无偿支援30台……

落实了物资供应来源，庞大的运输量又成了难题。铁路、交通等有关部门密切协作，为新汴河物资运输提供方便。

1968年春天，在物资调运的最紧要关头，凝结着全国人民辛勤汗水的急需物资，通过铁路、公路、航运等渠道，源源不断地从北京、上海、山东、辽宁、浙江以及本省流向新汴河工地。仅豫皖苏三省的商丘、徐州、淮阴、合肥、蚌埠等地就先后派来180余辆汽车，昼夜不停地穿梭在各地通往新汴河工地的大路上，风雨无阻。徐州市安排的100辆货车，把4000吨煤、300万斤面粉直接运到工地一线，保证了民工生活需要。

那段时间，来往宿县的铁路货运、货车、船只可用“车水马龙”来形容。如果说，各种运输工具行走的轨迹像是在广袤的淮北大地上画出的条条五线谱的话，那么运行着的铁路货车、公路货车、水上船只就是五线谱上的跳动的音符，它们共同谱成了新汴河建设的恢宏乐章，而作曲者、演奏者就是无数没有留下姓名而为新汴河的问世默默奉献的人。

1969年元月，建河大军冒雪踏冰转战后方，沿途受到干部和群众的热烈欢迎。蚌埠市主要领导亲自到车船码头迎接，并指定客车、运输船只日夜加班运送民工回乡。灵璧县负责人深入机关、工厂、学校、街道动员让房腾铺，安排民工吃住。该县马车站的职工，把仅有的6间办公室全部腾出来让民工居住，为不让民工受冻，又筹集了1300斤铺草将每个床位铺好，并派出十几名职工冒雪跑到城外，帮民工拉车背行李并接来住宿。

新汴河建好后，宿县地区一位领导曾说道，新汴河工程是全国人民共同完成的。可谓一语中的。

化不开的鱼水情

记不清哪篇童话故事中一段鱼和水的对话——

鱼对水说：你看不到我的眼泪，因为我在水里。

水对鱼说：我能感觉到你的眼泪，因为你在我心里……

在我们国家，军队称被为“人民的军队”，老百姓习惯说军人是自己的“子弟兵”。军队与老百姓的关系就像鱼和水的关系密不可分。在新汴河工地上，每每遇到“急难险重”的任务，总少不了解放军的身影。

解放军战士在新汴河工地上

让时间再定格到半个世纪前的感人瞬间。

他叫高俊岭，砀山总队的军代表兼政委，参加了新汴河建设的全过程。1966年11月，他同数万名民工一起顶着大风来到新汴河工地，从那时起便与民工一起住庵棚、吃咸菜、喝稀饭，坚持在一线指挥，解决施工难题，除了开会、汇报工作外，每个月蹲在工地上的时间达到20天。凡是民工所需就设法解决，每遇到施工的重要环节，必在现场亲自察看。一次施工遭遇了坚硬的砂浆磐，需用炸药才行。他是军人，在爆破方面可谓行家里手。每炸一次他就去一次，白天炸白天去，夜里炸夜里去。他常说："一天不到工地看看就觉得不踏实不放心，睡不着觉。"

在施工的关键时刻，受河套西风槽东移和西南暖湿气流共同影响，淮河流域自西向东出现了一次大的降雨过程，淮北地区迎来了多年未遇的春汛，洪水冲破戴桥拦河坝，使施工现场受淹。雨刚停，高俊岭便亲自带领民工不分昼夜紧急抢险。本来他就属二等乙级伤残军人，又接连熬了几个通宵，全身火气直冲，嘴角起了水泡，嗓子哑得说不出话，仍坚守在岗位上。群众深有感触地说："高政委成天想的是民工，干的是工程，就是没有自己。"

随着工程进展，民工伤、病现象时常发生，原有诊所无法满足需要，又是解放军驻宿部队雪中送炭，为新汴河工程专程派来医疗队在工地巡回医疗。

这些医疗队员在工地与民工同吃同住，义务给民工和附近群众看病。消息很快传开，求医问诊者络绎不绝。医疗队员们带着对农民兄弟的深厚情谊和理解，以精湛的医术、热情的服务为群众解除病痛。每天，天刚亮他们就去接待病人，时常9点多才吃午早饭；忙活到下午一两点钟才吃午饭；至于晚饭更是时间不定，只要有病人就不下班，有时遇到卧床不起的重病号还要登门治疗。

那段时间，医疗队除看病治病外，还为民工和附近群众普及医疗常识。针对民工劳动强度大易碰伤、易出现险情等情况，向大家传授战地救护、推拿、捏背、拔罐、新针疗法等实用医疗技术。

一次，医生们忙碌了一天正在吃晚饭时，工地附近的小王家一个重病的农民被用架车拉来，医生们马上放下饭碗，对病人进行全力抢救，直到病人清醒过来医生们才去接着吃饭。病人家属含着眼泪说:“俺先是去城里看病,医生看了说治不了往家赶,听说这里有解放军医疗队才跑来。我们全家真的要感谢解放军,你们是毛主席派来的白求恩。”

巡回医疗结束了,谁也不舍得他们离开,一些老人拉住医疗队员的手久久不肯放下,不少人落了泪,电影电视中那些感人场景在生活中真实地再现了。临走那天,还有不少民工群众来看病,医疗队坚持看完最后一个病人才依依不舍地离去。

三省人民开挖新汴河的壮举,引起了国家高层媒体的关注,《人民日报》、“中央新闻电影制片厂”做了专门拍片报道,在全国引起反响。为解决后勤补给,人民解放军昆明、沈阳、广州、福州、济南、南京等六大军区先后为新汴河工程支援了20多万双军鞋、雨衣及大批物资。关键时刻还是要靠解放军。

第九章　亲历者说

为真实展现开挖新汴河的历史画卷，笔者曾与新汴河景区有关人员一道，采访了当年建河的80多位亲历者，通过他们的回忆、诉说，更深层了解了那个时代人们在极困难的条件下，自力更生、艰苦创业、团结治水、无私奉献的精神风貌。

一

从2017年11月开始，笔者采访了10多位参与新汴河规划设计和建设管理的省、市水利专家，其中有安徽省水利厅原厅长郝朝德，安徽省水利规划设计院原副院长邹青松，水利专家刘从太，宿州市水利局几任局长、副局长、总工，以及县区基层水利工作人员，对“科学治水”有了进一步了解。

许纯一（原为宿县地区水利局总工程师，是新汴河工程规划方案设计者之一）

我出生于江苏省镇江市，1945年考入导淮委员会附设高级水利科职校（现为扬州大学）。1950年参加淮河测量实习，因治淮需要人，便提前结束学业参加治淮，后一直在宿县地区水利局工作。

1963年冬季，宿县地区党委达成共识，将新汴河治水方案推向实施。地区水利局内设有设计室，负责全区大中型水利工程规划设计任务，但因领导意见存在分歧，不愿接受任务。

一天晚上，水利局副局长王学思来设计室找我与另一位技术员，带来了钱亦山副专员的第一个新沭河设想方案。这是领导层和有关人员利用多个夜晚共同讨论,绘制出的一幅 1∶200000 的新沭河多方案设想图。钱亦山安排,先搞一个全区治水轮廓规划,发各县征求意见,对所有存在问题集中起来后一并研究。

王学思此行撇开了分管设计室的副局长,又跳过了设计室主任,以落实行署副专员指示名义直接找具体人安排工作,超越了正常的工作关系。

这之前的 1963 年秋,郑淮舟曾来水利局召开座谈会,听取当年大水后全区根治洪涝的措施,同时就洪涝分排的新沭河设想方案征求看法。参加人员有技术副局长、高级工程师马植祥,设计室主任、工程师吴本瑞,技术员冯增忠和我 4 人。马植祥和吴本瑞对新沭河方案没有发言。我讲了一番话,大意是经过 10 余年治水仍然灾害不断,要对传统治水思想方法进行讨论、反思;"洪涝矛盾"以"洪涝分排"化解合乎逻辑;改造水系如同"旧衣改制",不能随心所欲,要多方深入探讨,不宜仓促定案。

1963 年大水后,全区 450 万人都在问为什么 10 余年大力治水仍有如此大灾,回答这一问题是治水人的职责。作为科研人员应抱有严格的实事求是的态度,不隐讳观点,做科学论证,把自己置于阳光下。

1964 年春节临近了,大家陆续回乡探亲,我仍然在查阅资料,研究新沭河方案,直到除夕晚上 10 点我才踏上回家的路。登上火车,一节车厢内仅我一人,顿觉此时此刻已是千家万户亲人团聚在华灯下,欢声笑语迎接新年的时刻,而我还在随火车车轮滚过铁轨的有节奏的轰隆声中穿行在黑暗的原野上,探看窗外,不见星火。当我回到家时,已是大年初一的凌晨,一年之中亲人团聚最珍贵的那一刻我在双亲前缺席。因病长期卧床的老母见我归来,嗫嚅半晌问道:"夜车,冷吗?"我知道母亲本想说"为什么到现在才回来",见我已回来了,她也就不忍再说怨责之言了。

惦记着尚未完成的工作,我大年初六即返回宿城。

过了元宵节已进入 3 月份,恢复了正常上班秩序。轮廓规划的数字估算与文字初稿我已经完成,3 月 10 日下发各县征求意见,新沭河走向实施迈出了第一步。我同时还研究了一个难题:为使新沭河效益最大化,怎样才能将浍河与奎河一并纳入新汴河，我提出的方案是将新汴河源头从四铺移至宿城。

大约一个星期后，马植祥来设计室召开一个小会，安排新一年工作任务。会议确定，我与郜洪秋、许其宝3人去省水利设计院，驻合肥进行新汴河规划工作。事后方知，前几天王学思带着第一幅新汴河多方案设想图，向省水利设计院副院长胡廷洪汇报了地区根治洪涝的意见，胡廷洪听后很赞同，决定由地区派人驻设计院协助设计。他指派著名高级工程师尤家煌做指导，张其松工程师协同，并支援一定人力。

从宿县临行时钱亦山叮嘱，为争取新汴河工程能列入1965年国家基本建设项目，务必在国家计委安排项目前报出规划文件。

新汴河地跨豫皖苏三省，涉及濉河、漴潼河两大水系，地域2.2万平方千米，未经充分讨论、必要的勘测，尤其尾段在江苏泗洪境内，情况不明，要在短期做出一个可行的工程规划很难。行署要求9月前报出规划文件，采用先报文件向国家计委挂号，列入1965年国家基建项目，之后再完善工程规划的方法，体现了在1963年大水后，地委迫切要求早日根治洪涝的心情。

此时，承担规划工作任务的我，必须明确表示自己的观点："洪涝分排"是化解"洪涝矛盾"的方略，以"洪涝分排"改造旧水系具战略性质，讨论不能纠缠在"战术"层面上。新汴河治理是实现战略目标的具体措施，不应因提出的初步设想远不够完善而否定它，应该研究并不断完善。

这一意见印了45份，分送设计室及其他科室主要工程干部传阅。水利局召开全局性学术讨论会，会上我针对钱亦山提出的初始方案，建议将新汴河源头从濉溪四铺闸上移至宿县北戚岭子，濉河引河原方案起于闸河口——津浦铁路东张树闸上，这就是我春节期间研究的成果。王学思紧跟着指出具体河线走向，这是现在实际用的河线方案。

讨论会后，钱亦山让王学思带队，对修改的河线进行实地勘察。

一行人沿着在地图上画好的河线前行，不用车马，有平坦的路不走，踏行在野地里崎岖前行，横进田埂，跨进沟洫，向前看河线是否可以避开村庄，向后看河线是否顺直，遇有路障，绕道而行。

5月的太阳虽非骄阳似火，早晨出来衣着较多，曝晒在阳光下也闷热难耐，众人敞开衣衫，脸上已现饥渴之色。王学思带领大家来到新北沱河大堤刺槐树荫下让众人歇息，自己跑到附近集镇。众人正在找他，忽有人喊道："宋江哥哥来也！"就见他那身材不高、微胖身躯后跟着一个农民，挑着水桶向这边走来，挑来了开水、咸菜和大馍。有人说这真是"及时雨"，随即有人高声说道："今天我们在此大碗喝水，大口吃馍，他日新汴河建成，勿忘今日！"大家欢声笑语，忘记了疲劳。

1964年9月勘察组如期报出规划文件，向钱亦山做了前期工作综合汇报：新汴河规划核心是要寻找一条能全面落实"洪涝分排"、没有重大负面影响的河线，在省期间只是谋求报出文件，没有研究。规划文件推荐方案，没有做到全面实行"洪涝分排"，严重破坏唐河流域排涝；下段河线与濉河成二河三堤并行，中间隔堤难以防汛，遗留后患不可取。上段河线自戚岭子北行，绕行卢湾，为全区实行"洪涝分排"留下余地，是个好方案。中段河线宜南移，尾段河线位于江苏泗洪县境内，那里岗丘纵横层叠，如何穿越情况不明，需补充实勘。

钱亦山听后，让新汴河临时设计室号召全局科技人员自愿报名参加实勘。农水科科长王诚津主动请缨担责，吸收20多人参加。

接着大家找来江苏境内五万分之一地形图，发现溧河洼付圩子至大桑园为一东西谷形洼地，隔徐家岗正对界洪新河旧迹，是自然天成的河线。众人欢呼雀跃，钱亦山安排王学思带队实勘。因缺乏地质资料，怕徐家岗有石方；古汴河位于灵泗公路北侧，绕枯河头东行。于是现场讨论：仿古汴河，自大桑园河线西北行，绕过枯河头与界洪新河沿灵河公路西行。河线留下一个牛轭形弯道，沿古汴旧迹，弯道小一些，与界洪新河相接，弯道大一些。若徐家岗无石方，则以穿岗直接衔接为佳，待进一步查明地质定案。这一发现，消除了上报规划文件方案的3个缺点，使新汴河方案日臻成熟。

孟亦奇、钱亦山针对沿淮第一批电力排涝站只排不灌问题，提出排灌相结合的想法。新河线串联了宿县、灵璧、泗县三个县城，将新汴河由原来单纯排涝，推向排洪、排涝、航运、灌溉、引水综合利用方向。

新汴河规划对“洪涝分排”与“原水系治理”两个不同治水思想的分歧点做了科学论证,“原水系治理”不能消除致涝病根,“洪涝分排”是根治之路。

新汴河规划处于新旧两种治水理念分歧之中。一种认为洪涝矛盾是我区致涝病根,实行“洪涝分排”,以求根治,扭转反复治水、反复成灾的被动局面。另一种认为,按原水系不断扩大河道排水能力即可根治洪涝。传统的工程规划方案论证,以工程量及投资大小为指标。

在“新汴河方案”及“原水系方案”两方案的争议中,哪一个方案能达到根治目标,才是方案比较的核心。

“洪涝分排”来源于实践经验总结,规划对此有所论述,认为“关门淹”只是成灾的现象,有其内在因素。我区处主要河道中下游,上游地高坡陡,涝水下泄具有强势,洪涝汇流河道,强者先行,弱者滞后,上下游虽同标准治理,但收效不同。加上河道水情随河道开大,同等降雨,入河水流增大就会突破原设计流量。反复治理,反复突破。坚持“原水系治理”是不认同以上论述,因为这些论述不见教科书,不见前人论著,它只是经验感知,缺乏科学论证支持。

反对者认为“关门淹”就是因为前期治理标准低了,只要提高河道排水能力即可解决。

作为科技人员的我,担此工程规划任务,而对这种分歧,应坚守科学认知方法,做出科学论证。

科学的认知规律告诉我们,从实践总结得出的认知,应经历多次实践、认识,再实践、再认识,才能提高认识可靠程度。作为归纳推理,应证明在 $n=1$ 情况下其结论也是成立的才可。也就是说,必须证明继续开大河道排水能力,不能消除中下游河道洪涝强托问题,或者说,只有证明“洪涝分排”才能改变上游洪水抢占中下游河槽的问题才可。

我用浍河、濉河这两个相似河流进行对比,通过数据分析,又做洪峰相碰模型,得出排水能力上浍河为濉河的 3.3—3.95 倍。钱亦山认为,这是对“洪涝分排”做了最精彩的论证。

1964 年 9 月新汴河规划编制完成后,钱亦山亲送文件到水电部,向钱正英副部长做了汇报,钱副部长决定来年春天派员前来现场审批规划。

1965 年 3 月,安徽省水利厅副厅长兼总工程师王祖烈来宿县,为配合即将到来的现场审查做先期调研,宿县地委行署委派马植祥陪同。

马植祥向王祖烈一行推荐地区水利局的一些同志提出与新汴河相对立的“洪涝串流”“高水低排”的“新沱河方案”,得到王祖烈随行人员中某些人的支持。

在马植祥引领下,调研组一路勘察了多条“新沱河方案”比较线路,“新沱河方案”代替了“新汴河方案”。马植祥将一行人安置在五河县招待所住下,要求我突击做好“新沱河方案”规划。

4 月底,以水电部规划局副局长成润为首的新汴河规划审查组来宿。他认为治水不应打乱水系,“新沱河方案”还具有可以提前让河南省治理沱河等优点,支持“新沱河方案”。

6 月上旬结束各地实勘,6 月 12 日下午成润主持小会,决议:否定新汴河原上报规划,采用“新沱河方案”。成润有现场拍板权,投资已带来,就在提包里,如地委不同意,投资带回北京去。并指定由马植祥代表审查组向地委宣布审查结论,约在下午 5 点。

我离开会场回办公室,在行署大门口巧遇郑淮舟外出,他问我情况,我遂如实讲了审查组的决议。郑淮舟错愕不已,连声说:“会是这么个情况,你讲得可真?”遂带我回他的办公室。我做了详细汇报:3 个月来我在马植祥领导下工作,新汴河工作被搁一边,从事“新沱河方案”的规划计算和线路方案比较。最后我告诉他,今晚马植祥即会向他请示约定宣布审查结论时间和方法。当时,孟亦奇正带领地委、行署两个班子领导在砀山参加“四清”运动,只有郑淮舟留守主持工作。他感到事态紧急而严重,立即命秘书挂通电话向孟亦奇通报情况并商讨对策。之后决定于次日(6 月 13 日)下午,以召开地委紧急扩大会形式听取宣布审查结论。

马植祥受审查组之托,果然向地委、行署约定听取宣布审查结论时间。6 月 12 日晚,他到行署找郑淮舟,汇报 3 个月来接受地委委托调研的工作详情,约定听取审查结论时间并请示如何汇报。郑淮舟说:你们怎么准备的就怎么宣布。

6 月 13 日下午，地委召开紧急扩大会议。钱亦山代表地委详细阐述了学习毛主席著作“两论”、总结治水实践，提出“洪涝分排、高水高排”和新方案的经过、实现根治的治水思想；同时介绍了去年 9 月报出规划文件后，又做了后续工作，发现尾闾河线修改方案的内容，同时指出“新沱河方案”是“高水低排”，也没有实现“洪涝分排”问题。郑淮舟还补充说治水我们需要投资，投资要用在能够根治洪涝上。地委委员一一表态。孟亦奇总结说：“这就是我们一级组织的意见。”

王祖烈盛赞“洪涝分排、高水高排”谋求根治的治水思想是对治淮的一大贡献，并就临时设计室发现的新尾闾河线，以老专家气魄，建议新汴河中段利用界洪新河，劈开徐家岗至大桑园直下溧河洼。此称为“王祖烈修正方案”，得到宿县地委的称赞。

成润审查结论为“审查意见不一，继续做方案比较”。

王祖烈的发言，将“新汴河方案”从被宣判“死刑”后拽了回来，重获了一线生机，得救了！

1965 年八九月间，我再度驻合肥完成补充论证工作，水利厅党组做出新汴河方案是根治这一地区洪涝的战略措施的结论。

地委决定分别派人向水电部、华东局申述要求兴建新汴河的理由。具体派郑淮舟专员、张鸿副专员赴北京水电部向钱正英副部长当面呈送意见，要我做随员同去。

时间到了 1966 年 3 月。妻已从蚌埠调来宿县地区医院做内科护士。水电部委托淮河规划查勘组中游组现场再度审查新汴河规划，省水利设计院胡廷洪副院长指定我作为安徽省代表成员参加中游组工作。

3 月底，我随中游组到河南勘察，顺河而下来到宿县。地委指定我代表地区向中游组汇报新汴河规划。我着重汇报总结 10 余年治水实践，得出只有实行“洪涝分排、高水高排”才能根治洪涝的感性认知，在不同治水思想争议中又以浍河为模型验证了原河治理不能解除洪涝顶托现象；汇报还提出新汴河要全线实行综合利用，利用航运通江达海；为达此目的，河槽设计采用梯形断面等具体意见。

审查结束,何孝俅代表中游组做出审查结论:“洪涝分排,科学有据,工程布局,全面合理。是根治这一地区洪涝灾害的战略性措施。”

此时妻已临分娩期了,见我归来自是十分欣喜,她还不知我这次回来只是路过,结束在宿工作还要继续向下游走。当她知道时,欣喜转为失落,我只有安慰她。

我随大队人马离开宿县,经灵璧来到泗县,尚未安顿好住处,河南省一同志见我说:“向你贺喜!”我尚不知何事,他继续说,“方才从灵璧转来话,你夫人生产了,母子平安,是个男孩!”我欣喜地笑了。

回想起来,是1963年的大水灾催生了新汴河,催生了“洪涝分排、高水高排”治水新方略。

朱元明(原灵璧县城关区水利股长)

新汴河施工的时候,我在灵璧县水利局工作。

1967年冬和1968年春施工过程中,新汴河上游的张巷涵和三里湾涵同时施工。三里湾涵当时是县水利局李志强股长坐镇施工,张巷涵是我在那施工。建设这两个涵洞的目的主要是既能引水又能排水,但只是抢排,要是正常排水,新汴河的水高的时候,上游水位上来了,那水就流不进去,只有把闸关上,有时候还倒灌。

三里湾涵和张巷涵,历经一冬一春才完成。涵洞底端3米,宽3米,涵底是用1米厚的石头砌成的。印象最深的是大家对工程的质量要求真是精益求精,整天用尺子量,很精细。涵洞离凤凰山有四五里路,大块石就是从凤凰山开采,用板车从那拖运。大的石头有几百斤重,一车能拉一千多斤。

1982年大水时,我在韦集工作,就是老唐河断的那地方,在新汴河的右岸,下游是官庄一带。那里真是险工险段,那个大水,水面有600多米的宽度,只有20到30多厘米就到堤顶了,那个浪啊一波接一波,老百姓都把牲口赶到凤凰山顶上,相当害怕。在家坚守的民众吃住都在堤上,天还下着雨。

有一个惊险片段使我终生难忘。老唐河那部位,不知道是老鼠洞还是啥,那水打着漩儿朝下漏,这一发现令大家都很害怕,马上要破堤。我的同行牛家季,他年龄大有经验(现在已经不在人世了),一屁股坐下去堵住洞口,几个人趁势用土用草堵上,给压住了才没有破堤。不仅新汴河水大,南沱河也告急。谁就请示县里怎么办,当时县里的指挥是县委副书记王乃庄。回话说保新汴河,以新汴河为主。主要原因是那个地形凹,说破堤就破堤,最后还是守下来了。

二

一线民工是我采访最多的群体,约有 30 人。虽说已过去 50 年,但一谈到新汴河,他们总有一种自豪感、荣誉感。毕竟,在这个伟大的水利工程中有他们的一份功劳。

赵广才(宿州市埇桥区符离镇沈圩子村村民)

1966 年秋,我参加了新汴河第一期工程,地点在蒿沟乡东南处。

出发的时候,队里对我们十分重视,给 120 名上河的民工戴大红花,队里召开誓师大会,队长赵培德做动员,大家在路两边欢送,那个情景,真像当年支持淮海战役时的场面。上了大路,看到去挖河的人很多,有推胶轮车的、赶牛车的、驾驶手扶拖拉机的、开着四轮车的,打着红旗,拉着粮草,带着工具行李匆匆奔走。我们是拉着平板车去的,后勤保障如粮食、柴草、搭棚用的东西都由生产队自备。

到工地后,大家顾不得休息就去搭庵棚,实际上就用棍棒、豆秸、玉米秸、小麦秸秆搭三角棚,基本上一个庵棚里能住上五六个人,旁边再搭个棚作为厨房。

由于当时经济困难,参加工程能够管吃、管住,生产队还给记工分,所以参加开挖新汴河的人都十分高兴。带的粮食主要是玉米、红薯干子,还有部分小麦粉,差不多一次带够一个月吃的,快吃完的时候再派人回家去取。

一开始到工地,大家都说吃不饱,每顿定量是 2 个花卷。“人是铁,饭是钢，一顿不饱心发慌”，吃不饱土方量就很难完成。有的人实在撑不住劲，就给家里人带信说要带馍。我当时家里有 5 口人，母亲听说我在工地挨饿，连夜烙了 100 多个烙馍给我带到工地。不过这种情况很快就有了变化。

菜类主要是白菜、萝卜。改善生活的时候很少，一般一周改善一次，吃猪肉炸丸子算改善生活，丸子里掺有杂面。菜包里面有点肉末，2 两面一个包子，一个人一顿能吃七八个。天下第一香是大油烧的萝卜、白菜加粉条。

扒河的时候，仍然是人力用铁锨挖土，独轮车拉土。一个人掌着铁锨柄向下挖，另一个人站在一旁，使劲用脚向下蹬，一铁锨一铁锨地挖，装入独轮车。运土开始是一个人推着皮轱辘独轮车，有坡时以及到河岸边向上爬坡时，两头有一左一右两个人，用绳钩钩住独轮车前头的铁环向上拉。有的用平板车往外运，平板车由一人驾着车把，两三个人在前面拉着绳子，俗称“拉梢子”，后面有人推着往前走。随着工程的推进，土层越来越坚硬，好像都是砂浆，再后来底层更是坚硬。挖土时在铁锹木把上套下去一个木拐子，两人喝着号子，同时蹬下去，铲起一锹土装到板车上，俗称“抱大锹”。

河挖到一定深度后，地下水冒出来影响施工，就需从宽的河底挖一窄沟，使河底的水淌到垄沟里。岸上有抽水机不断排水，保证河底不积水，便于施工。河底不断加深，垄沟也要不断加深，寒冬腊月天也要挖，最辛苦。

河口很宽，从这边河沿向对面河沿喊话听不到，只能打手势。挖的时候，按任务分两面挖。比如今年挖南面，明年接着挖北面的一半。土方完成后，河道的大致形状就出来了。

为了完成任务争先进，很多人起早贪黑，挑灯夜战。有时候夜里两三点钟就起来干。一次醒来感到天不早了，就去了工地，后来知道当时才 1 点多钟。（老人说到这些内容，我疑惑地发问。老人说是的，主要是赶前段时间因吃不饱饭被耽误的土方，持续有 20 天。）

枯燥的劳动中也不乏丰富的娱乐活动，特别是“欢堂子”。挖河时遇到“欢堂子”，这是大家高兴的事，所有人都兴奋地大叫、起哄。开始是嗷嗷叫，渐渐齐声哄，大家一起跑，看谁跑得快。工地上有时放露天电影，县里经常组织剧团利用雨天或晚上等业余时间到工地演出，施工队里也有以前在家干说唱的，晚上来上几段。

江思民（原宿县城郊公社北关大队村民，77 岁）

我原是大队会计，新汴河第一期开工后为挖河基干队队长。那时挖河主要采取人海战术，上级层层下达任务，直到生产小队，一般是 100 个人当中去 4 到 5 人。我们大队按人口一共去了 70 多人。分配的挖河长度是 22 米，地点在宿县蒿沟，距家 70 多里，都是徒步走到工地。

挖河印象最深的是大家的干劲很足，都指望着赶紧挖好新汴河不用怕洪水，能过上想排水就排水、想浇地就浇地的好日子。

工地上的劳动场面十分壮观，人们精气神十足，总觉得有使不完的劲，干活利索，真是一道亮丽的风景。彩旗飘扬，人山人海，车推人抬，口号声此起彼伏，响声震天。生产队之间经常搞劳动竞赛，比谁的车装得满跑得快，比谁的进度快。每当循环红旗插到自己队里时，民工们个个脸上笑开花，心里比中什么大奖都高兴，一切苦和累都忘得一干二净，干起活来更有劲。

宿县曲艺队在新汴河工地为民工演出

每天天刚蒙蒙亮就起来干活，有一天我查着数，到回去吃早饭时，我们3人共推了18趟。当时宿县大多使用独轮车，萧县、砀山用平板车。从河底上河坡，到河堤又有20多米的平路，来回足有四五百米。那时年轻，推着土上坡步步带劲，跑得呼呼生风。

第二期时寒冬腊月天，我还参加了挖垄沟。水面结着薄冰，需要下水加深垄沟。开始大家有些犹豫，带队的蔡正深说下去吧，说着将裤腿挽到膝盖上，赤脚下到水里，蹚得冰碴呼啦呼啦响，我也随他一同下去。那时有多大力出多大力。

还有就是，不仅民工全身心参与挖河，领导干部也与民工一起劳动。当时宿县专区新汴河工程指挥部机关和大队、中队，除了值班的或离不开的财务、医务、后勤人员，多数人白天都到工地与民工同吃同住同劳动。大队以下的干部，全部住在临时搭建的草棚里，与民工一起出力。带队的与民工们同吃一锅粥，同受一种累，没有任何特殊。中队的带队李文任也挖土推车。

三

“下乡知青”，一个具有特殊历史意义的词，凝聚了与祖国同呼吸共命运的一代人。在新汴河工地上，不乏下乡知青的身影。这个群体，我采访了20人，其中上海6人，在新汴河景区管委会里又集中采访了7人。

陈旭（市水利局原总工）

我第一年没有参加挖河。刚下放的时候17岁，队里安排我跟妇女一起干活，一天8分（劳动力一天10分）。第二年也就是1969年，个子高了身体壮了就被派去挖河。

每天干活时间是相当长的，把所有的自然光线都利用上。早晨天没亮就起床吃饭；刚刚能看见路就去干活，直到午饭；下午到太阳都看不见了才收工。

工地上主要的活有三种。一种是“拉弓”，就是别人用独轮车推土，爬坡的时候得有人往上拽，我主要是干“拽”这种活，这是体力最差的人干的。其次是推独轮车，既要有力气还要有技术，这种活我只能推一阵。最累的是上土，我也干过。新汴河从河口到大堤是100多米，这段距离要靠你一个人推车走。大堤的高一般是5米，长20多米，有条件的用拉坡机，开始是手动，后来电动、柴油机。拉坡机说起来也很简单：将独轮车翻过来把外胎拿掉形成一个带槽的滑轮，将独轮车把插在地上固定好，上边一个下边一个，然后在两个轮子中间用条钢丝绳绕两个圈，开了之后就是不停地转。每一个小独轮车前面有一个铁的带弧度的小钩子，车从这走的时候，把小钩子往上一挂它自动就别紧了，就把车拉上去，到上面后不需要再去下钩子，你只要把车子往前推一下，到平地自己使点劲，那钩子就自动掉下来了。

再讲住宿。搭个三角形的庵棚，平地往下挖半米深，宽五六米，用木棒加上秫秸，搭个三角形的庵棚，地上铺了两三厘米厚的麦草，草上铺张凉席，每人一床被。一个人挨一个人的，太挤了，早上起来一看，自己盖着别人的被子，自己的被子也不知道跑哪去了。这就是住。

吃对我们来说是最大的诱惑。我们要去挖河，一个很重要的原因是可以吃麦面，不去挖河的在家吃红芋干子。

1970年过了春节又去挖新汴河上游四铺沱河。我们一个生产队有20多人，因为这个河是两岸的，我们分到了其中一岸，有五六米，就这么一段河槽。

挖河的最深感受是，那个时候的人都有一种英雄情结，你有十分的劲绝不使九分半，都不愿意偷懒，自己有本事，就愿意拿出来去奉献。

王洪苏（宿州市埇桥区国土局原副局长）

我下放插队的第二年春节刚过，也就是1969年3月，村里开始动员壮劳力去挖新汴河。我和张家驹同学一起报了名。听说我要去挖河，村主任的儿子陈卫席不屑一顾地对我说：“就你那样，还没有秤砣高，给我带锹（踩锹帮手）都是累赘，你推独轮车也不行，推空车不倒就不错了。我看你还是跟着妇女在家晒晒粮食吧!”

听了这些话,我有些犹豫,但转念一想:挖河吃的都是纯麦面,每星期能吃上一顿肉,每天能挣12工分(平时干活每天10工分),还不用挑水做饭,再苦再累也要去。

在生产队里,我和张家驹、季守明、刘文新4个男同学在一起,分到的口粮不到月底就吃光了,有几个女同学在同一大队,如二队的李金玲、洪文华,六队的祝晓光、吕义君、赵嫒嫒,没饭吃我们就去她们那里混一顿。女同学听说我要去挖河,都劝我别去了,怕我受不了那个罪。但我决心已定,既是为了吃饱饭吃好饭,也是初生牛犊不怕虎。

挖河地点在宿县西四铺,距贡山约170里。

清晨,我们20多个壮劳力,在队长带领下,推着车,装上行李和工具就出发了。到工地时天已黑,只见夜幕下一个个民工庵棚里透出微弱的灯光,星星点点。我们无法搭庵棚,也做不了饭,于是每人发两个馒头当晚餐,把带来的麦穰子铺在地上当床,露天而睡。

下乡知青在新汴河工地上劳动

第二天，蒙蒙亮的时候，我被一阵嘈杂声吵醒。起来一看，就见工地上红旗招展、人山人海，有的人掌锹装车，有的带锹，有的铲土装车，有的用独轮车推土、拉车。大家喊着号子，你追我赶，干得热火朝天。我平生第一次见到这样的场景，很好奇，于是抓紧搭庵棚、砌锅灶，好快去挖河。

在工地上，我们每天早晨蒙蒙亮就起床干活，吃了早饭接着干。饭后和上下午干活期间，各有一次休息时间，每次约 20 分钟，晚上太阳落入地平线时才收工。

挖河的各种行当虽说简单，但还是要学。我不仅能掌锹装土，推独轮车也可以和任何一个壮劳力比试，看谁装得多，推得稳，跑得快。我当时年轻，身体壮，总感到浑身有使不完的劲，休息时，就和其他人摔跤，谁来我都奉陪，且胜多输少。

我吃饭也不比其他社员差，半斤重的馒头，我一顿就是 4 个，还可以再加一盆面条。工地上每周吃一顿肉，20 多人吃一个猪头。管伙食的是村会计陈现树，社员们为他编了一段顺口溜：

民工要吃油，现树发了愁。
南街北街跑，买个毛猪头。

晚上睡觉，要猫着腰钻进庵棚。20 多人挤在一个庵棚里，你挨着我我挨着你，地上铺着一层麦草，上面是芦苇席。庵棚内有一只马灯，发出昏暗的灯光。

我和张家驹将被子铺一条盖一条，挤在一个被窝里。地铺里到处都是臭虫、虱子和跳蚤。为防止虱子爬到衣服上咬我们，睡觉时就把衣服脱光挂在庵棚的柱子上。

经过两个多月的艰苦劳动，一条河道的雏形已经展现在眼前。就在即将收工的一天中午，上边通知说洪水很快就到，要求所有民工立即撤到坝子上去。说来真快，下午洪水就到了。只见咆哮的洪水一浪接一浪地向前涌，很快漫出河槽。河滩上无法搬走的庵棚、灶台等均被冲走，水面上漂满了乱七八糟的东西。

正当大家准备收拾东西回家时，忽听会计大声喊："哎呀，带来的钱都存在对岸的信用社里，这没钱怎么回家啊？"

大家一听都愣住了。

见此情形，我走上前和队长说："我会游泳，能游到对岸去拿钱。"

社员们听到我要游过去，都说河水这么宽，水流这么急，太危险了，千万不能去。

在我的一再坚持下，最后队长同意了。

按照队长的安排，大家找了两个独轮车新内胎，打满气围在我的腰上，再找了块雨布，把我脱下的衣服和存折包好，捆在我身上。我毫不犹豫地跳下河向对岸游去。

当时的天气虽然暖和了，但水冰冷刺骨。多亏当年在学校时经常参加冬泳，还经受得住。

水流很急，有很多漩涡直向下拽我，幸亏队长在我身上围着车内胎。水面上到处都是漂浮的杂物，不时撞到身上、脸上和头上。我也顾不了这些，只顾奋力向对岸游去。岸上的乡亲们都站在坝子上焦急地望着我，不时高举双手，大声吆喝着什么。

到了对岸，我已经被冲到下游很远的地方了。

我踉踉跄跄地爬上岸，隐约看到对岸的乡亲们在那里跳着，叫着，像是为我欢呼。我兴奋地向他们招招手，然后穿上衣服去信用社。接待我的是位年长的女同志，听完情况后大吃一惊，她说我们队长太不负责任，怎么能让一个孩子冒着生命危险来拿钱！我告诉她，这与他们没关系，是我坚持要来的，也是没有其他办法。我很快取出全部存款700余元，顾不得饥饿和疲劳，转身向河边跑去。

待我游回对岸，已经累得站不起来了。

乡亲们急忙迎上前来，把我搀扶到坝子上。我解开雨布包，把钱拿出来然后穿上衣服。会计激动得热泪盈眶，用嘶哑的声音道：

"老少爷们！这钱是王洪苏为了我们早日回家，冒险给我们拿来的！我已经和队长商量过了，为了感谢他，除了每人发的 5 元路费外，另外奖励他 50 元。”

社员们齐声赞同。但我坚决没要奖励的钱，只说那是我应该做的。

李全德（宿州市埇桥区原环保局局长）

我于 1968 年 9 月份下放到夹沟区青龙公社高庄大队尖山子村，当时同去的有 11 人，5 个女同学，6 个男同学。1968 年秋季的那次挖新汴河，我们全村的男青年都没参加，1969 年的春节过后，我和我们队的张德福、三队的罗红军还有小朱，我们 4 个人参加了挖新汴河。

河段在宿县地下涵东约 200 米。

为什么去挖河？那时候也没有很高的思想觉悟，主要是觉得大家都去挖河了，特别是在农村过了一段知青生活后，感觉缺少集体生活，所以想去参加这种集体的生活。再就是觉得对自己也是个锻炼，长长见识。还有，那时每个大队河工基本都是从各个生产队抽的人，去挖河与周围生产队的人也能认识一下，特别是有些知青，能在一起说说话。另外能够挣工分，解决吃饭问题，不要自己再去烧锅做饭了。下乡知青就是妇女工 8 分，挖河是 10 分。那时候社员不提钱，要提就是工分。工分实际的分值因各个生产队的收入不一样，所以分值也不同，只不过挖河比在家里多了 2 分。

在工地上，我虽然有 1.7 米多的个子，但体力还比较弱，主要还是干拉弓的活。拉弓一般是两个人，在独轮车前面有一个圆环，用一个钩套上去，从下朝上插，然后两个人一起向上拉，到坡上去该倒土的时候，把绳一松，这个钩就自动落了。后来也抱过锹，推过车。

最苦的活是挖垄沟。河挖到一定深度后，地下水冒出影响施工，就需从宽的河底挖约 1 米宽的沟，俗称“挖垄沟”；河底不断加深，垄沟也要不断加深，称“淘垄沟”。水往低处流，河底的水淌到垄沟里，岸上有抽水机不断排水。因垄沟里有积水，寒冬腊月天，淘垄沟最苦。民工们将棉裤腿挽到膝盖以上，水面结着冰，赤脚下到水里，蹚得冰碴子呼啦呼啦响，等到挖得差不多了，腿也冻得麻木了，半天才恢复知觉。还有的人落下终身关节炎。

另外在劳动中，我感觉大家非常团结。新汴河的建成，是集体配合的结果。比如拉弓的跟推车的，推车的要想坑拉弓的很容易，他不使劲，在后面拖着，另外他把车把掀高一点，车就往下栽，你前面拉弓的累死也拉不动；拉弓的要想玩推车的，上坡的时候我不使劲，甚至有意左拐右拐，你就上不去。不过工地上没有出现这种情况。

刚去的时候吃杂面。每个生产大队一个食堂。炊事员、管伙的都是在家派好的，他们早两天去工地，搭好简易的伙房，垒好锅灶，等大批民工到工地，食堂就正常开饭了。当时的父老乡亲想方设法凑齐民工的口粮，大部分是杂面，由红芋干子、高粱合成，少部分是白面。群众都在家里吃红芋干面，却把小麦面送到第一线供挖河的民工吃。尽管那时候生产队的集体收入很低，但还是送麦面去改善民工生活，就像当年淮海战役老百姓推车去支援前线一样。

早晨就是吃咸菜。开始的一个星期基本上是大鱼大肉，全部都是那个肥膘肉，让你吃得满嘴都是油，等到你不想再吃的时候再让你吃供应的粮食。这样做，是队里的会计有经验。那个时候每个人都能吃，一顿都是斤把

新汴河宿县蒿沟段挖河现场

二斤的，粮食消耗特别大，如果你能供应个三四天、四五天的大肥肉，吃过之后粮食消耗马上就降下来了，对生产队来讲也节约。所以开始的时候饭量怪厉害，三四两重的馒头都吃 4 个。

1994 年纪念彭雪枫将军逝世 50 周年的时候，我所在的宿县老干部局准备搞一个书画展，就到省里征集作品，包括曾在宿县地区工作的一些领导。我到了孟亦奇家、郑淮舟家，他们都非常关心新汴河。当时孟亦奇是省政协副主席，还问我，现在新汴河怎么样，能不能蓄水，涝的问题能不能解决。当时我经常朝下跑，知道灵璧的闸蓄水量不是太大的话，宿县节制闸下面蓄水量就很小，我便实事求是地跟孟亦奇讲了。他一听这个情况，自己也说，如果能把闸朝下放 5 里路就好了。这说明这些领导对新汴河的感情是很深的。

挖河也增加了人与人之间的感情。我举一个例子。我们村里面有个叫姜彦志的青年，正好与我们同期参加挖河，也在地下涵工地。他很小时父母就去世了，姐姐嫁到城郊附近，他一直在找，光知道姐姐嫁到的村子叫小郭家。到工地一打听，北边就有个小郭家，后来我真帮他找到了。

张　杰（宿州水文队原队长）

1968 年 9 月，我作为知识青年，在宿县时村公社冲町大队校西小队安家落户。经过一年多的劳动，我孱弱的身体有明显的改善，体重由不足 45 公斤达到 65 公斤，身高由不足 1.50 米长到 1.73 米，而且力气大增，已具备了青壮劳力的必要条件。

新汴河的诞生伴随着我们的成长，由少年的稚嫩，经过艰苦的劳动磨炼，逐渐成为好学进取的青年，并为祖国和家乡献出了自己宝贵的成年礼。

1969 年 11 月，我被推选为新汴河民工。在小队会计刘凤楼的带领下，一行 12 人乘车来到工地。具体位置在濉溪县四铺闸上游 500 米处，工程目的是实现新汴河干流与上游支流沱河的最后贯通。我们小队的任务是将东西宽 2 米、南北长百余米的河塘子挖深到设计水平。

施工开始我并不适应。我虽说有些力气，但对装满两大柳条筐重达 400

斤湿土的独轮木车,仍是难以掌握。那时全队对我十分关爱,年长者常让我拉纤或上土,华北、富贵、东彩、贯青等年轻的伙伴不厌其烦,手把手教我如何操车推行。至今我仍然记得"推小车不要学,只要腚帮磨得活"的推车要领。

在工友们的帮助下,我逐渐学会了挖河的全套本领,成为一名合格的民工。

挖河的日子里,天越来越冷。两岸飘扬的红旗、河道里响亮的劳动号声、邻队的工程进度,都时刻督促着我们。劳动时经常汗湿衣衫,更多是知道了累。有一次雨后,我连续推了一天的车,由于河道湿滑,收工时累趴在河堤上,足足有 10 多分钟,方才站立起来。

虽苦虽累,但生活和精神很充实。

伙食当时已经是极好。主食馒头全是白面的,较之前几年掺杂粮有了质的改变,每个重约 1 斤,人均一顿 1 个。菜偶见肉丁,汤也漂有油花。睡觉的庵棚位于河滩上,用秫秸、麦草和木棒搭建而成。工友们每人一被,席地铺草而眠。入夜,经短时间嬉闹便迅速入睡。此时鼾声大作,此起彼伏,仿佛一曲曲劳动鼾响曲。由此,我练就了极强的抗干扰睡眠能力,以至在机关工作时,每逢出差,一些领导和同事因为打鼾无人愿与其同室,找我商量时我都欣然接受,无形中增进了我与同事的感情。

1970 年元月下旬工程结束前夕,四铺闸开闸放水,时间定于当晚 9 时。黄昏后,看见别的公社和大队的民工纷纷拔营上岸,纳闷不知为何。后来才知,当时大队领导因为高兴喝高了酒没有及时通知我们开闸放水的事。等我们匆忙撤离时,河水已经逐渐漫滩,我们拾物拽被,手忙脚乱,直至深夜方才安歇。

赵德超(宿州市残联原理事长)

1968 年底,我下放到泗县东方红公社通海大队一个生产队,参加了两期新汴河建设,干了五样活。

1969 年 5 月,生产队选我和其他 10 多个人去挖河,地点是江苏泗洪县境内团结闸泉塘子那个地方。到后看到两边的河堤已基本形成,我们的任务是将河床挖深,以符合建闸需要。由于年龄小,开始分配的第一样活是帮锹,就是一个人踩锹,我在旁边踩锹板,属挖河中最轻的活。上土有 3 个人,一个踩锹,一个帮锹,一个除锹。帮了 6 天锹,队长见我还可以,说:"你拉钩去吧。"拉了几天钩,我看推车蛮有意思,就要求学推车子,于是干了第三样活——推车。从河底拉到堤顶再下来有一里路远,干得还算卖力。

淮北的 5 月老是下雨,雨水顺着大堤淌到施工面,我们就用草包打坝子堵水。一个草包有 200 斤,要两人抬,和我配合的那人年龄比我大一点,让我抬前面,抬了一会我觉得过意不去,说我来抬后面,却一下子没起来闪着了腰。队长见我伤了劝我去休息,正好大队要抽人去建闸工地帮收石料,这样我就干了第四样活——收石料。建设团结闸所需石料是从泗县运过来的,有四五十里路,运到地方 1 分钱一斤,大约收 20 天结束了。回到队里,说是团结闸工程处的钢筋班要两个知青去帮着扎钢筋,我又干了第五样活——扎钢筋。团结闸由节制闸、翻水站和公路桥组成,主体建筑由安徽省水电局建筑安装工程大队承担。钢筋班也就 4 个人:一个姓邓的老师傅是 7 级工,那时 7 级工可不得了,负责技术把关;一个姓曹的师傅是 3 级工;还有两个年轻的,一男一女。在师傅的指导下我很快掌握了扎钢筋技术。前期的扎钢筋是为将来浇筑河坝做准备的,按照邓师傅的设计,把钢筋摆好就行了,活不重。我一直干到结束。

当年 11 月第二期开工,上级直接叫我去钢筋班。这次扎钢筋为大坝浇筑,是流水作业,要连天加夜干。你浇筑到哪一段都不能停顿,扎好一层浇一层,浇好后你就要立马再扎一层,然后人家再浇,基本上是三班倒不停顿。在建筑工地上我也听到不少感人故事。有个工人叫唐乃宝,家里打来电报说母亲和女儿病重要他回去,哥哥又到工地催,领导和同事也劝他回家看看,他仍坚持在工地,直到浇好大坝。

那时舆论都鼓励奉献。想想青春岁月开挖新汴河,一辈子干的重活都在这个地方,吃的最大的苦也是在这个地方,但我觉得很值,很荣耀,也觉得很幸福。这也是自己一段很光荣的历史。

四

新汴河建设者中，除 30 万民工外，还有大批干部以及从事宣传、后勤保障、医务等方面的人员。他们在各自的岗位上默默地奉献着。

张芬之（《中国新闻出版报》原总编辑，安徽省灵璧县人，中国作协会员，高级编辑，享受国务院政府特殊津贴。历任《中国新闻出版报》总编辑等职。先后出版《笔耕路》《拾萃集》《出发》等 10 多部作品。曾被评为全国优秀新闻工作者，获全国韬奋新闻奖提名奖，连续 16 年担任中国新闻奖评委，连续 8 年担任首都国家部委新闻高级专业职务资格评审委员会委员）

得知张总在家乡时曾参与新汴河建设情况，笔者设法与他取得了联系，并进行了电话采访。张总是一位十分善谈的人。本来，他在《出发》这本书里就写了《参加新汴河工程建设》一文，这次又接受专门采访，他显得异常高兴，又谈了很多新汴河的往事。

人生中有许多事是变化多端、出乎意料的。当我们 1966 年 10 月 18 日在北京大串联接受了毛主席等党和国家领导人接见后，原准备接着去井冈山、延安等地，突然接到学校通知，经宿地革委会研究，

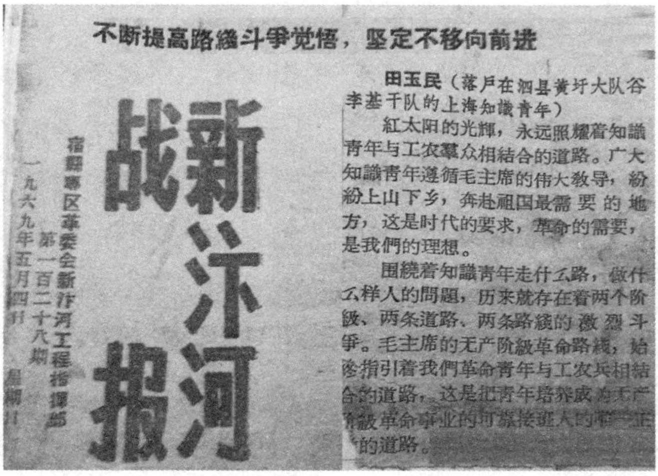
不断提高路綫斗爭觉悟，堅定不移向前进

新汴河战报

宿县專区革委会新汴河工程指挥部

第一百二十八期

一九六九年五月四日 星期日

田玉民（落戶在泗县黄圩大队谷李基干队的上海知識青年）

紅太阳的光輝，永远照耀着知識青年与工农羣众相結合的道路。广大知識青年遵循毛主席的伟大教导，紛紛上山下乡，奔赴祖国最需要的地方，这是时代的要求，革命的需要，是我們的理想。

围繞着知識青年走什么路，做什么样人的問題，历来就存在着两个阶級、两条道路、两条路綫的激烈斗爭。毛主席的无产阶級革命路綫，始終指引着我們革命青年与工农兵相結合的道路，这是把青年培养成为无产阶級革命事业的可靠接班人的唯一正确的道路。

宿县专区新汴河工程指挥部所办《新汴河战报》

我们宿县农校 1964 届会计统计专业毕业生全部被分配到宿县地区新汴河工程指挥部和所属各县水利工程总队毕业见习，如果出去“串联”不回学校将

取消分配资格。

说心里话，我们这届毕业生都是工农子弟，家境一般，之所以考中专就是为了不增加家庭经济负担，而且希望毕业后能有一个稳定工作和稳定收入，帮助改善家庭生活。特别是在“文化大革命”时期，能按时毕业分配已十分难得。所以我们打消了全国串联的念头，很听话地迅速从北京返回学校。

可能与我在学校的表现有关，也可能与校方的推荐有关，我和我们班的班长齐天荣、团支书朱云珍、生活委员邵长静被宿县地委组织部直接分配到宿县地区新汴河工程指挥部政治部工作。我被分在政治部宣传教育科，参与创办《新汴河战报》；他们几位与团地委的孙扬秀、孙德文等一起，在政治部青年科做团的工作。

我们宣教科科长叫王光寅，30 多岁，高高的个子、白净的脸膛，会写文章，是笔杆子、地委宣传部的科长，工作认真，待人热诚，与大家相处得很好。其余几位像陈勇、孙以淮等人都是来自地委和专区的“秀才”，干工作雷厉风行，写文章各有千秋，我从他们身上学到了许多优秀品质。我对毕业分配十分满意，认为业务和兴趣对口，又有这么多有才华的老同志传帮带，政治思想和业务能力一定会有提高。

工程开工初期，“文革”的影响不大，进展顺利。随着“文革”风起云涌，原宿县地委书记孟亦奇被打倒，地委和专署机关处于半瘫痪状态，工程建设受到严重影响。为了保障工程按期完成，经安徽省军管会报中央批准，新汴河工地不搞“四大”，集中财力物力人力搞工程建设。同时抽调宿县军分区政治部主任李大涓，组成了以地委副书记宿县地区专员、郑淮舟为主要负责人的宿县地区新汴河工程革命生产委员会。

当时，工程指挥部由于“文革”的影响已分成三派，在推荐人员加入革命生产委员会时产生了分歧。经三派群众组织商量，最终将我推荐了进去，担任革命生产委员会委员并兼任《新汴河战报》办报领导小组副组长。我当时心里明白，大家推荐我，并非是我才华出众，而是因为我刚中专毕业，没什么对立面。但既然推荐了，人家就把你当个人物看待。委员会开会通知我，红头文件发给我，我还经常跟着郑淮舟和李振兴两位主管工程的副主任到各县工地检查工作。

钱汉东(《文汇报》高级记者)

钱先生在1969年1月从上海中学毕业到安徽省泗县插队后,参与了新汴河工程的建设,我与宿州市文物局赵彦志副局长两次对他进行采访。

淮北是我的第二故乡,对我来说是一个刻骨铭心的地方。50年过去了,我常回忆起在淮北的岁月,在徐岗切岭,去谢沟挖河,住庵棚吃大锅饭。

当年的知青,现大都已步入迟暮之年。作为参与当年新汴河开挖的上海知青,我有幸参加宿州汴河博物馆开馆仪式。让我惊讶的是,博物馆展出的图片和实物中,竟然有我当年书写的大幅标语:“一定要把淮河修好!”望着那一个个稚拙而坚毅的大字,往事历历涌上心头。

1969年,那个大雪纷飞的严冬,年仅16岁的我和学友告别黄浦江,前往淮北泗县插队。到了那里我们始知,当地面临的最大问题就是水患。1969年2月春节刚过,我随老乡一同到新汴河徐岗切岭工地。徐岗切岭位于安徽泗县与江苏泗洪县交界处,全长约6千米,开挖新汴河,必须从岗中间切岭贯通,新汴河水才能流往洪泽湖。

挖河这活之辛苦,不是常人能忍受的。我一个细皮嫩肉的上海学生,手无缚鸡之力,但看到那热火朝天的干活场面,就报名参加了。到了工地,看到河床是砂浆地,坚硬异常,一般的铁锨根本挖不动。当时的办法只有两种:一是用大抓钩扒,如果一抓钩下去正好扒在砂浆上,就会被震得双臂发麻。一是双人踩铁锹,那种铁锹是特制的,铁锹的头特别大特别长,在铁锹头上套一块踏板,两个壮劳力,一边一个用脚合力往下踩踏板,方能截断砂浆取土。每天从天亮一直干到天黑,手都磨出了水泡,水泡破了,抓钩柄上全是血水,这对一个才16岁的上海知青而言,真是极大的磨难。

不仅是活累,生活条件也极其艰苦。我们住的是“滚地龙”草棚,地上放一些麦秆,再铺一张大大的芦苇席,就成了20多位民工睡觉的大通铺了;照明仅靠一盏昏暗的小油灯,半夜里常被外出解手的老乡不小心踩醒;如遇上大暴雨,地面的水会慢慢漫延进来,濡湿麦秸,又湿又冷,根本无法入睡。白天高强度劳动，即使是寒冬腊月，也是汗流浃背。汗水浸透了的衣裳无法换洗，最要命的是根本无处洗澡，身上很快就生出了老白虱。那虱子咬得人身上到处都是小红包，奇痒无比，难受至极。所吃食物极为简单，早晚山芋加玉米面糊，中午是山芋干掺和面粉做的馒头，加一些萝卜干或咸豇豆作为菜肴。

过了一段时间后，我想，除了白天艰苦劳作之外，还应该找点事情做做。于是，在夜晚的皓月之下，我开始读书和写日记，并收集工地上的好人好事，给《拂晓报》《新汴河战报》和广播电台写稿……

在下乡前，我曾在上海的医院里学过针灸、拔火罐等医术。为了更好地为老乡服务，我开始研读从上海带来的有关经络穴位的针灸类书籍，并大胆地在自己身上试针。如，我因吃山芋经常泛胃酸，就尝试扎足三里、中脘等穴位，效果尚可。慢慢地，我利用阴雨天为老乡扎针治病，在缺医少药的偏僻工地上，因为能帮助老乡解除点小毛小病，受到了老乡的欢迎。随着信息传开，附近的民工也来找我扎针，我挺开心也很有成就感。

我喜爱写作，久而久之，当地领导和编辑喜欢上了我这个上海知青。那个年代兴宣传、写标语之类的，而我在父亲的教导下，从小就练习书法，故在工作之余，就帮着报社和电台写写画画，彼此日渐熟悉。有一天傍晚，县政

上海下放知青钱汉东在新汴河徐岗工地所书“一定要把淮河修好”

宣组的老师突然来到我们工地，说明天报社摄影记者要拍摄反映兴修新汴河的巨幅照片，刊在《人民画报》上，请我去写字。初生牛犊不怕虎，听到这个消息，我不是害怕出丑，反而有些兴奋。

到了指挥部，我看到民工们正在为一个个长2米多、宽1米多用芦席扎成的方牌子糊白纸。我仔细瞧了一下，那方牌子糊得还算平整。吃过晚饭，我就在搭起的架子上，用大排刷书写起大字来，我写的是当时上海最流行的新魏体。那天，一共写了两幅大标语，其中一幅大标语书写的是“一定要把淮河修好！”我从来没有写过这么大的字，拿起大排刷真要开始写时，心里不免有些打鼓。我深深地吸了一口气，鼓足勇气，爬上梯子，开始书写。开阔的广场上打着照明灯，有些刺眼，围观的干部、民工窃窃私语，而我已经豁出去，唯有努力写好每一个字。晚上10点半，终于完成任务了。我远退几步，站着看写好的大标语，还算过得去，一颗忐忑的心终于放下。领导犒劳我吃了碗大排面，我多少日子没有尝过荤腥了，那排骨的鲜香至今回味无穷。那晚，我心满意足地回到工棚睡了一个好觉。第二天，“一定要把淮河修好”的巨幅标语，高高地竖立在河床上，我盯着标语看了一遍又一遍，心里充满了自豪。

岁月无情人有情，艰苦的环境锻炼了我的意志，激发了我的潜能，也让我拥有了此生最宝贵的精神财富。

标语竖起来了，但我始终没有机会见到拍出来的照片，亦不知是否上了《人民画报》。时过境迁，此事渐渐淡忘了。谁承想半个世纪后，当年书写的作品又出现在我眼前，那一刻，我真不敢相信自己的眼睛。展览现场，除了展出我书写的标语的照片外，周围还巧妙、艺术地立体化再现了万名民工车来人往奋战新汴河的壮观场景，令人振奋。从震惊到欣喜，我的心情跌宕起伏。馆领导和员工们听完当时书写标语的往事，都纷纷与我合影留念。这大概就是缘分吧。此作品可以算我最早的书法作品，它与我分别半个世纪后，竟然会以这样一种方式再次与我相见，不是缘分又是什么呢！

我应邀为博物馆开馆题词：“千古黄淮，十年九灾。人为鱼鳖，天怒神忾。平地惊雷，汴河新开。民安国泰，世间命脉。”新汴河开挖后，根治了淮北的千年水患,造福淮河流域的民众。

高传业(知名摄影家)

2019 年 5 月,是宿县这一年最美的季节。饱受严寒侵袭的万物,经历了整个春的培养、积聚,如今疯似的生长。被市民称作“花的海洋”的新汴河景区更是一派生机,上千亩花卉都进入了盛花期,竞相开放:红的虞美人,黄的金鸡菊,雪白的月见草,它们随风摇曳,迎接着一位贵客——知名摄影家、87 岁的高传业老人。

高老原是宿县地区文化局文艺科科长,1950 年 8 月参加工作,1992 年退休,从 20 世纪 50 年代初就在地区水利局、《拂晓报》社和文化局从事摄影工作,曾被抽调到安徽电影、长春电影和中央新闻电影制片厂工作,拍摄了各类题材的大量照片,他也见证了新汴河建设的全过程。上次拜访时,将在新汴河建设中拍摄的 50 多张历史珍贵照片赠送给新汴河景观办,反映出一个老艺术家高风亮节。

上午 9 点,参观过新汴河景区后,高老在笔者和新汴河景区办赵彦志、金永的陪同下,走进了汴河博物馆三楼办公室接受采访。由于事先约好,也不是第一次采访,大家落座后便直奔主题。

采访人:今天请高老来,是说说老照片和它背后的故事。上次您赠送的照片,我们放大洗了出来。当年挖河,包括您在内很多老同志都做出了贡献。

高老:开挖新汴河,从开始我就参与。那时我在地委机关报《拂晓报》当记者,经常到工地采访,对情况比较了解。

采访人:刚才在博物馆大厅看到《开挖新汴河》大型浮雕,就是以这张照片为蓝本创作的,先从它说起吧。

高老(接过照片端详):照片叫《妇女能顶半边天》,拍摄于 1968 年冬天,地点在宿县新汴河工地。浮雕是再创作,主角由女青年变成了男劳力。挖河一般很少有女青年参加,即使有大多也是在工棚里做饭。一次听说工地上有女青年和男劳力一样干活,觉得是好题材,便去了工地。当时天下着雪,气候十分寒冷。到了工地就看到七八个女青年在挖土推车,干得很起劲,属突击队之类,好像是砀山的。

采访人:现场妇女应该很少,但这个图基本都是妇女。

高老:我讲给你听。去拍的时候,为了表现,除了干活那几个,工地负责人还专门叫了一些,是临时集中的。平时她们分散在各个生产队干活。

采访人:图上女青年推着独轮车上岗很费劲,前面拉绳的也很卖力,车上两个筐土都垒得很高,大概有多少斤?

高老:有400斤左右。这个独轮车是大河指挥部管后勤的王学思从灵璧县发来。学推车不容易,民工有顺口溜,“推小车不用学,只要屁股磨得活”,说的是车把难掌控。土垒得高说明民工能干。

采访人:她们看上去都很年轻。

高老:都是青壮劳力。她们说,挖新汴河怎么只有男的来干,女的怎么不来干,那叫什么半边天?为表现半边天才有这些情景。有很多是主动去工地,也有轮派的。生产队上工时和排班一样,你家有男劳力,派人去;没有男劳力,轮到你了,那就得妇女去。

采访人:这张在开会(见本书165页)。

高老:大概是1969年拍的,反映豫皖苏三省召开联席会议的情景。开挖新汴河治理沱河工程中,有段时间河南商丘地区的民工到宿县地区境内,宿县地区民工到江苏泗洪县境内施工,经常会遇到一些具体问题,于是三省代表就来到宿县坐下来商谈,统一步调。

采访人:在宿县哪个地方?

高老:新汴河工程指挥部吧,当时指挥部在东方红电影院向东对面。

采访人:里面这些人你可认识?

高老:我戴眼镜看看,(指着图中穿军装者)这个是丁参谋长,是宿县军分区政治部的副主任、参谋长,在新汴河指挥部干了一段时间,当时工程由军代表负责。其他参会的应该是负责工程的主要成员。

采访人:丁参谋长是哪里人?

高老:安徽定远藕塘人,他和我们地区原来的宣传部长陈曦在一起。丁参谋长为新汴河干了不少事。

采访人:这张(见本书129页)场景很大,是在哪里?

高老:这个记得清楚,这是徐岗切岭,叫《十万民工战徐岗》,是1968年冬天拍的。挖河中最难的一段工程,这是个了不起的工程,6万民工吃了不少苦,在泗洪县施工。徐岗挖到后来坡很陡,从河底到河堤斜坡落差足有10层楼高,施工用了一部分简单的机械,整个新汴河为数不多的运用机械的工地。开始用拖拉机,后来用拉坡机。徐岗的土很硬,得用拖拉机犁地,土松后再拉走。然后人工刨,挖了30多米深,太陡了就用拉坡机往上拉。

采访人:拉坡机在哪里?什么样子?

高老:在堤上面。你看上面有不少房子就是用来放拉坡机的,防止风吹雨淋日晒。它是柴油机头,有绳子拉拽,河工用胶轮车推着,把挂钩挂上,就拉上去了。有的工段施工时没有这种机子,就将独轮车倒过来,外胎扒掉,用钢圈制成简易拉坡机,也节省不少人力。

采访人:一个拉坡机可以拉几个胶轮车?

高老:可以同时拉两个,多了动力就不行了。

采访人:照片上有很多标语,包括"一定要把淮河修好",是爬到架子上写的吗?

高老:很多,要不就没有政治气氛了,那时兴时这个。标语是用框子、席子做的,就是睡觉的席子,后面是木板。先做个木框,然后把席子钉上去,在纸上写好字糊上去。

采访人:大概有多大呢?

高老:1.5米左右。

采访人:这个(见本书117页)像是民工上工的场景。

高老:是《上工去》,民工刚从工棚里走出来。

采访人:工棚庵子距离工地有多远,多高,门朝哪?

高老:没有多远,2米多高,门朝南,新汴河是这样的。

民工到工地后,第一件事就是赶快搭建庵棚,即用棍棒、玉米结、小麦秸秆搭的三角棚,就像过去我们小时候看瓜的庵棚一样,再搭个棚做厨房。庵子中间留个过道,晚上大家睡觉时头对着头,里面的人要想出来,直接走中间的过道就行了。

采访人:那个时候条件都比较艰苦。

高老:是的。一次我随地委副书记到灵璧工地,自己背着背包带着水壶,晚上9点到的,他们比较重视,在庵子里睡觉没有稻草铺,用的回草铺,下点面条,我们感觉也是很好的。

采访人:从照片看,大家精神都很饱满。

高老:那时虽说条件艰苦精气神却很足。我每次到工地采访,都会被火热的挖河场面所感染。民工们面对繁重的体力劳动有说有笑,喝着号子干活,有时真是叫声震天,特别是"欢堂子",大家集合在一起嗷嗷叫,那热烈的场景至今记忆犹新。

慰问演出

采访人:这张是民工在看演出,那么多人。

高老:工地上也经常办一些娱乐活动。离村子比较近的有时放露天电影;较远的指挥部经常利用雨天或晚上等业余时间,组织剧团等到工地慰问演出;施工队里也有以前在家喜欢说唱的,晚上来上几段,丰富一下业余生活。

采访人:照片上反映的应该是慰问演出,人很多。

高老:只要白天有慰问演出,都会组织人去看。民工得干活,在不影响工程进度的情况下才能看,他们都有任务。好比说你要干的区域,从这里到那里，多宽多长，多少立方米土都规定好了。他要是去看演出，他的土方谁给挖，土方没有人挖，到时候完不成任务，不就是后进队了吗？

采访人：那怎么办，怎么解决？

高老：组织上统一安排，不然就能坐这么整齐了吗？一个是组织人演出，同时也组织人去看演出。

采访人：文艺演出队的人是怎么组织的，是专业的剧团还是其他组织？

高老：是专业剧团，都是地委统一组织的文工团。我们地区有 3 个剧团，坠子剧团、梆子剧团和泗州剧团。从照片看应该是坠子剧团在演出，当时左玉恩是坠子剧团指导员，喜欢组织这些小分队专门下乡演出，文艺轻骑兵，像内蒙古的乌兰牧骑宣传队。也有机关组织人去演出，比如《拂晓报》就组织过几个青年，到工地唱、拉、说快板。

采访人：画面中这个叫扬琴吧，一个人敲着琴，另外一人在唱，神情神态都很到位。

高老：你可知这人是谁？是诗人刘朝兰的家属。当时好年轻，在宿县曲艺队唱曲艺，经常下乡演出。

采访人：从照片（见本书 178 页）看这应该是在某个桥或涵闸的施工现场，工程技术人员在讨论，是哪个地方？

高老：这是灵西闸。为什么？施工人员的帽子是不一样的。施工中上面经常掉东西下来，带帽子是为了防止受伤。这个是三大队的，灵璧县的一个连，有个姓严的是灵西闸的书记具体负责。

灵西闸这一块除了公路，还有以闸代桥，另外还有橡胶坝。很多人都没见过橡胶坝，这个是用橡胶做成的，使用新汴河的水充进去，满了就鼓起来，水高了就再上一点，低了就放水。

采访人：这在哪个方向？

高老：东南角拍摄的。水从西往东流，这个地方我去了十几次，北边是闸管所。现在新建了灵西闸，但老桥还在，应作为文物保护起来。

对高老的采访，持续到 12 点半才结束。

第十章　玉汝于成

历尽艰辛，新汴河工程终于建成。半个世纪以来，它发挥了巨大的功能，经受住了一次次严峻考验，为流域人民带来显著效益。跨入新世纪后，新汴河继续承载着为民造福的使命，是宿州人民的“母亲河”“幸福河”。

一

1970 年 5 月 19 日《人民日报》头版刊登了这样一条消息：

新华社合肥 18 日电　在毛主席关于“一定要把淮河修好”的伟大号召下，横贯豫皖苏三省淮北平原的大型水利建设工程——开挖新汴河、治

新汴河航拍图

理沱河工程全面胜利竣工了。

开挖新汴河、治理沱河工程，对根治淮患有着重大意义。淮北平原西高东低，主要排水河道——沱河、濉河出口小。因此，每当汛期，上游洪水抢占河槽，中下游洼地积水无法排泄，经常造成洪涝灾害。为了根除灾害，从1966年11月起，淮北人民出动了四十五万民工，拓宽沱河、开挖新汴河，经过几个冬春的奋战，把拓宽的沱河与开挖的新汴河相连接，构成一条横贯豫皖苏三省、长250千米的大型河道。拓宽的沱河(主要在河南境内)，是将原沱河从底宽30米、深4米多，拓宽到70米，加深到5米多；开挖的新汴河(主要在安徽境内，也跨及江苏的一部分)，全长135.8千米，河底宽90—115米，两堤距为350—600米，一般挖深到4—5米。新汴河从安徽宿县引沱河与濉河水，经灵璧、泗县、泗洪县流入洪泽湖。

开挖新汴河、治理沱河工程的胜利竣工，为沱河、濉河流域的洪水开辟了一条宽畅的出路，减轻了淮河的排洪量，解决了历史上经常遭受水灾的豫皖苏三省淮北十四个县(市)的100平方千米耕地的排洪排涝问题。由于整个工程边施工边受益，去年沱河流域虽然遇到历史上罕见的特大春汛，也没有成灾。粮食产量比以往正常年景增长20%—30%。这条大河还为发展灌溉、航运等事业提供了有利条件，促进了工农业生产的发展，加快了改变淮北面貌的步伐。

这条在今天看来也是重磅的消息，读起来依然是沉甸甸的，可见当年新汴河竣工典礼上人声鼎沸、万众欢腾的空前景象。

是的，人们有理由欢庆，在汴河沉寂消亡数百年后，民工们用热血和汗水赋予了它新的生命。

人们有理由欢庆，在那样的动乱年代，人们排除各种干扰完成了举世瞩目的工程，并被中共中央党校理论研究室编入《历史的丰碑：中华人民共和国国史全鉴》中。

人们更有理由欢庆，生活在这个流域的人们至此告别了水患，迈上幸福小康的征程。

新的一天是从东方泛起鱼肚白，整个大地揉着惺忪睡眼醒来的时候开始的。

新的一天是从立于高山之巅远看东方已见光芒四射喷薄欲出的一轮红日开始的，是从站在岸边遥望一条已经看得见桅杆尖头的航船开始的。

实际上，他们不仅已经看见桅杆尖头，而且就在桅杆下。这是从商丘开来的三条试航机帆船齐聚戚岭子——在新汴河竣工典礼举行后不久，一些领导及新闻记者从它的源头整装待发，他们要乘船一览新汴河全貌。

试 航

上午8点，当太阳升起的时候，轰隆隆的马达声春雷般地滚过新汴河上空。这条历尽艰辛、经过炼狱而又浴火重生的河，正着盛装，以崭新的面貌，载着船队，载着人们的喜悦与期待缓缓东去。

重生的新汴河很美。但它的美不是自然河流那样曲折逶迤、峰回路转的美，而是像淮北人的性格一样大度、宽容、直率的美。在大度地容纳了沱河、王引河等，使它们产生归属感后，它便笔直地前行。放眼望去，笔直的河道，笔直的两岸大堤，由大堤水面形成的四条鲜明的平行线一直延伸到天际间交汇；闪闪发亮的河面干净而清彻，像一根银弦镶嵌在大地上，它的弦轴就是戚岭子和洪泽湖。

因是试航，第一次在水面上观摩新汴河，所以大家显得有些兴奋，心里充满了新奇。

随船担当义务讲解员的宿县地区水利局技术员郜洪秋兴奋地指着前面说："刚才，我们的出发地点叫戚岭子，是从这里截沱河形成新汴河源头。"说着又指指右前方，"前面是新汴河三角洲，在新汴河与沱河的交汇处，那边是沱河进水闸。"

大家顺着他指的方向望去，欣赏着两岸缓缓后移的风景。众人还没有从三角洲中回过神来时，忽听空中传来长长的汽笛声，原来快到津浦铁路桥了。随着汽笛声越来越响，一列货车呼啸而过。

郜洪秋解释道："津浦铁路桥是 1968 年 3 月开工建设的，为钢筋混凝土梁双向铁路桥，全长 276 米，宽 10 米，13 孔，由济南、北京铁路局工程队建造，土方是萧县黄口中队做的。施工中正值汛期，阴雨连绵耽误了时间。为追赶进度，萧县总队动用了 5 个中队 6000 多名民工会战，整个工程 85 天完成。"

郜洪秋 30 多岁，中等身材，微胖，性格爽快开朗，很健谈，参加过新汴河前期的勘察、设计和建设工作，对新汴河的前世今生了如指掌。在试航中有这样的人讲解是再好不过了，大家自然高兴。

津浦铁路桥试车现场

越过"米"字形钢梁铁路桥，不远处又见一片建筑。

"看，那是新北沱河地下涵！"说着郜洪秋回头看看，补充道，"大家可能对地下涵不清楚。新汴河主要功能是排泄上游河南商丘的客水，自己本身水位高，新北沱河无法流入，在这里与它交叉怎么处理？专家们设计了穿越新汴河的地下立体交叉工程，即建设一个涵洞，让新北沱河的水从新汴河下面流过去。工程从 1967 年元月动工，1968 年 3 月完成，历时一年多时间。像这样的涵洞，新汴河共有 3 个，除这个外，还有唐河、石梁河地下涵。”

在众人想象着河水如何下穿时，部洪秋又讲起了新北沱河地下涵建设中遭遇“管喷”的惊人一幕。

新北沱河地下涵在建设中

那是 1968 年 7 月 15 日。地处沱河上游的河南商丘地区突降暴雨，洪水顺流而下，濉溪县的四铺闸告急，在没有通知下游的情况下便开闸放水，致使洪水咆哮着向下游狂奔。由于戚岭子进水坝埂没有拆除，沱河进水闸未能安装闸门，宿县节制闸也没有及时启闸放水，导致闸上水位骤涨到 25 米以上。下午 6 点，洪水沿新北沱河地下涵下游与沱河相连的引河倒灌并冲破施工围埝，灌入地下涵洞内。当时洞顶上面的新汴河水位只有 22 米，比引河水位低 3 米。在压差的作用下，地下涵洞拱顶被顶破，洪水直往上涌。面对突发事件，100 多名建涵工人冒着危险抢修了 5 个昼夜，最紧急时连续在水中作业 16 个小时，才化险为夷。

部洪秋刚介绍完，几个新闻记者带着好奇，对地下涵洞为什么会“管喷”、能承受多大压力以及抢险的具体细节不停地发问，部洪秋都认真作答。

不觉间，船队到了灵西地界。郜洪秋从凳子上站起来，打断记者们的提问，指着河面说："我们现在船行的水面下就是古汴河的河床，新老汴河在这里重叠相会，可谓有缘。"

听到郜洪秋的话，大家将带着惊叹、疑惑的目光投向水面。

郜洪秋接着说："古汴河原是隋代通济渠的一段。公元 605 年，隋炀帝下令开凿贯通南北的大运河，同时开挖洛阳至今江苏省淮安的通济渠。当时河南、安徽淮北一带共出动 100 多万民工挖河。豫皖两省开挖的西起开封、东至今洪泽湖的一段河道，史称'汴水'，后称'古汴河'。

"隋炀帝开凿运河的目的是，经济上加强南北联系，掠夺江南财富；政治上加强对江南控制，巩固政权。同时也便于到江南巡游。大运河和通济渠开通后，隋炀帝曾 3 次到江都巡游。他乘坐的龙舟高达四层，后面跟随数千只大小船只，载着宫妃、贵族、僧尼和道士。在岸上，上万民工拉纤，大队骑兵夹岸护送，500 里之内州、县供奉最精美的食物，绵延 200 余里，人民苦不堪言。"

隋唐大运河的缔造者杨广未曾料到，在大运河建成后的 600 多年间，这条运河的河道里，舳舻千里，帆樯林立，浩浩荡荡，气势恢宏，谱写着历史的宏大漕运变奏曲。南方的杏花春雨走进北方的彪悍雄浑，婉约与豪放的融合，铸就了中华丰富厚重的运河文化。世界上没有哪条河有如此悠久的历史、如此的承载。如今，昔日辉煌虽已渐行渐远，但无论运河故道是通畅，还是干涸，抑或是深埋地下，它都曾改变一个国家，深刻地影响了亿万人的生活，最终被载入历史。或许，从悠悠的汴河水里，我们还能隐隐听到它流经宿州大地时那扣人心弦的歌谣——

汴河水呀清又长，
汴河两岸柳成行。
河中行舟如穿梭，
浪打船头歌声扬。
呀咿呀子哟，
浪打船头歌声扬。

汴河宽呀汴河长，
汴河就是我家乡。
牧童牛背吹短笛，
阿妹船尾洗衣裳。
呀咿呀子哟，
阿妹船尾洗衣裳。

汴河水呀弯又长，
天堑架起新桥梁。
风吹水面波连波，
青青草场放牛羊。
呀咿呀子哟，
青青草场放牛羊。

汴河水呀白又长，
浪花滚滚向东方。
千钩垂钓鱼戏水，
八方张网鱼满舱。
呀咿呀子哟，
八方张网鱼满舱。

告别了古汴河，快到灵璧县城时，一座在当时可称得上“壮观”的混凝土双曲拱桥横跨在船队面前。桥有五孔，每孔内都有个黑乎乎的大气包堵着。

“这是什么？”几个记者指着气包询问。

“这就是具有世界先进水平的灵西闸枢纽工程橡胶坝，在我国和世界上都是较长较高的一个。”

郜洪秋继续说道：“闸孔里的坝用橡胶尼龙布制成的布袋代替。它的最

新汴河人家

大优点是节省大量钢材和混凝土，造价比一般闸低了三分之一。”

在大家的要求下，船停下来，大家上闸参观。闸管所的值班员边介绍边演示，只见一按电钮，坝袋胀了起来，再一按，又塌了下去。

值班员解释说：“坝袋铆固在底板和桥墩上，下有水管接到水泵房，抽取河水便可使坝袋胀落。”

郜洪秋见大家对橡胶坝很感兴趣，补充道：“开始建造时，有些人认为，美国、德国、日本等国的第一个橡胶坝长才几十米，高 2 米多，我们要建造长 120 多米、高 3 米多的根本不可能。结果我们硬是搞了出来。”

郜洪秋还告诉大家，这个闸的蓄水，将对周围社队的农田灌溉起到很大的作用，沿河要建十几个小电灌站引水灌溉，已列入发展计划中。

傍晚时分，船进入了泗县地界。

夕阳下，水面波光粼粼，像是散落的片片金箔，船行其间，仿佛走进了金色的世界，可谓“数点扁舟向斜阳”。

正当大家欣赏着“汴河夕照”的丽景时，忽觉两边的大堤明显增高，水流变快，而河面却越来越窄。显然，船队驶入了相对较陡、较窄的峡道。虽没有郦道元笔下的“巴东三峡巫峡长，猿鸣三声泪沾裳”那样的陡峭、嶙峋、空灵，但在淮北平原的河道中，像这样陡的大堤极少见。

郜洪秋说，这就是长六七千米、相应河底高程 13.8 米的徐岗切岭，是施工中条件最艰苦、工作最艰巨、民工技术创新最多的一段。工程从 1966 年

11 月开始,1969 年 12 月结束,分三期完成。在 3 年多的时间里,很多人整个工期不回家,一些人带病坚持作业,有的甚至付出了生命的代价。部洪秋的一番阐释和感慨,使大家对新汴河的建设者们产生了深深的敬意。

过了徐岗切岭,河面显得十分宽阔。

天慢慢暗下来,太阳已完全降落在地平线下,新汴河周围的一切都变得模糊,两岸稀疏的村庄不时亮起灯光,这一切在提示已经是晚上了。船队仍在前行。不一会儿,大家在苍茫中隐约看到一座壮观的大闸横跨在水面上,这无疑就是赫赫有名的团结闸了。

象征苏皖人民友谊的团结闸

部洪秋望望众人,解释道:“提起团结闸,还有一段来历。团结闸原叫泗县闸,闸址设在泗县境内。为让泗洪县群众受益,遂将包括节制闸、船闸和翻水站的大型水利枢纽工程改在这里兴建。这样既增加了泗洪县群众几万亩灌溉面积,又沟通了皖北苏北的内河航运。建闸时,宿县地区曾派出 6 万多民工在泗洪县境内施工,连续奋战 3 年;泗洪县群众得知宿县地区民工在此施工,连夜抢修了 5 千多米石子路,派出十几辆汽车帮助运输。据说为建设团结闸,时任中共安徽省委第一书记、省革委会主任的李德生,曾致函时任江苏省革命委员会主任的许世友,商讨增加团结闸从洪泽湖翻水能力,达到 10 个流量,以补新汴河水源的不足,为苏皖两省团结治水又添了光彩的一笔。”

听完部洪秋的介绍,大家议论纷纷,回味着一路的所见所闻,你一言我一语地说开了。一位知道过去经常闹边界水利纠纷的领导感慨地说:“没想到一条河、一个闸结束了纠纷历史。”

本来,按照原计划,在团结闸住下,明天再走,但大家都想看看夜里的洪泽湖,一致要求继续前行,只好临时改变行程。

吃了晚饭已快9点了,船队开始出发,穿过溧河洼到洪泽湖时已是10点多了。

夜里的洪泽湖出乎大家意料,天连水水连天,黑乎乎的,除了天上几颗稀疏的星星,几乎看不到渔船的灯光,大概是渔民们已歇船休网了。偶尔能隐隐看到闪烁的渔火,此时显得异常珍贵,总算给夜里的洪泽湖带来一丝神秘感。

新汴河在问世后的半个世纪中,以它的出色表现有力证明了当时决策者高瞻的眼光、过人的胆识和聪明的智慧——

它从根本上改造了旧水系,将原来洪涝不分的水系,改造成为“洪涝分排”的水系。

它在濉河与湺潼河之间开辟了一条直通洪泽湖的水路,使洪水畅通无阻地入湖。

新汴河航运

它使上游河南境内沱河及支流排水通畅,彻底地解决了豫皖苏三省地区之间长期存在的水利纠纷矛盾。

它较彻底解决了宿州地区濉河、唐河、沱河等内河排水问题。

改善了这个地区工农业用水和航运的水利条件。新汴河工程成为一项具有泄洪、排涝、灌溉、供水、航运、养殖等综合效益的大型水利工程。

新汴河建成后,50 年来这个地区基本没发生大的水灾。这里,借用《中国共产党宿州历史》第二卷的具体陈述:

未建工程前,豫东、淮北、江苏泗洪等地平均 3 年一次大水灾;建成后再也没有发生大的洪涝灾害。1982 年,宿县地区又遭到同 1963 年一样大的洪水,人们坐在新汴河大桥上可洗脚,可见水势之大、之猛。新汴河 11 天安全泄洪 6 亿多立方米,境内各内河顺利排涝,4666 平方千米耕地免遭涝灾,保障了沿岸的工矿企业、城镇、津浦铁路及 100 余万人民的生产生活安全。当年全区粮食总产达 18 亿公斤,相当于 1963 年的 4 倍多。

随着改革开放的深入,新汴河在工矿城镇供水、农田灌溉、航运、水产养殖、两岸造林等方面,发挥越来越大的功效。1975 年汴河通航的当年,年运量仅 2 万吨,到 20 世纪 90 年代已达到 38.5 万吨。两岸大堤全长 250 千米,已全部绿化,杨树、刺槐、梧桐、果树穿插其间,郁郁葱葱,宛如一道绿色的长城,蔚为壮观。

难怪宿州人民亲切地称呼新汴河为“母亲河”“幸福河”。

二

就像人们乘坐忽而高峰、忽而深谷的过山车那样,新汴河的 50 年也是在风雨兼程中度过的。当提到新汴河接受的严峻考验时,无论是史书记载,还是当事人口述,都不约而同地将目光聚焦到 1982 年 7 月下旬的新汴河流域大暴雨大洪水上。

那是极度紧张而险象环生的时刻。

《宿州水文志》是这样记载的:

1982年7月21日至23日，新汴河流域受西南暖湿气流影响，普降大暴雨。西起河南省商丘，东至江苏省睢宁，新汴河以北、废黄河以南的大片地区，日降雨量大多在200毫米以上。暴雨中心在萧县县城至河南永城北部的房集一线，日降雨量350—400毫米，三天降雨量400—500毫米，萧县崔庄一日降雨量444.2毫米，三天降雨量501.2毫米。全流域三日降雨量400毫米等雨量线笼罩面积345平方千米，300毫米等雨量线笼罩面积1361平方千米，200毫米等雨量线笼罩面积2384平方千米。

由于暴雨量大、降雨集中，再加上受前期降雨影响，这次暴雨全部形成径流迅速汇集河槽，各河道水位迅速上涨，形成新汴河流域"82·7"大洪水。流域内多站最高洪水位及洪峰流量超过历史最大值。宿县闸水文站实测洪峰流量1450立方米每秒，与20年一遇设计流量1460立方米每秒相当，闸上最高洪水位28.62米，超20年一遇设计洪水位0.66米。

新汴河洪峰期，沱河进水闸及化肥厂引水涵两处分洪，分洪流量70立方米每秒。堤防险象环生，多处堤段临时在堤后加戗台，堤顶加子堰。

"82·7"暴雨形成的新汴河洪水过程持续10天，径流量达6亿立方米。

今天，重读这些文字和数据，依然感到惊心动魄。让我们回放那段历史吧——

警报：已提前拉响

对这次大的降雨过程，宿县地委行署是做了充分准备的。

大家都明白，淮河是我国南北分界线，淮河流域处于温带和亚热带季风带的过渡地区，气候变幻无常。每年6月—7月，北方来的冷气流与南方来的暖湿气团多在这里相持交汇，形成多雨的天气。如果该年的冷湿气流交锋时间长，而且暖湿气团所带水分大的话，就很容易形成大暴雨，继而成灾。

早在 5 月，有关部门就通过各种渠道了解汛情，查阅历史资料，分析防汛形势，得出今年淮北地区出现洪涝灾害可能性比较大的结论。俗话说：“宁可信其有，不可信其无。”因而早动手早准备，备足防汛器材，迎战即将到来的大洪水，是地委行署的最佳选择。

7 月 12 日，地委行署召开防汛电话会议，这已是第三次召开这样的会议了。会议由地委书记陈海楼主持，向全区发出紧急行动起来，做好防汛准备的通知。

拂晓报

FUXIAO BAO

安徽省报刊登记证第20号

1982年7月 15 星期四 农历壬戌年 五月廿五 第203号

地委行署召开电话会议号召全区干群

紧急行动起来防汛防涝抗灾夺丰收

本报讯 十二日晚，地委、行署召开电话会议，向全区广大干部群众发出了战斗的号召：紧急动员起来，防汛、防涝、防渍，千方百计抗灾夺丰收。

七月九日以来，我区进入雨季，沿淮、淮北连降大雨或暴雨，河水猛涨，低洼田块已出现内涝灾害，威胁着秋季作物的生长。据气象预报，十三日以后还可能出现大暴雨。各地要紧急行动起来，投入防汛防涝防渍斗争。怀远、五河、宿县等沿淮河、新汴河、奎河、濉河的县、市干部要分段包干，组织好三线民工，从现在起就要带领第一批人上堤，加固险工险段，把各项工程抢做在洪水到来之前，确保安全度汛。其他有内河的县，也要提高警惕，做好防汛防涝防渍工作，抓紧拆除阻水障碍物，做到沟河相连，涵闸启闭灵活。还要疏通大、小沟渠，以便及时排除地面积水，清沟沥水，减少受涝受渍损失。

电话会议提出各地应从指导思想上明确：抓农业就要牢固地树立抗灾、抗大灾、抗各种灾害夺丰收的观点，作好旱涝两手准备，做到涝能排、旱能灌。只有从坏处着想，向好处努力，有备无患，严阵以待，才能遇灾不发慌，沉着应战，打主动仗。不然的话，就会被动，造成严重损失。秋季生产是全年粮食和经济作物生产的大头，而七、八、九三个月又可能发生水、旱、风、虫等多种自然灾害。这个时期抗灾工作做得好坏，对全年农业丰收关系极大。各级领导和广大干部群众，要克服午季丰收后可能出现的麻痹思想，动员群众和各个方面积极投入到防汛防涝防渍的斗争中来，并同时注意防旱。把实现今年农业继续上建立在切实可靠的基础上。

电话会还就做好秋季田间管理和其他方面的工作提出了要求，作出了部署。

陈海楼、王振鹏、陈复东同志在电话会上分别作了讲话。各县、市的领导同志和地直有关部门负责人参加了电话会。

继续深入学习经济理论

《拂晓报》报道地委行署召开防汛电话会议

会议分析说，7 月 9 日以来，全区进入雨季，沿淮、淮北连降大雨或暴雨，河水猛涨，低洼田块已出现内涝灾害。据气象预报，13 日以后可能出现大暴雨。各地要紧急动员起来，把防汛抗洪作为当前头等大事来抓，切实落实防汛责任制。怀远、五河、宿县等沿淮河、新汴河县的干部要分段包干，组织好三线民工，从现在起就要带领第一批人上堤，加固险工险段，以“人在堤在”的决心守住大堤，以百倍的警惕巡堤查险，把工作抢做在洪水到来之前，确保安全度汛。其他有内河的县，也要抓紧拆除阻水障碍物，疏通大中河道，做到沟河相连，涵闸启闭灵活。还要疏通大中小沟渠，排除地面积水，清沟沥水。

电话会议提醒各地牢固地树立抗灾、抗大灾、抗各种灾害夺丰收的观点，从坏处着想，向好处努力，有备无患，严阵以待，沉着应战，打主动仗。

会后，各地立即行动，去迎战即将到来的洪水。

五河县在一个星期内就动员了19万民工严阵以待。其中一线民工6600多人，二线民工4.2万人，三线民工14.2万人；县委政府从全县抽调300多名干部，对全县各大河流的险工险段进行全面排查，成立了4个前线指挥所，主要险工险段都有专人把守。同时组织抢险突击队34个，巡逻队每千米5人。在防汛任务重的新集区，共动员了民工1.2万人，准备防汛器材草包6万多条、毛竹6000多根和木棒200立方米。

宿县在防汛上实行严格的干部责任制，把奎河、濉河、新汴河、沱河与京沪铁路沿线的水库列为防汛重点，从县直抽出53名干部，深入各区社落实防汛措施。西寺坡区组织了500多名民工，远距离运土2.2万立方米，完成了芦岭塌陷区沱河大堤500多米加固任务；对奎河岸边7处崩岸险段进行块石护砌；三线民工组织完毕。

“狼来了”：萧县的72小时

21日晚到22日，新汴河流域普降100毫米以上大暴雨，暴雨中心在萧县，大部分区社降雨量达300多毫米，朔里区最大降雨量达410毫米。

暴雨使萧县变成了水乡泽国。在萧县城关，低洼的地方积水普遍较深，大多厂矿、粮站、仓库进了水，有的商店被迫停业。在集中暴雨区，有的公路桥梁被冲断，不少村庄被水围困，一些房屋倒塌，大片农田被水淹没，有的河道、水库决口了……

21日夜晚，暴雨如注。

丁里区后梅大队遭遇山洪暴发。

洪水像脱缰的野马顺着山坡向下狂奔，在冲破山间水库的堤坝后，直向住在水库边的农民鲁万祥老人家冲去。洪水瞬间冲塌了后墙，年已花甲的鲁万祥老人还不知发生了什么就被冲到20多米外的浅滩上，3个孩子在水中挣扎，生命危在旦夕。

“救命呀，救命！水库决口了！”

声嘶力竭的叫喊声穿过雨幕，穿过夜空，传到了四面八方。

这是鲁万祥的老伴发出的求救声。

最先听到求救声的是青年农民张长生，他在第一时间抢先赶去救人。接着，大队党支部书记董玉申、民兵营长王金龙、大队会计朱长海、治保主任张祖亭等人也听到求救声，飞速赶来。

借着手电筒的亮光，董玉申看到鲁万祥一家5口蜷缩在20米开外的浅水滩上，便急忙喊道：“快，蹚过去救人！”

山洪仍在狂泻，水深流急站不住脚。大伙手挽着手，往返几次，终于把人救了出来。

时任宿县地委副书记的王振鹏在萧县察看水情

在淮海区，干部和群众合演了在暴风雨中堵决口的紧张一幕。

22日上午，暴雨依然时紧时慢地在下，流经淮海区境内的碱河洪水逐渐上涨。在经过李平庄时，汹涌的洪流打着漩涡卷着巨浪冲破了大堤，刹那形成了20多米宽的决口，洪水直冲而下。

南岸2万多名群众的生命财产受到严重威胁！

正在现场坚守的公社书记张长朴目睹了这一切。

他当机立断，一方面安排同样在现场的淮海、石林等大队的500多名民工快速抢险，一方面组织附近的农民，在党员、干部的带动下，带着门板、准备好的草袋等一切可用于堵口的物资，淋着大雨，一齐向决口拥去。

装满泥土的麻袋扔到决口处瞬间无影无踪；马车架子放满土投下去，转眼被冲出十几米外。

张长朴意识到，必须快速打桩才能奏效。

只见他光着脊梁赤着脚，扛着木桩边跑边喊："快打桩！"

关于在暴风雨中堵决口的现场，庞家齐、巩杰在《拂晓报》上这样写道：

> 打锤手刘全文三次跳下水都被急流冲走。他爬上岸来，跳进决口，又抡起大锤。李守军一连打了40多根木桩，累得直不起腰，渴了捧口河水喝，又继续打起来。三角形木桩架从决口两边同时向中间延伸。
>
> 为了顶住洪水对木桩的冲力，必须渡河把铁丝系到对岸的大树上。
>
> 谁来完成任务？
>
> "我！""我！"随着报名声，李忠兰、张大力同时跃入滚滚的激流中。只见他俩每人拉一条七股铁丝绳，冲着50米宽的浪涛，奋力向北岸游去。突然，激浪把他们打入水底。
>
> "啊！"岸上的人惊叫着。
>
> 正当大家心情紧张，不知所措时，他俩又跃出水面。
>
> 人们高喊着："加把劲，冲过去！"
>
> 他们最终冲了过去。
>
> 经过18个小时的奋战，决口被堵住了。

已经是22日的深夜11点了，下了一天的雨暂时停了下来，大地归于宁静。

"丁零零——"一阵急促的电话铃声刺破了宁静的夜。县防汛指挥部办公室的值班人员应声去接。原来是皇藏区委打来的告急电话：庙街大队1200多名社员被大水围困了一天一夜，现在洪水仍继续上涨，亟须派船营救。消息很快传到县委。船是有，但远在25千米以外黄河故道的水库里。派谁去呢？县委把运船任务交给了县搬运站。救人如救火，刻不容缓。

县搬运站党支部书记汪继伦、站长谢广训接到任务后紧急动员。很快，加上书记、站长共17名同志组成的运船小组登上了两辆汽车，连夜向黄河故道水库奔去。

不知什么时候，雨又下了起来，而且越下越大，夹杂着电闪雷鸣，天地间像隔着一层纱，给雨夜的行路人又添了一层堵。

汽车在被大水覆盖的路面上艰难地行驶，不久便到了芦屯。

忽然，前头的一辆汽车栽进水沟里熄火了。大家跳下车，费了九牛二虎之力将车拉上后，望着车灯前茫茫的大水，才感到已经无路可走了，只好返回，绕道徐州。回到萧县已是23日早上6点了。

在县城匆匆吃了早饭，大家又跳上汽车出发了。

17名同志在风雨中连续奋战20个小时，往返120多千米，终于在23日晚上9点把两条钢板船送到了灾区，救出了被大水围困的群众。

震撼：10万干群战洪峰

曾有一句歌词“千条江河归大海”，表达的是涓涓细流融入小河，汇聚成大河，继而流入海洋的自然规律。

这次西起河南商丘，东至江苏睢宁，安徽宿县地区新汴河以北、废黄河以南的区域降雨形成的洪流，就像歌词里唱的，正源源不断地从沱河、王引河、萧濉新河、龙河、闸河等汇入区域性大河新汴河，之后通过洪泽湖入江达海。由于各支流来水快、大、猛，水位猛涨，并一度出现超设计洪水。

7月23日，萧县、宿县和灵璧北部各河水位陡涨，奎河栏杆站水位20小时内猛涨5.33米，老汪湖已进洪。这是20年一遇的大暴雨。

考验新汴河的时刻到了。

针对汛情，宿县地区防汛指挥部向新汴河沿岸的县级宿州市、宿县、灵璧、泗县发出紧急命令，要求迅速增派护堤力量，切实加强领导，不惜一切代价，确保新汴河大堤安全。

接到命令后，三县一市的10万军民在长达110多千米的新汴河大堤上摆开了战场。地委行署和各县、市党政主要领导干部，同基层干部一起，既是指挥员又是战斗员，身先士卒。地委书记陈海楼，副书记王振鹏、陈复东

解放军某部官兵在新汴河险处砍树筑桩

多次冒雨到大堤上观察汛情，指挥抢险。

宿州市北关新汴河南岸引水涵薄壳闸门被冲毁，洪水直接倒灌沱河！

消息传来，地区防汛指挥部一片忙碌。

这次抢险，时任地区水利局助理技术员，后为宿州市水利局副局长、市防办秘书长的苏亚参与了全过程，在时隔37年后仍记忆犹新。

我在采访时，苏秘书长回忆说："当时抢险的场面可用'惊心动魄'四个字来形容。洪水冲毁了闸门接着往下冲，口子有近20米宽，若不及时堵住将水漫宿县。宿县地委行署，宿州市的各级领导、专家迅速聚集过来，地委书记陈海楼第一时间就赶到现场，在新汴河大堤上的制管厂召开紧急会议。"

苏秘书长接着说："会上，地区水利局分管防汛的副局长吴本瑞简要说明情况后，陈海楼书记问：用什么办法堵口？"

市里的专家说："可用船装满石头沉下去先挡住激流，再用草袋装泥填堵。"

"若不行呢？"陈海楼书记进一步问。

"可用焊好的铁笼子装上石头投堵，这个做法在其他地方曾使用过。"地区水利局的专家补充说。

"好！"陈海楼书记果断地答道。

他继续说："我在无为多年，有长江防洪经验，关键是兵贵神速，集中力量，一口气堵上缺口。"而后下达抢险命令，"先用沉船堵水，不行就用铁笼子。现在大家立即行动。"

为确保一举成功，地委行署还请求人民解放军给予支援。一时间，市直机关、郊区社队、厂矿企业赶来了，南京军区驻徐州部队乘5辆军车赶来了，附近的农民也赶来了。

各路人马1300多人，带着车辆、船只和防汛器材齐聚抢险工地，形成一股强大的气场：一定要战胜洪水。开始用装满石头的沉船堵口没有成功；又将数十只近2米见方的钢筋笼装满石块下沉，加以草袋、麻袋等办法，终于堵上了决口。

宿县境内新汴河二铺闸上跃进涵段等出现险情！

县里除动员沿堤社队迅速抢险外，还决定从南部4个区增援民工。这些区社接到命令后，连夜组织8000名民工，按时到达指定险段，同当地群众一起，共做抢险加固土方1.1万立方米。

栏杆区连续降雨380毫米，境内奎河河水猛涨，全区120平方千米庄稼全部受害，其中86平方千米被淹在水中，36个自然庄被洪水包围。县委书记李志坚和地、县干部群众深入一线抗洪，全区共动员4万名民工上堤，有关部门连夜冒雨运送草袋4000条，加固和堵复缺口43处，做土方3万立方米。

灵璧县境内新汴河大堤多处出现险情！

该县城关区接到速派1500名民工支援的通知后，从组织民工到奔上大堤仅用了3个多小时。

2018年11月10日，我在灵璧采访当年任城关区水利股长、现已78岁的朱元明老人时，朱老回忆说："那时情况十分危急。新汴河涨的河水宽度足有600多米，洪水距堤顶仅20厘米，马上就要漫堤。有的地方受到洪水长时间浸泡，已发生渗漏。"

朱老接着说道："防汛指挥部命令加固子堤。我们便与现场民工，加上随后到来的民工一道，在新汴河南岸加固子堤。官庄公社党委书记韩秀英自告奋勇带领400多名民工打子堤，群众身上有多少泥，她身上就有多少泥。"

"为什么在南岸加固子堤呢？"

朱老解释说："因为当时挖河时民工住在北岸，庵棚搭在那里，收工时总是随手多带车土回去，放在住处边上。久而久之，北岸就垫得高些，南岸显得薄弱了。再就是，南岸有老河道穿过，一些地方出现下沉现象形成险段。"让人担心的事还是发生了，朱老转过话题说，"在新汴河一侧的唐河边发现一个很大的洞口,洪水顺着洞口形成管涌。开始涌出的是比较清的水,接着冒浑水,越冲越大,若不及时堵住就有溃堤的危险。关键时刻,我的一个同行牛家季一屁股坐在洞口上,用自己的身体堵住管涌,大伙抓住时机齐动手,才把洞口堵上。”

泗县小余闸东 15 米处大堤北坡塌方漏水!

守候在这里的县委副书记姚济潼指挥近千名民工,用草袋、麻袋装土加宽堤身,奋战一天一夜,险情被排除。

该县唐河地下涵两侧、岳罗河口、汪周家后等处发生险情,防汛器材缺乏,县粮食部门立即拿出 6 万多条草袋、麻袋,五河县也支援了 2 万多条草袋,加固抢险。

汛情仍在发展。

宿县军分区、各县市人武部和驻军部队及时派出干部战士奔赴险工险段;各地生资、煤炭、食品、医药等部门分别带着急需物资赶到现场。

抗洪还在紧张进行。

沿新汴河 10 多万军民日夜奋战,吃住在工地,哪里有危险到哪里,共排除险情 100 多处。他们心中只有一个信念:

保住大堤,保住京沪铁路,保住两岸数百万人民的生命财产安全!

24 日下午 2 点,新汴河到了自建成以来最危急的时刻。

宿县二铺闸上水位已上升到 28.62 米,超过 20 年一遇设计洪水位 0.66 米,洪水距堤顶不足 1 米,宿县闸水文站实测洪峰流量 1450 立方米每秒,与 20 年一遇设计流量 1460 立方米每秒相当。

为减轻新汴河泄洪负担,地区防汛指挥部决定:沱河分洪!

接到命令,沱河七里营闸立即开启,部分洪水顺着沱河奔腾而下。下游的一些社队为了全局的利益,牺牲了部分庄稼。宿县部分社区和芦岭煤矿从全局出发,承受了洪涝压力。

25 日 18 时,洪峰通过泗洪县境内的团结闸并直奔洪泽湖而去,新汴河水位逐渐下降,人们长时间悬着的心终于落了下来。

在这场与洪水的艰难抗争中,新汴河的巨大作用显而易见。群众感慨地说，若没有新汴河，今年又要水漫宿县了。

人们还记得，1965 年 7 月发生大洪水时，濉河、浍塘沟漫滩 2.03 米；这次浍塘沟的洪峰流量是 1965 年的两倍，漫滩却只有 1.08 米。如果不是新汴河截引排洪，濉河堤防将全线崩溃，后果不堪设想。这次沱河上游洪水流量也大于 1963 年，由于新汴河截引排洪，宿东闸实测洪峰流量仅为 1963 年的 30%。据初步估算，全区直接被保护免灾的农田有 2000 平方千米，灾情减缓的有 1333 平方千米，加上豫东受益范围，实际效益可达 4666 平方千米以上。

三

时间总是按它的规律悄然运转，但总能够定格在那些重要的历史瞬间。

2012 年 1 月，宿州市委、市政府广泛征求民意，在新一轮新汴河治理工程的基础上，做出了建设新汴河景区，打造沿河风景长廊、休闲长廊、文化长廊和生态长廊的重大决策。

这是一次功在当代、利在千秋的惠民决策，2013 年被列为全市十件惠民实事之一。新汴河又一次迎来了展现自己的机遇。

景区设计运用先进理念，依水而建，创意精巧，布局严谨，个性鲜明，突出亲水性、趣味性、本土性；具有丰富的景观要素、厚重的历史文化积淀及浓郁的人文生活气息；内容涵盖广泛，是古与今、动与静、粗犷与细腻、人文与自然的和谐统一。

景区位于新汴河河畔，西起京台高速，东至宿州闸，全长 14.36 千米，总面积 8.4 平方千米。其中拂晓大道至京沪铁路桥河段为主景区，长 3.9 千米，总面积 2.2 平方千米，其余为堤岸绿化带。总投资约 5 亿元。计划用 10 年时间，将景区打造成集文化娱乐、休闲健身、广场集会、生态科普、防洪保安、旅游观光等功能于一体的大型综合性景区。

一个风景旖旎的汴河风光带，一条现代、时尚、绿色的新汴河，一个滨水宜居、生态文明的新型城市将使宿州人感到骄傲和自豪。

美丽的新汴河景区

主景区有1个演艺广场、8个水上游乐码头、7个文化广场、3个老年健身广场和3个儿童乐园。

景区建设一期主要营造自然环境。计划栽植各类景观树木6万余株,各类水生植物、花草组合1.05平方千米,绿化面积1.14平方千米。之后完善服务设施,包括堤顶路、自行车道、栈桥、步行道、大型停车场、下层植被及各类主题广场、码头等。

文化景观和节点广场主要呈“一点两线”布局。“一点”即新汴河源头大型标志性雕塑“远航”,“两线”即南北两岸。北岸为战争文化,重点展示从古至今发生在宿州大地上影响中国历史进程的重大战役;南岸为民俗文化,深度再现宿州古朴庄重、源远流长的文化传承。一个碧水穿城,两岸花香,绿树排排,轻舟荡漾,水、岸、滩、堤、路、桥、景、灯交相呼应的汴河风光带展现在人们面前。景区现为国家水利风景区、国家AAAA级景区。

站在气势如虹的拂晓大桥向汴河源头眺望,一艘劈波斩浪的巨轮雕塑“远航”——汴河博物馆映入眼帘,给人以强烈的视觉冲击,表现了全市人民

新汴河景观带“远航”节点广场

在市委、市政府的领导下,继承发扬“自力更生,艰苦奋斗,团结治水,无私奉献”的汴河精神,载着同心共筑的宿州梦,乘风破浪,直挂云帆驰向远方的恢宏场景。而在“远航”的广场西侧,一曲汉白玉镌刻的《宿州赋》则字字珠玑,穿越时空,为人们展示着宿州辉煌的过去、沉甸甸的现在和令人神往的未来。

沿着源头北岸向东前行,展现的是发生在宿州境内影响中国历史进程的战争文化。

大泽煮风雷,一声天倒垂。

公元前209年,900名戍卒在宿州大泽乡遇雨受阻。在生死存亡的紧要关头,以陈胜、吴广为首的戍卒斩木为兵,揭竿而起,反抗暴秦,揭开了中国历史上第一次大规模农民起义的序幕。“更秦王奋起挥黄钺”,毛泽东主席赞叹大泽惊雷的词句,生动地描绘了陈胜叱咤风云的英雄形象。位于拂晓大道东侧的大泽惊雷节点广场,由红色柱阵组成,如火炬般燃烧,象征着面对暴秦不屈的反抗精神。

《宿州赋》碑

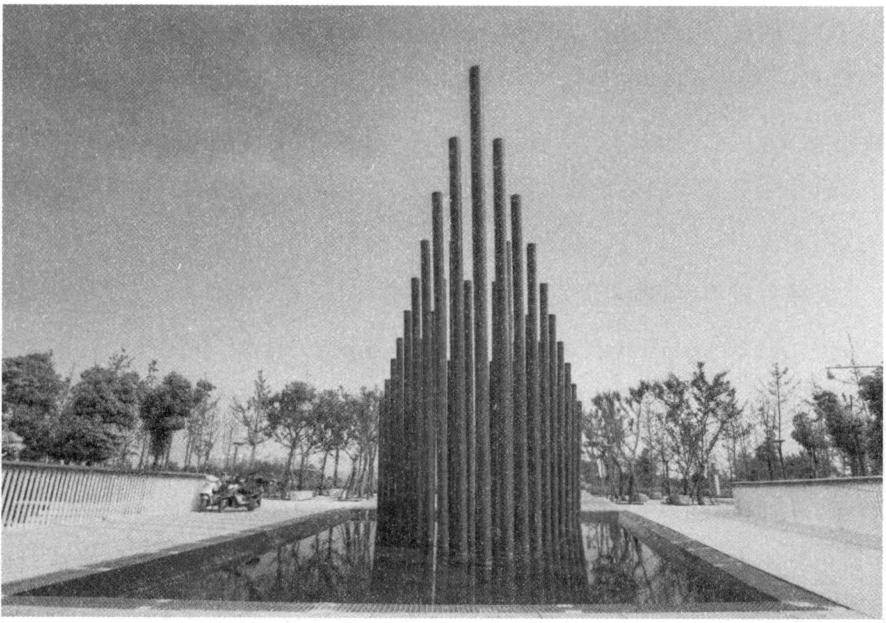

新汴河景区大泽惊雷节点广场

新汴河景区垓下之战节点广场

穿过林木葱郁、芳草鲜美、落英缤纷的小道,来到人民路西侧垓下之战节点。

公元前202年,西楚霸王项羽率领的10万楚军被汉王刘邦60万汉军困于灵璧境内的垓下,项羽率800精骑乘夜突围,战至乌江兵败自刎。走进广场,立在高处跃马扬鞭的刘邦的威武雕像,与在三面绝壁、一面临水的下沉空间里项羽雕塑形成反差,茂密的丛林中似有千军万马,以"势"烘托"十面埋伏"的凶险、"四面楚歌"的悲凉和"霸王别姬"的凄婉悲壮。

地处人民路东侧的符离鏖兵节点,讲述了一个南宋铁血北伐的惊心动魄事件。1163年4月,督江淮军都马张浚奉命统领13万大军渡淮北征,部将李显忠、邵宏渊率军合兵攻克宿州。后因两将失和,导致符离之战先胜后败。

在中国现代革命斗争史上,宿州又经历了两场血与火的洗礼:抗日烽火和淮海战役。

抗日烽火广场,高约6米,气宇轩昂的彭雪枫将军骑马雕像,静静地伫立在万绿丛中,寄托着宿州人民对他的深深思念。1938年5月宿州沦陷后,抗

新汴河景区北岸“战争文化”线中抗日名将彭雪枫将军塑像

日烽火漫天燃烧。彭雪枫率领新四军四师在皖北大地纵横驰骋，浴血奋战。

在震惊中外的淮海战役中，60 万人民解放军以少胜多，战胜了 80 万国民党军而创造了世界战争史上的奇迹。

位于 206 国道西侧的淮海硝烟广场，以再现真实场景、讴歌胜利为主旋律。巨雕“砥柱中原”庄重大气，表现了淮海战役总前委邓小平、刘伯承、陈毅、粟裕、谭震林等五常委的熠熠风采；长约 10 米的三块浮雕墙厚重壮观，记录了战役发展的三个阶段；“攻克宿县”逼真地再现了人民解放军占领宿县的历史瞬间；“车轮滚滚”通过大小不等的车轮，形象地反映出人民群众踊跃支前的宏大场面。

南岸主要以宿州乡土、人文文化为线索，从历史和民俗的角度展现宿州历久弥新的文化积淀和风情十足的民俗气息。

宿州钟灵毓秀，人才辈出。在人民路两侧的人杰地灵广场，古朴肃穆、隽永典雅的“名人柱”和“名人墙”，雕绘着孝贤闵子、五代梁王朱温、当代雕塑大师刘开渠等 21 位或生于宿州，或在这块热土上留下深深足迹的名人伟

新汴河景区淮海硝烟广场中淮海战役总前委雕像

业风范，为后辈铭记，成为宿州弥足珍贵的精神食粮。

古汴遗韵广场，鞭打芦花的雕塑令人动容。这个在《二十四孝图》中排在第三的“芦花救母”故事就发生在萧县，流誉至今。

新汴河景区李白放歌

在“艺苑民风”，唐代著名诗人李白在砀山放歌的宴嬉台，汉刘邦的避难地萧县皇藏峪，唐著名诗人白居易写下“野火烧不尽，春风吹又生”的埇桥东林草堂，灵璧中国民间艺术的钟馗画，以及被列为国家非物质文化遗产的泗县泗州戏等，都巧妙地融入各个景点中，相得益彰，与整个景区浑然一体。

在充分彰显文化、民俗的同时，供人们休闲、娱乐、健身等场所也不同凡响。两岸大堤上浓密的树林、护坡和“生态岛”上各种野花组合，形成了层次丰富的背景林和绿色屏障，远远望去，汴河像飘起的玉带；蜿蜒的休闲健身步道，色泽鲜亮的自行车道和临河栈道依势而建，高低相接；儿童乐园中设有攀岩场、秋千、跷跷板、沙坑和滑梯等，更增添了一份童趣；水上游乐贯通汴河、沱河、小黄沟三条河流，船行其间，仿佛置身在“水在绿中行，人在画中游”的意境中。而到夜晚，两岸数千盏照明灯齐放光彩，拂晓大道、人民路、206 国道路桥像三条金色彩虹映在夜幕上，让人感到如梦如幻，心旷神怡，流连忘返。

新汴河景区已经成为市民休闲健身的主要场所

尾　　声

2019年的6月1日，是全世界儿童的节日。新汴河两岸花如海，人如海。气势恢宏的远航广场上，全市“六一”文艺演出在这里举行。穿上盛装的孩子们伴着花的芳香，从四面八方朝这里拥来，欢呼着奔跳着，享受着童年的快乐。

“下面请听诗朗诵：《家乡的新汴河》。”

随着主持人的声音，一个“红领巾”走到台上，深情地朗诵道——

听爷爷说
家乡的新汴河是历史河
载着繁华从远方走来
又似风轻轻吹过

听爷爷说
家乡的新汴河是英雄河
清凌凌的河水藏满传奇故事
朵朵浪花在向世人述说

听爷爷说
家乡的新汴河是幸福河
扬起那雪白的风帆

带来一片生命绿色

童声如天籁,似细流,顺着麦克风传向远方……

新汴河大事记

1948 年

11 月 16 日,淮海战役开始第十天,中国人民解放军攻克敌战略枢纽宿县。当月 20 日设宿城市,属江淮解放区二分区。

1949 年

4 月 21 日,设宿县专区,驻宿城市,隶属皖北行署,辖宿县、灵璧、泗县、泗洪、五河、怀远、砀山、萧县、永城及宿城市共 9 县 1 市。

7 月大雨。宿、灵璧、泗、五河等县重灾。

1950 年

7 月 4 日,全区连降大雨成灾。14 日又降大雨,濉、唐、浍、沱、淝诸河先后漫决,淹去秋田 1378 万亩。

8 月 25 日,中央人民政府水利部遵照毛泽东主席根治淮河的指示,在政务院总理周恩来亲自领导下,于本日召开治淮会议。

9 月初,奉皖北治淮临时指挥部之命成立皖北宿县专区治淮指挥部,指挥王烽舞,政委吴云培。

宿县西部增置濉溪县,属宿县专区。

10月14日，中央人民政府政务院发布《关于治理淮河的决定》，提出“蓄洪兼筹，以达根治之目的”的治淮方针。

在讨论治淮规划中，针对上中下游矛盾，毛泽东主席指示：“河南、皖北、苏北，三省共保，三省一齐动手。”

11月6日，水利部治淮委员会在蚌埠成立。

12月12日，淮河复堤工程开工。宿县专区自怀远尹家沟至五河浮山，堤线长347千米。至翌年5月25日竣工，做土方1008.4万立方米。

12月20日，濉河疏浚工程开工。实行濉、唐分流；濉河浍塘沟至小韩庄借道港河开新濉河，按保麦标准结合防洪整理疏浚濉溪房庄至洪泽湖220.8千米河段。濉溪、宿、灵璧、泗、泗洪等五县动员民工23.6万人，至次年6月19日竣工，完成土方2345.2万立方米。

1951年

5月1日，老汪湖蓄洪圈堤工程开工，至6月5日完工，计完成土方366.1万立方米。包括柏山堰至张东湖全长27千米圈堤及奎河、拖尾河疏浚、培堤。1952年12月至1953年1月续做圈堤土方80.2万立方米，旨在滞蓄奎河洪水以缓濉河压力。蓄洪水位25.5米时库容1.33亿立方米。

5月4日，中央治淮视察团以毛主席亲笔题字“一定要把淮河修好”镶旗授予治淮委员会及皖北治淮指挥部。

9月27日，淮河中游五河以下干支河分流工程的下草湾引河开挖工程动工。内外水分流工程还包括漴潼河疏浚、峰山切岭及护坡、泊岗引河、柳巷切滩及四道拦河坝。怀远、肥东等11个县及劳改队等单位施工，最高上工42万人。工程于1954年5月下旬全部结束，共完成土方5543.6万立方米。浍、澥、唐、沱及后来引入的北淝河等，不再于五河入淮而径入洪泽湖，汛期内水位一般降低1.5米。

11月20日，永城、濉溪、宿县、灵璧等县动员民工26.4万人疏浚沱河。将唐河潘刘口以上3232平方千米来水面积循洪河穿隋堤截入沱河，并疏浚自永城、夏邑交界之朱场至泗县、五河交界之大安集，全长191.8千米，次年5月底竣工，共做土方1627.2万立方米。

1952年

4月29日，王引河疏浚工程开工。自砀山县顾口（今固口）至濉溪县地藏庙入唐河，长62千米，系中央贷款的农田水利工程。

5月1日，唐河疏浚开工。自灵璧涂家至虞姬墓南，段长25千米。同为中央贷款工程。

5月11日，老汪湖蓄洪工程小李庄泄水闸开工，10月10日完成。3孔每孔宽3米。

8月1日，老汪湖蓄洪工程柏山堰进水闸开工，12月25日竣工，3孔每孔宽5米。

11月22日，鉴于淮河流域汛期涝灾严重，淮委召开除涝代表会议，提出“以蓄为主，以排为辅，采取尽量地蓄，适当地排，排中带蓄，蓄以抗旱，因地制宜，稳步前进，使防洪与除涝，除涝与抗旱相结合”的方针。

本年全区农水工程，计开挖沟洫2432条，挖塘391面，凿井1922眼。

1953年

2月1日，划砀山县、萧县归江苏省徐州专区。永城县划归河南省商丘专区。

3月，中央水利部副部长钱正英率队勘察濉河。宿县、徐州两专区参加，5月结束。

5月27日，北沱河、小黄河疏浚工程竣工。北沱河亦称小草沟，源于隋堤以南，至草沟入唐河。此次疏浚自4月5日始，宿县、灵璧县、泗县共动员民工11.67万人，将北沱河上延穿过隋堤，并将原入唐河的小黄河截入。小黄河自贝家沟疏浚至大俞家，段长28.73千米；北沱河自大俞家疏浚至戴庄，段长41.45千米。建宿灵、灵固公路桥两座。

秋,全区因旱成灾837.2万亩。中共安徽省委提出农业“三改”措施。

9月30日,撤销宿城市。

为改变北淝河下游受顶托状况,由淮委规划并组织施工,实施北淝河排涝灌溉工程。在上游引流入涡,下游疏浚河道并建沫河口闸及沿河疏浚支流大沟的同时,中游开新淝河,将四方湖及以上来水截入澥河经浍河下泄。新淝河(又名淝澥引河)自四方湖至宋大桥,长19.6千米,土方425万立方米,自4月30日起由怀远县成立北淝河工程指挥部负责施工。次年3月6日,建成4孔每孔宽6米的新淝闸。全部工程于1959年结束。

1954年

3月18日,宿县、灵璧县5.4万民工同期上工,分别疏浚唐河观音寺至斜沟口、新河百丈沟至四叉河口及闫河小徐家至唐河,先后于5月中旬和6月20日完工。

7月,淮河流域普降暴雨,五次暴雨过程累计雨日达20余日,月降水量及暴雨笼罩面积均超过1931和1950年,属百年以来空前大水。宿县为四大暴雨中心之一,月降水量达923.8毫米。淮水陡涨,内涝严重。31日12时半,淮河毛滩决口。全区受水灾面积1192万亩。

冬,宿县、灵璧、泗县、泗洪等县动员民工5.02万人,再次治理濉河,疏浚小韩庄至浍塘沟段长67.6千米。河底宽42米,并开挖宽10米,深1.3米的航槽。翌年春天完成土方545.2万立方米,建浍塘沟、小韩庄等木便桥五座。

1955年

4月14日,砀山、萧县划归安徽省宿县专区,泗洪县划归江苏省徐州专区。

全年粮食总产34.8亿斤,为该区历史最高水平。

1956年

元月，宿县、滁县两专区并为蚌埠专区。

春，据淮委规划，唐河于马桥截源改入北沱诃，北沱河流域面积由1020平方千米增至2374平方千米，并改名新北沱河。

5月，《淮河流域规划报告》由淮委编就，将淮北除涝标准选定为十至二十年一遇，对灌溉提出高标准要求。

6月6日至8日，临涣、宿县、浍塘沟一线以南的濉沱河上游和潆潼河全流域降暴雨，暴雨中心最大降水量达277.5毫米。100毫米以上笼罩面积达10610平方千米，200毫米以上面积达4978平方千米。

8月21日至23日，岳集、夹沟及王集以南至淮河的12320平方千米范围内，又降雨100毫米以上。洼地积水数月不退，全区受灾1137万亩。

冬，宿县、灵璧县3.4万人疏浚濉河浍塘沟至时村19.7千米河段并开挖航槽，做土方294.77万立方米。

1957年

2月，宿、灵璧、五河三县动员民工5.8万人疏浚沱河集至樊集长44.05千米的沱河。

9月，淮委组织豫、皖两省为解决王引河地区边界水利问题编制《濉唐河流域治理工程补充初步设计》，并由两省组织有关县于当年冬次年春完成王引河干流及其支流的疏浚。干流自孟口改道南行穿巴河入沱河。

冬，中央提出“小型为主，以蓄为主，社办为主”的治水方针。中共安徽省委明确提出淮北地区水网化、稻改化的治水要求。

1958 年

3 月，永固、樵子涧、梁套水库动工。

春，疏浚濉河时村至会楼 79 千米河段竣工。航槽自时村续挖至闸河口，共完成土方 453.1 万立方米，并建古饶、符离、灰古、时村、尹集桥和张树闸、浍塘沟、八里桥节制闸。

5 月，华家湖水库经过半年施工完成。

6 月，安徽省委与淮委自 3 月起共同制定的《淮北水网化的十项规定》完成。要求淮北地区挖沟建闸，以满足高标准灌溉、除涝及通航需要。标准要达到“七十天不雨不旱，十天降雨 400 毫米不排不涝”，“乡乡通船，社社村村通小船或木盆”。

7 月，国务院撤销水利部治淮委员会。

同月，安徽省水利电力厅提出《淮北河网化规划》，除大中小沟外，规划新开挖 9 条新河。规定每平方千米开挖土方 25 万立方米，并要求县县通轮船。

秋，旱灾。全区受旱作物 793.2 万亩。

10 月，省水电厅设计院应上海煤矿设计院要求编制《闸河煤田河流改道设计》，为保煤矿安全，将龙河上段、岱河瓦子口以上改经程蒋山西开新河入港河，又将濉河渠沟至黄桥段绕道濉溪县城西另开新道。瓦子口至陈路口改称萧濉新河。萧县、濉溪两县 1959 年冬至 1960 年春施工，同时兴建平山、黄桥节制闸。

本年开挖的河网工程有跨地区、跨水系的界洪新河及濉符运河、濉临运河、宿涡大沟、灵固新河等，又新建主要河道上的节制闸 16 座。

1959 年

4 月，新庄水库开工，次年 10 月竣工。

6 月 11 日至 9 月 20 日，全区少雨，降雨量只相当于同期多年平均雨量 400 毫米的 40%—50%，淮北八县受旱面积 6527 平方千米。

本年开挖符怀新河、宿蒙运河、郝砀运河等河网工程。浍河、沱河等河道又建闸 16 座。

河南省永城县开挖周商永运河、邱郭运河向王引河排水。

1960 年

7 月 17 日至 8 月 8 日，水电部派郭启光总工程师等三人，会同豫皖两省水电厅及有关地县，协商处理边界问题，未能达成协议。

1961 年

4 月 13 日，蚌埠专区分为宿县、滁县专区。

自冬春少雨至 6 月初，全区普遍发生旱灾，受灾 4393 平方千米。7 月中下旬，全区又有 558 万亩作物受旱成灾。减产粮食 1.31 亿斤。

8 月 15 日，水电部会同豫皖两省水电厅和开封、宿县专区水电局，组成豫东皖北边界水利检查组，对砀山、永城、夏邑、萧县、濉溪等县边界水利及执行水电部党组 7 月 27 日《关于解决豫东皖北边境地区水利问题的意见》的情况进行检查。

划濉溪县、萧县各一部分增置濉溪市。

1962 年

2 月，李葆华继曾希圣之后接任中共安徽省委书记。

3 月 22 日，河南、安徽两省人委在宿县达成《关于河南省与安徽省边界水利问题协议》。其间，陶铸、金明、刘建勋、钱正英等曾到宿县与两省共同开会。

7月24日至8月14日，水电部派员与豫皖两省组成联合检查组，了解宿县执行协议情况。

8月6日至8日，全区大部分地区暴雨成灾，4613平方千米作物减产。

12月29日，水电部在对宿县专区水电局根据水电部(62)水电规字第247号文编报的《王引河改道遗留问题处理工程设计任务书》批复中，同意在老巴河与王引河改道段相交处建一地下涵，宣泄改道段以西涝水入新北沱河。

12月，全国水利会议提出“巩固提高、加强管理，积极配套，重点兴建”的近期治水方针。

1963年

春，王引河地下涵动工。5孔整体钢筋混凝土箱式结构，每孔3米见方。汛前竣工。

4月中旬起连续阴雨，5月中下旬暴雨成灾。全区积涝962.9万亩，其中麦田562万亩，占麦田面积的73.4%。

7月至9月，全区又有5次暴雨。4—9月平均降雨量1257.6毫米，比多年平均年雨量增加44.4%，比1954年同期增加329.4毫米。宿县褚兰、砀山唐寨、灵璧高楼、泗县黄圩、怀远刘圩等地4—9月雨量高达1600—1900毫米。秋季全区再受水灾751万亩(其中三种三淹面积287万亩)，粮食年产量7.4亿斤。全区受灾人口422.2万人，占农业人口的99.2%，水围村庄5624个，倒塌房屋58.5万间。全区34条公路冲断29条，淹没干线210千米。

汛期中，副专员兼水利局长钱亦山赴各地察看灾情时，提出“洪涝分排、高水高排”才能根除洪涝灾害。

10月20日，宿县专区防汛指挥部的防汛总结针对“内外顶托，洪涝并发”的特点，提出“洪涝分排，扩大下游排水出路”的治理意见。

1964年

1月23日,苏皖两省省委负责人在合肥商谈并达成《关于苏皖边界水利问题处理意见的报告》报中央。国务院6月27日批准下达。

2月,郑淮舟任宿县公署专员。

2月10日,谭震林副总理写信给李葆华,批评宿县专区执行边界水利协议不力。李葆华于中旬到中共宿县地委及砀山、萧县、濉溪三县县委传达中央对边界水利的意见和谭副总理来信。

2月25日,地委在家常委和有关部门负责人开会讨论近年内改变全区多灾落后局面问题。会议决定组织力量,提出一个改变面貌、减轻灾害的规划纲要。

2月27日,中共豫皖两省省委在合肥达成《关于豫东地区与安徽省边界水利问题的处理意见》报中共中央、国务院。

2月28日,李葆华给谭震林写报告,汇报处理豫皖边界水利问题进展及安排意见。

3月10日,初步估算工程量和投资的新汴河(沱濉新河)方案,作为《宿县专区水利工程治理轮廓规划》的推荐方案,由宿县专区水电局发各县征求意见。

3月,专区水电局许纯一和许齐宝、部洪秋等3人赴省水电厅设计院,进行新汴河规划。

4月11日,中共宿县地委书记孟亦奇,副专员钱亦山与商丘地委纪登奎、张学清,对3月14日双方根据豫皖两省委边界水利问题处理意见形成的商定记录中未彻底解决及新发现的问题,再次商定并形成补充意见。

4月,钱亦山率各县分管水利工作的副县长及地、县水利技术干部一行40人,赴江苏省灌云县学习平原治水经验,用于新汴河建设。

4月28日,冯增忠对全区水利工程治理轮廓规划提出《对浍沱濉河治理方案的几点意见》。

9月，《新汴河工程规划报告》编就。省计委和水电厅联合向国家计委、水电部报送《新汴河工程设计任务书》和《规划报告》。

10月1日，安徽省水利电力厅根据国务院批复，更名为安徽省水利厅，地、县水利局亦更名为水电局。

1965年

3月，省水利厅副厅长兼总工程师王祖烈，为配合水电部现场审查新汴河规划，先期来宿调研。

4月30日，水电部淮河勘察工作组以规划局副局长成润为组长，会同国家计委、河南和江苏省水利厅以及先期到达的安徽省水利厅工作组，为现场审批新汴河工程设计任务书，到宿县专区及江苏泗洪、河南永城县勘察。6月13日提出查勘报告并在宿县地委紧急常委扩大会上讨论。王祖烈提出劈岗开河、新汴河中段改走界洪新河的新汴河修正方案，宿县地委一致赞同。审查组认为原水方案、新沱河方案及新汴河修正方案均不成熟，建议安徽省水利厅进一步研究，提出新方案。

5月13日，中共宿县地委印发《宿县专区1966—1970年农业发展规划》。为实现1970年粮食总产达43亿斤，规划十条措施的第一条即为大办水利，"拟开挖从宿县城西北戚岭子开始贯串沱、濉、唐等河的新汴河一道，架设沿淮、沿濉除涝高压线和萧县、砀山县机电井灌溉高压线各一条"。

7月1日，划宿县、灵璧县、怀远县、五河县各一部分增置固镇县。

7月1日至8月10日，全区连降暴雨，大部分地区40天降雨量达1000毫米。受灾面积6226平方千米。

7月，王祖烈写出《淮北濉沱浍河地区除涝工程调查研究报告》，推荐走界洪新河的新汴河修正方案。

7月26日，省委186次常委会议讨论同意采用新汴河改走界洪新河漫滩行水方案。

8月4日，水利厅党组在向水电部党组的《关于新汴河工程报告》中推荐界洪新河方案。

8 月，全国水利会议提出“政治挂帅，高举毛泽东思想伟大红旗，大寨精神，小型为主，全面配套，狠抓管理，更好地为农业增产服务”的“三五”期间治水方针。

9 月，经进一步研究并补充 1965 年水情资料，由省水利勘测设计院提出《新汴河工程修正规划》和设计任务书。省水利厅以特急件报省计委。

11 月 8 日，省交通厅致函水利厅，要求新汴河按六级航道全线常年通航。

1966 年

2 月，谭震林副总理在徐州会议上听取孟亦奇关于新汴河工程的汇报之后，当即表示同意兴建并答应解决经费不足的困难。水电部副部长钱正英遂指示：修正规划尚经技术审查，只审不批，委托正在组织的淮河流域规划组现场审查，可即先进行扩大初设报部。

2 月，宿县专区水利局与泗洪县水利局，联合编报《苏皖边界地区濉河及老濉河下游改道工程扩大初步设计》，经两省批准后，于春季动工，汛前完成。

3 月，根据徐州会议精神，省水利厅组成新汴河扩大初步设计组以邹青松为组长，来宿会同宿县专区水利局共同进行新汴河扩大初步设计。

同期淮河流域规划组在郑州组成。下旬，淮河流域规划中游查勘组到宿县现场审批新汴河，对新汴河规划的水文数据提出了修改意见，并将原规划三年一遇除涝标准治理提高为五年一遇标准。

5 月 21 日，中共中央《五一六通知》公开发表，宣告“文化大革命”开始。

6 月 22 日，新汴河工程筹备处在宿县城关南门大街 9 号开始办公。

7 月，《新汴河工程扩大初步设计》及概算由王之俊执笔完成。

7 月 26 日，中共安徽省委致电水电部，要求秋季动工兴建新汴河工程。

8 月 9 日，省水利厅向水电部报送《新汴河工程扩大初步设计》和《新汴河工程设计任务书修改意见》。《修改意见》明确新汴河除涝标准由原报三年一遇改为五年一遇，二十年一遇防洪，并对流量增大和河线变动做了说明。

8月10日，宿县专署向安徽省人民委员会报告，鉴于施工力量不足，除新汴河两座公路桥本区施工外，其余建筑施工请省安排施工。

8月29日，水利电力部向国家计委报送《对“新汴河工程设计任务书”的意见》。

9月，专署召开各县分管水利工作的副县长和水利局长会议，研究新汴河分段和施工方法。

9月下旬，由李振兴带队，筹备处派人参加，专区水利局测量队和水利总队承担新汴河放样测量任务，共80余人，10月放样结束。

9月，承担唐河地下涵施工任务的省水利厅安装处工程大队进驻工地。涵址位于泗县长沟区小俞闸东南800米，以令唐河涝水经涵穿新汴河南排。15孔，每孔宽4米，至拱顶高4.5米，洞身长287.35米。浆砌石墩墙与混凝土底板、拱顶结构，规模为安徽省最大。因挖基由12月完成延至次年3月，全部完工也由汛前推迟至8月。

10月14日，国务院下达《关于新汴河工程设计任务书的批复》。

10月28日，宿县专署向各县发出《关于新汴河民工自带口粮问题的通知》，根据省委规定口粮补助灾区每人每天一斤贸易粮，非灾区半斤成品粮的标准，要求灾区民工每人每天自带口粮不低于一斤，非灾区自带成品粮二斤。

10月29日，宿县专区新汴河工程指挥部成立并正式办公，指挥部设在中共宿县地委党校。孟亦奇任党委书记，郑英保任党委副书记兼指挥（未到职），张鸿、李大涓（兼政治部主任）、许旺熙、李振兴任副指挥，年底增补省水利厅曾醒吾为副指挥兼工程处处长。党委下设政治部，指挥部下设工程处、财务器材处、供给处、交通运输处、卫生处、办公室，次年3月增设机械处。各县同时成立新汴河施工总队，政委和总队长分别由人武部副政委和分管水利副县长担任。

同日，李振兴率指挥部和各县总队负责人共35人赴海河工地参观学习，下月4日返回。

夏秋少雨，全区大旱。5—10月，平均降水量达200毫米，全年降水量比正常年景少4—5成。成灾2066平方千米。

11月10日，水电部电告安徽省水利厅及有关单位："国务院已批准新汴河工程设计任务书，关于该工程的扩大初步设计，可由你省自行审批。"

11月13日，宿县专区新汴河工程指挥部发出第一期工程任务及施工要求的通知。根据省委"两年完成，当年受益，第三年扫尾"的要求，第一期拟动员22.2万民工，新汴河底宽不小于40米，濉河引河底宽不小于25米，一次挖至设计河底高程。筑堤土方从迎水坡脚起倒土，顶宽不小于6米，堤顶高程按设计要求。

11月，宿县地下涵（即新北沱河地下涵）开工。涵址在宿县东北4千米，津浦铁路新汴河大桥以东600米，是新北沱河与新汴河的立体交叉工程。6孔，每孔宽4米，涵身长275米，钢筋混凝土底板，条石墩墙、拱顶。1968年3月竣工，新汴河宿县涵闸指挥所施工。

11月，宿县专区水利局工程队进驻石梁河地下涵，次年3月兴工。涵址位于泗县城东南4千米孙湾庄，排石梁河内涝穿新汴河入天井湖。6孔，每孔宽4.2米，洞身长278.4米。钢筋混凝土底板、拱顶，浆砌条石墩墙。8月竣工。

11月中旬起，各县民工陆续上工，第一期土方工程在新汴河干流和濉河引河全线开工。实上民工23.8万人，分9个县总队和承担徐岗切岭任务的专区水利总队。

11月下旬，被派往安徽大学任党委书记的郑淮舟回到宿县，主持新汴河指挥部工作。

11月25日，徐岗切岭开工。切岭位于泗县与泗洪县交界，段长9.8千米，最大切深19.8米，总土方1320万立方米。第一期计划上工3.5万人完成515万立方米，实上民工3.23万人，按县分9个大队82个中队，391个基干队。12月改精壮劳力常年施工为季节性施工。

12月下旬，郑淮舟被安徽大学"造反派"要回学校批判斗争。

12月23日,省交通厅再次要求新汴河通航。

1967年

1月13日,指挥部召开各总队党委书记和工程科长会议,研究土方任务及经费包干。第一期工程河底宽改为不少于30米,总土方3490万立方米。

1月,全国各地“造反派”向各级党政部门夺权,掀起“一月风暴”。新汴河工地陷于混乱,被迫于15日宣布全线放假。

1月中旬,许旺熙去安徽大学接郑淮舟回宿县主持新汴河工作。

2月初,曾醒吾回省,张鸿离开指挥部。

3月初,各县民工陆续复工。

3月,《新汴河战报》创刊。

3月12日,改名为新汴河工程革命生产委员会的指挥部,就徐岗切岭春季施工发出通知,第一期切岭土方修改为456万立方米,县大队由专区水利总队领导改为各县总队指挥,局部调整工段。为挽回停工损失,要求民工增至5万人。3月28日复工,成立以许旺熙为指挥的东线指挥部坐镇切岭工地,最高实上民工6.15万人。

3月18日至21日,“新汴河工地向学习毛主席著作新阶段勇猛进军大会”召开,李大涓作动员报告。

3月26日,宿县地区革命委员会成立,军分区司令员许伯言任主任,郑淮舟为副主任之一并分管新汴河工程。

4月,指挥部再次更名为安徽省宿县地区革命委员会新汴河工程革命委员会。

4月,新北沱河引河由宿县组织民工8000人开挖。

5月,人井沟由濉溪县组织1.5万人开挖。

6月5日,第一期工程基本结束。除固镇、五河和切岭还有部分尾工外,宿县、砀山县、萧县、濉溪县于4月中下旬完成,灵璧县、怀远县、泗县于5月底6月初完成。

6月10日，青(阳)—双(沟)公路(即拥军大桥)开工。桥型为悬链型装配式钢筋混凝土双曲拱，主拱9孔，每孔36米，总长347.2米。泗洪县水利局承建，次年5月15日竣工。

6月28日，指挥部拟订第二期施工方案报省水利厅。因未完工程任务艰巨，原计划2年完成改为3年完成。

7月31日，鉴于泗洪县人武部7日不同意新汴河放水行洪和水电部令两省派人实地勘察商定行洪的电报，苏皖两省派员分别在泗洪县和南京市协商，江苏省军管会同意一般情况下新汴河放水350立方米每秒。

8月16日，新汴河工程指挥部被“造反派”占领后迁址宿县招待所办公。

10月12日，省军区召集指挥部机关两派群众代表到合肥谈判组建指挥机构和第二期工程开工事宜。

11月初，新汴河工程革命领导小组成立，宿县军分区副政委洪大中任组长，李坚农、郭长康(未到职)任副组长，群众代表若干。

11月12日至16日，领导小组召开各县总队、人武部负责人会议，部署第二期工程施工任务。洪大中作动员报告，要求20日至月底上工。省水利厅驻新汴河工地代表蔡敬荀传达水电部、国家计委意见——沱河要与新汴河同时开挖。

12月16日，中国人民解放军6408部队进驻新汴河工程革命领导小组机关。

12月20日，省军管会电催新汴河第二期工程尽早开工。

12月23日，6408部队和宿县军分区联合发出紧急通知，要求各县2月初动员民工上工。

12月30日，领导小组发出《关于第二期工程任务的意见》，要求新汴河本干在第一期30米底宽的基础上，再开挖42.5米，做土方2400万立方米，同时疏浚沱河，土方610万立方米。

同日，江苏省水利厅函告安徽省水利厅，同意泗洪县人武部要求泗县闸移至切岭以东。

同日，中共中央文化革命领导小组电告安徽省军管会，同意新汴河工程不开展“四大”。

1968 年

1 月 10 日，省军管会给宿县专区新汴河工程地区的农民、干部和工地全体人员的信中，要求执行“中央文革”指示，争取新汴河迅速复工。

2 月下旬，五河县、泗县总队率先复工。其余各县均于 3 月中旬开工第二期工程。

3 月，津浦铁路新汴河大桥动工。铁路桥 13 孔，浆砌石桥墩中心距离 20 米。铁道部第四设计院承担设计，石油部胜利炼油厂、山东省建设厅地质勘探队、潍坊水利安装队、兖州水利安装队、北京铁路局石家庄工程队、济南铁路局第一、二、五工程大队和萧县 2000 多民工参加施工，6 月完成通车。

3 月 24 日至 27 日，新汴河工程革命领导小组在砀山县、泗县工地召开政治工作现场会。

3 月 29 日，固镇县总队任桥大队稿沟中队唐元基干队民工刘广胜，在奋战砂浆磐时，因塌方砸成重伤抢救无效而牺牲。

3 月，沱河进水闸动工。闸址位于截源后的沱河顶端。5 孔，中孔宽 5 米，余 4 孔宽皆 3.25 米，引水供宿城兼为新汴河分洪入沱河。宿县总队施工，9 月竣工。

4 月 10 日，宿（县）—符（离）公路桥（又称红卫大桥）开工。6 孔，每孔 30 米，钢筋混凝土双曲拱结构，专区水利局施工，7 月 10 日竣工。

4 月 16 日，《人民日报》刊载《新汴河大型水利工程正在紧张施工》的消息。

5 月 1 日，宿县专区革命委员会成立。

5 月 1 日至 6 日，新汴河工地首届活学活用毛主席著作积极分子代表大会在灵璧召开。

5 月下旬，截沱入汴工程由宿县施工，长 270 米，土方 7.2 万立方米，投资 4.4 万元。

5月29日，由省交通厅、省水利厅和宿县专区水利局组成的新汴河航运规划组一行5人赴北京汇报新汴河航运问题。

5月31日，新汴河第二期工程结束，24万民工3个月完成土方2200万立方米。

6月，灵西闸开工兴建。闸址位于灵璧县城西3千米。5孔钢筋混凝土双曲拱桥，其中右岸一孔建船闸通航，余4孔每孔净宽30.7米，安装4个尼龙橡胶坝袋，充水后坝袋隆起蓄水，放水后坝袋塌落泄水。为补充水源，在船闸下闸首建装机4台每台155千瓦翻水站。省水电局安装支队施工，翌年12月土建工程竣工。坝袋于1970年4月安装完毕，改不锈钢螺栓锚固为混凝土楔块锚固。

7月15日，沱河上游降雨，四铺闸未通知下游即开闸放水。戚岭子进口坝埂尚未拆除，沱河进水闸未安装闸门，新汴河无行洪准备。上游洪水只能入沱而不能入汴。宿东闸未及时放水，闸上水位迅急涨至25米以上。18时，洪水倒灌冲破新北沱河地下涵下游引河施工围埝并灌入地下涵洞内，顶破东侧3孔第1节拱围，洞长11米，宽2.5米。21日查明情况，23日省、专、县防汛指挥部和新汴河工程指挥部研究决定突击抢修，24日准备。28日拱片砌筑完毕并浇混凝土，经地下涵建筑工人在冷水中连续作业16个小时，至29日凌晨5时抢修完毕。为防事故重演，采用每2孔开一关窗加混凝土盖板，涵内水头过高时可顶开盖板向新汴河排水。

7月中旬，濉沱河上游普降暴雨，新汴河首次行洪300立方米每秒。濉河引河进口右岸崩塌长300米。

7月17日，新汴河工程指挥部领导小组负责人丁世吉向海河参观团介绍新汴河建设情况。

7月，省交通厅航运局、省水利设计院和宿县专区水利局共同编制《新汴河航运规划（草案）》报省。

8月，新汴河工程指挥部通知宿县地区水文站，为掌握新汴河行洪效益，新汴河应设置测流站。地区水文站分别于1969年7月和1972年5月，在宿县闸、团结闸设立水文测站。

10月11日,新汴河工程指挥部向各施工单位发出《关于新汴河本干断面设计的修改意见(草案)》。考虑增加航运后,要增加航槽并降低河底高程。

10月下旬,河南省商丘专区动员10万民工疏浚沱河省界以下至段汪桥段,长23.69千米。42天完成,做土方65万立方米。

11月中旬,第三期工程开工,30万人上工。

11月20日,安徽省革命委员会主任李德生视察新汴河。

11月,泗(县)—五(河)公路桥(又名胜利大桥)开工。7孔,单孔净跨30米,钢筋混凝土双曲拱。省水利总队建筑二队承担施工,次年10月竣工。

10月,宿县闸枢纽动工。闸址在宿县东二铺小刘家,10孔,单孔宽10米,木面板弧形钢闸门。后按六级航道标准在右岸增建船闸,翻水站。宿县总队施工,次年10月1日竣工。

12月13日,以郑淮舟为首的宿县专区慰问团,到商丘专区治沱工地慰问。

12月20日,河南省派以商丘专区革命委员会常委萧鹏为团长的慰问团到新汴河工地慰问。

1969年

元月27日,宿县专区革命委员会向省革委会生产指挥组报送《新汴河(干流部分)施工设计》,堤距缩为560米,濉河引河因河坡变缓,底宽由75米改为70米。

元月28日,专区革委会发出《紧急通知》:因雨雪连绵,决定新汴河工程立即放假,民工陆续徒步返回后方。要求各地认真做好接待工作,解决吃、住、烧和治病问题。

2月,沱河春汛,戴桥拦河坝溃决,冲垮四铺闸交通便桥及上下游围埝。

3月中旬,第三期工程全线复工。

春,江苏省淮河入江河道指挥部参观团近百人参观新汴河节制闸和切岭工程。

3 月，河南省商丘专区 15 万人疏浚省界以上沱河，5 月底完成，做土方 1270 万立方米。

4 月 10 日，砀山县、萧县、濉溪县、宿县四总队 12 万民工转入沱河疏浚。自段汪桥至戚岭子长 24.58 千米，年底完成，做土方 908 万立方米，扩建、重建四铺、徐楼闸和段汪、友谊桥。

同日，新汴河工地第二次学习毛主席著作积极分子代表会议和首次四好小队、五好食堂代表大会在宿县开幕。

春，安徽电视台吴士强等 2 人来新汴河工地拍摄施工纪录片，历时 1 个月。

5 月 1 日，灵西闸通车。

5 月 2 日夜至 3 日，河南永城县、夏邑县、虞城县、商丘等地降水量达 100 余毫米；濉溪县、宿县、灵璧、泗县沿河地区同时降水量达 60—70 毫米。3 日夜，洪水冲破戴桥拦河坝和徐楼闸上下游护坦并一块底板，新汴河行洪，洪峰流量 300 立方米每秒下泄洪泽湖。

5 月 3 日，新汴河工程指挥部发信感谢商丘专区派 11 辆汽车帮助向工地抢运粮煤。

5 月，中央新闻纪录电影制片厂来工地拍摄。

5 月 7 日，专区革委会给全区工人、农民、干部的信中，强调要克服畏难松劲情绪和消极等待思想，不能半途停工，因行洪返回的民工要迅速上工，坚定不移地完成第三期任务。

5 月 30 日，坐落在江苏泗洪县车门公社的团结闸举行开工典礼。该闸原名泗县闸，闸址在泗县境内与石梁河地下涵合建。为解决泗洪县 1 万亩农田灌溉，经双方三次协商，于元月 9 日达成协议改在现址，并更名团结闸。18 孔每孔净宽 6 米。省水电局安装支队工程大队承建。1971 年竣工。船闸、翻水站同时落成。

6 月 22 日，灵璧切岭总队召开竣工大会。郑淮舟、丁世吉参加会议，泗洪县及车门公社负责人到会祝贺。政治工作现场会亦在此召开。

7 月 15 日，五河总队第三期工程完成。除萧、砀、濉、宿于元月完成外，怀远、灵璧、固镇、泗县分别于5月至7月初完成,本期完成干流土方2959万立方米。

7月21日,新汴河再次行洪,流量500立方米每秒。

7月30日,《新汴河战报》停刊,共出144期。有关新汴河消息改由《拂晓报》报道。

10月,钱正英副部长在郑淮舟陪同下视察新汴河灵西闸。

10月18日,专区革委会下达通知,在新汴河指挥部和专区水电服务站的基础上,成立专区水利指挥组。军代表丁世吉任组长。

11月,新汴河扫尾工程开工。扫尾工程包括新汴河、沱河等,计土方939.31万立方米。

12月9日,砀山县段庄、黄庄寨民工回乡途中,因火车火灾,死59人,伤26人。

1970年

3月,萧县、濉溪县、宿县共同疏浚萧濉新河瓦子口至濉河引河,长53.4千米,土方1539万立方米。翌年3月竣工。

春,黑龙江水利厅一行4人,参观灵西闸、唐河地下涵等工程。

4月,长办主任林一山受周总理委托视察新汴河。

5月14日,灵西闸蓄水至设计水位22米,当晚1号坝袋因拐角应力集中,撕破1米长的洞口。北京橡胶十厂于10月派员修补。

5月15日,新汴河尾工完成。一万余人在宿城参加竣工典礼。省、专革委会负责人和施工代表讲话。商丘、淮阴专区革委会,永城县及泗洪县革委会的代表到会祝贺。

同日,新汴河展览馆开幕。《人民日报》《中国建设》《新安徽报》《拂晓报》等相继报道新汴河建设情况和竣工消息。

7月24日,新汴河指挥部印发《灵西闸橡胶坝管理运行要求》。

8月27日,徐岗切岭南北河坡出现严重雨淋沟。指挥部向泗县总队下达对3000米河段植草皮、设置纵横浆砌石排水沟的任务要求,并对900米河段,采用干砌块石护脚。

9月,切岭段北岸桩号发生70米长滑坡段(后编为1号滑坡),泗县总队遂清除滑坡体并进行削坡减载处理,20米高程以下河坡着干砌块石护砌。

10月,孙大模任宿县专区治淮指挥部副指挥。

1971年

2月23日,专区治淮指挥部通知泗县总队,徐岗切岭干砌块石护坡原设计900米,从东头减去200米,纵向截水沟改浆砌块石为干砌块石。

6月21日,宿县地区水利电力局发出《关于宿县闸闸门开启要求的通知》,次日发《关于新汴河苏皖团结节制闸闸门开启要求的通知》。

9月,灵西闸3号坝袋破裂2米,11月粘补。

11月,萧濉新河符离闸开工兴建,翌年7月1日竣工。闸址位于濉河津浦铁路桥西500米。13孔,每孔净宽6米。宿县总队建筑工程队施工。1974年宿县地区航运局按六级航道标准增建船闸。

1972年

2月24日,宿县地区水电局向地区革委会报告要求成立新汴河修防处。10月修防处正式办公,杜俊任副处长。宿县、灵璧县、泗县先后成立新汴河修防所。沱河进水闸、唐河地下涵、小俞闸、团结闸由地区水电局设立管理所管理,宿县闸、灵西闸分别由宿县、灵璧县管理,新北沱河地下涵、石梁河地下涵分别由宿县、泗县管理。

9月5日,宿县地区水电局向省水利厅报送《新汴河配套工程初步意见》,除疏浚支流外,要求发展新汴河枢纽灌区,航线上延至淮北市。

泗县港竣工,设计年货运吞吐量15万吨,同时建成的宿县、灵璧港设计年货运吞吐量各20万吨。

1973 年

2 月 24 日,地区革委会颁发《关于河道堤防涵闸管理条例细则》。

4 月 8 日至 16 日,根据水电部水利司通知,河南、河北、湖南、浙江、福建、广东、安徽七省及北京橡胶十厂等 21 个单位 39 人参加的橡胶坝黏补修理培训班,结合 1 号坝袋黏补,在灵西闸管理所举办。

8 月 28 日,省水电局勘测设计院向省水利厅上报《关于对新汴河宿县、灵西、团结闸三大枢纽工程检查的报告》,除督促各闸尾工抓紧完成外,还发现宿县闸闸门振动严重、徐岗切岭滑坡严重,团结闸闸门漏水严重。

9 月 13 日,宿县水电局向省水利厅报《新汴河水利工程检查总结报告》。

10 月,沱河引河船闸竣工。船闸位于宿县地下涵以东 350 米新汴河右岸,为汴河、沱河航运沟通工程,宿县地区交通局按六级航道标准设计并施工。

1974 年

2 月,萧县、濉溪县共同治理龙河、龙岱河。3 月,淮河流域规划办公室组织豫皖两省共同勘察,反复协商,达成《王引河治理问题的协议》。

8 月 11 至 13 日,全区连降暴雨。泗县刘圩最大三日降水量达 634 毫米,为新中国成立以来所未有。雨后,泗县城关被水围困,交通断绝,潼河倒灌,老濉河决口,小黄河、黑塔河漫堤,作物普遍受淹。13 日,江苏铜山县建在废黄河南堤脚下的吴清水库垮坝,冲淹灵北 10 余万亩农作。

省水利勘测设计院为设检修门的宿县闸设计制作了三段拼装式浮动检修门,改建省工、操作简单。

1975 年

1 月，王引河治理工程开工，地区水利局成立指挥部，砀山县、萧县、濉溪县参加施工。最高上工 22 万人，翌年 12 月完成。

9 月 22 日，宿县地区革委会生产指挥组下达了《关于认真做好水费征收和河堤绿化收益分配工作的通知》。

1976 年

春，灵西闸将湿强度较低的二布三胶维纶坝袋，换成湿强度较高的三布四胶锦轮坝袋。

萧濉新河青龙山港由交通部投资兴建。1979 年停建，1986 年续建，次年建成，设计年货运吞吐量 100 万吨。

1977 年

2 月，濉溪县划归淮北市。

秋，全区大旱，成灾 2666 平方千米。

1978 年

3 月至 10 月，全区遭受严重干旱。午季作物受旱 4767 平方千米，秋季作物成灾面积 3013 平方千米。安徽省委提出“淮北两年实现井灌化”的要求，抗旱期间新打机井 14280 眼。全区机井总数达到 41800 眼。

1979 年

春，团结闸由钢筋混凝土直升门改为钢平板门，船闸闸首钢丝网薄壳门改为钢闸门。省水利厅安装公司施工。

春，全区因旱成灾 2000 平方千米。

1980 年

全区实行农业联产承包责任制。

12 月，徐岗滑坡处理第一期工程开工。重点是 5 号、6 号滑坡及上游 210 米共 313 米的浆砌石护坡及混凝土纵横排水沟加草皮护坡。2、3、4 号滑坡削坡减载。翌年 12 月完成。

1981 年

5 月，砀山、萧县小麦因旱减产。

1982 年

3 月，新汴河开展“三查三定”工作。

7 月 21 至 23 日，新汴河全流域暴雨。三日降水量达 245 毫米，百年一遇。暴雨中心的萧县崔庄点降水量达 502 毫米。全区受水灾 2240 平方千米，重点是萧县、宿县。宿县闸 24 日 11 时实测洪峰流量 1450 立方米每秒，水位 28.62 米，超过 20 年设计洪水位 0.66 米。下午 3 时，沱河进水闸分洪 70 立方米每秒，28 日 21 时停止。到 31 日的这 11 天中，新汴河排洪总量 5.88 亿立方米。宿县化肥厂引水闸门被水顶破，洪水南窜入沱，经 3 天奋战堵复。新汴河全线 13 万民工加固险段 47 处。

后　　记

经过一年多的辛勤耕耘，全书初稿终于完成了，我感到如释重负，身上轻松了许多。

2013年我在市政府办公室工作期间，被抽到新沂河景区建设办公室，与同被抽去的市文物局副局长赵彦志负责景区中的“沂河博物馆”项目，我具体落实文字这一块。随着时间推移，我对新沂河有了较深入的了解，特别是看了由徐仰宇任组长，单永玉为主编，魏维礼、张百苏撰写的《新沂河志》，孟亦奇、钱亦山《新沂河纪事》等材料后感到很震撼，没想到与我朝夕相伴的新沂河经历如此曲折，它的前世今生隐藏着那么多的故事。更重要的是在形成过程中，它的建设者们在那样艰苦的条件下，不畏艰难，顽强拼搏，甘于奉献，以热血和生命铸就而成的“新沂河精神”深深打动了我，使我夜不能寐，继而产生了创作冲动。

一年多来，我在有关领导和同事朋友们的支持鼓励下一路走来，很多难忘的场景一直在脑海中挥之不去。可以说这部作品是集体智慧的结晶。

最先闪现的是市政府原副市长李令臣，在写作中他给我很多鼓励并积极提供采访线索，张芬之一段不平凡的经历就是他推荐的《出发》这本书形成的。

市分管新沂河景区工作的领导市政协魏建华副主席，对新沂河的文化建设一直高度重视，不仅认真听取本书的写作提纲，而且亲自动笔修改，为全书增光添彩。

接下来的是市水利局原局长李玉宏，很多采访都由他牵头。比如到省水利厅采访几位老专家，去各县水利局找当事人座谈，赴淮委搜集有关资料等；还对水利方面的专用名词给予把关，免得我说外行话。朱爱民和姜晓宏都曾担任过市直单位的主要领导，被抽到景区办公室后对新汴河研究很深，对一些章节处理、遣词造句提出了中肯意见，很有见地。景区办公室主任张耀海，从列纲就开始把关，提出十几处修改意见，有几段是推倒重来的，在写作中提供了后勤、人员等方面的保障。市河道管理中心原负责人张百苏是《新汴河志(修订稿)》的撰稿者之一，书中涉及的一些重大事件、重要数据不少是他提供的素材。景区办公室王兴奎主任，主动联系上海下放知青田裕民，使我们得以顺利采访。市政府原副秘书长陈乐、周舒是本书的最早读者，每完成一个章节都由他们来看，确定没有问题了我再向下进行。市文物局副局长赵彦志，每次采访都是他直接陪同，并与我一起研究提纲，还参与了具体写作，书中的"方案之争"一章就由他主笔写出初稿我们共同完成的。高新区的董飞帮助做了一些文字修改。还有景区办公室的方程霞、金永、金铭、李婷、韩丹为写作搜集了大量资料并悉心整理；市文广新局局长张晓光，《拂晓报》郑贤德，市水利局李胜亚、苏亚、钱进、朱玲玲、徐新影，市水文局马爱护等都给了帮助。特别提到许纯一、高传业两位80多岁老人，他们为本书做了很多工作。许纯一老人不仅通览了全部书稿，而且亲自动笔修改，纠正不少谬误，书写上万字资料；高传业老人为本书提供了40多张保存了50年的珍贵图片。在此，我对为本书提供帮助的同事和朋友深表感谢。

初稿完成后，心里空荡荡的，没有底，总觉得缺了什么。前不久同学聚会，我见到了著名作家、安徽省作协主席许辉。我知道许辉对新汴河有着特殊感情，他父亲曾任新汴河工程指挥部副总指挥兼徐岗工程指挥部总指挥。许辉的很多作品中都提到新汴河，有些还被编入大学教材。我请他为本书作序并润色，他果真欣然应允。全书成今天的样子，与许辉的统揽润笔是分不开的。

本书的顺利出版，得到了安徽文艺出版社的大力支持，在此表达谢意。